紀念

先父 陳智將軍

先母 朱萍女士

目次

輯二 井頭印記

輯三 紅樓憶往

輯四 寶島歲月

輯五 海角天涯

序　鮭魚與海燕

白先勇

生物界有些現象神祕而不可思議。鮭魚返鄉、海燕回巢，都是最撼動人心的自然奇觀。每年到了產卵季節，成千上萬的鮭魚群，從海洋洄溯，逆流而上，有時潛游數百里，最後返回到淡水河的原生地，產下魚卵，然後死去。這是何等莊嚴的生命循環儀式。然而鮭魚又是憑藉甚麼感觸導航牠們識途返鄉呢？據說是憑著嗅覺，這也不可思議。每年夏季，那些漂流天涯海角的海燕，成群結隊，好像身上裝了雷達似的，準確無誤飛回北極老家，產卵孵蛋，飼養雛燕，嚴冬來時，又舉家南飛，避寒去了。如此南北往返，千里迢迢，海燕也就完成了牠們生命的輪迴，是一種最原始幾近神祕的本能，促使這些魚鳥以堅忍不拔、強大無比的毅力尋找牠們的原鄉，完成宇宙間生生不息的使命。這的確是自然界最動人的故事。但如果有些鮭魚和海燕的家鄉遭受到天災人禍，巨大破壞，甚至毀滅呢？這些魚鳥恐怕也只得承受永遠漂流的命運，客死他鄉了。我想這類的鮭魚海燕為數也不會少。

陳少聰這本自傳體的作品《永遠的外鄉人》中提到鮭魚和海燕的漂流，大概也是她的自喻。她這本書所寫的故事，在某種意義上與鮭魚返鄉、海燕回巢有相通之處。她寫的是兩代人的流離，上一代始終無法歸返家鄉，老死異國，時隔五十多年後由下一代，陳少聰和她的哥哥、弟弟終於回到浙江及山東的老家，替他們的父母完成宿願。這也是一則感人的尋根記。

中國歷史悠長，動亂頻仍，在幾次改朝換代的鉅變中，總造就大規模的民族遷徙流亡，西晉東遷，宋室南渡，我們從《世說新語》、《東京夢華錄》，還有當時為數甚眾的詩詞中，可以讀到那些遺民對淪失的故國無窮無盡的哀思。上世紀中葉，國共內戰，又造成了一次天翻地覆的大流離，這次出國出走的流亡潮，人數之眾，區域之廣，史無前例。有兩百多萬中國大陸各省的人民東渡到了台灣。這群流落到台灣的「外省人」中間，有一大部分是國民政府的軍人，六十多萬各級官兵，以及他們的眷屬子女，這群孤臣孽子背後的故事，拼湊起來，是一部摧人心肝的悲愴史詩。陳少聰的父親陳智將軍便是其中的一位，陳少聰寫這本書是在替她的父親以及她的母親樹碑立傳。

我認識少聰是很早很早以前的事了。那是上世紀一九六四年，我在愛奧華作家工作室念書已快畢業，那時少聰也到了愛奧華大學。愛大座落在一個小城，就叫愛奧華城（Iowa City）。全城以這所州立大學為中心，所以是一座大學城。剛到美國時，我在紐約的兄姊們知道我要去愛奧華相看愕然，怎麼跑到美國鄉下去念書去了。愛奧華是農業州。愛奧華城四周都是無邊無垠的玉米田。可是在這片玉米田中卻有一所文學重鎮：愛奧華大學「作家工作室」，由保羅安格爾（Paul Engle）創辦，是美國大學中最有歷史的一家。安格爾自己是詩人，所以獨尊創作，寫小說可以寫出藝術碩士學位來，當時美國僅此一家，這倒正合我意。「作家工作室」以及安格爾與聶華苓共同主持的「國際作家寫作計劃」日後竟變成了台灣及中國大陸文壇的麥加，兩岸知名作者幾乎都去過了。與我同時的有葉維廉、王文興、歐陽子，稍後有楊牧，還有聶華苓。聶華苓是「寫作計劃」的守護天使，她與安格爾攜手把「寫作計劃」辦得轟轟烈烈，愛奧華變成了世界文人匯聚的中心。八〇年代中，聶華苓邀我回返愛奧華，在那兒我遇見從北大荒回來的丁玲，在美國玉米田中，驟然碰到白髮蕭蕭的「莎菲女士」，不禁陡然興起一陣時空錯置的感覺。

我是在聶華苓家見到少聰的，那時在愛奧華只有聶華苓做得出正宗中國菜，到她家我們都興高采烈。陳少聰人如其名，一看就知道是個聰明絕頂的人，好像樣樣都在行。她念過文學、神學，後來又轉心理，變成了心理治療師。她還會唱京戲，那時我們在一起時，鼓動她：少聰來一段！她就會露一手唱段《鎖麟囊》裡的〈四平調〉，唱得有聲有色。當然，少聰也寫得一手好文章。現在想想，在愛奧華最後那段日子過得還挺熱鬧。那時安格爾正在熱戀聶華苓，趕在後面喚她：Hua-ling、Hua-ling，興奮得像一個初戀的美國teenager，我們笑道：這下可見「東風壓倒了西風」。保羅安格爾和聶華苓無論在愛情或事業上都是最美滿的一對夫妻檔。

那時大家在一起，不會講起家世，大概家家都有一本難唸的經，三言兩語說不清楚。陳少聰這本「家族記憶」要等到她父母都過世後才寫出來。少聰父親是黃埔八期的軍官，資格相當老，當時在國軍中應該屬於嫡系的天子門生。她父親念過大學，有英文底子，所以很早就被送到美國深造，進入維珍尼亞軍事學院（VMI），是政府刻意栽培的國軍幹部。維珍尼亞軍事學院頗富盛名，有幾位傑出國軍將領畢業於此，孫立人將軍便是其中最著名的一位。少聰父親本行是機械，在VMI專修運輸後勤，一九三七年回國，剛好中日戰爭全面展開，於是便投身抗戰，八年浴血，任職於第六戰區，輜汽兵團團長，兼任西南公路運輸指揮官，那一戰區滇緬公路上的戰火風雲，遠征軍遠征緬甸搭救英軍。那又是另外一頁可歌可泣的抗戰史。

抗戰八年，國軍的犧牲是慘重的，三百多萬官兵戰死沙場，連空軍都死掉四、五千，可見戰況之劇烈。但國軍抗日的精神是英勇的，前四年，孤軍奮戰，沒有外援，面對的是一個軍備遠為優越的強敵，「八一三」一仗便傷亡三十多萬，精銳盡喪，可是國軍靠著「血肉長城」終究還是把日本人擋住了。那時的國軍都有一個共識：那是一場保衛國家的民族聖戰，是這個共識，支持了國軍抗戰八年。參加過這場聖戰的國軍，不免都會有一份榮耀感，少聰父親陳智將軍當然也不例外，他的上司白雨生司令稱讚他「正直忠貞」。抗戰時期，國軍中有不少表現優秀的中級軍官，他們大都「正直忠貞」，要不然抗戰撐不了八年。以陳智將軍出身黃埔，學歷過人一等，戰後在軍中早該飛黃騰達，可是不旋踵，國共內戰又爆發了，這次國軍大敗，失去大陸。幾百萬淪落在大陸的國軍官兵當然命運悲慘，六十萬東渡台灣的，除了少數，日子也並不好過。少聰父親的情況更是特殊。一九四八年東北戰況吃緊，陳智將軍被派到瀋陽兵工廠當廠長，被共軍俘虜，後來千方百計逃出來，偷渡到台灣，哪曉得基隆一上岸便被特務人員抓了起來，關進了警備司令部的大牢，原來他在東北的同僚誣陷他，告他是匪諜，若非老上司白雨生、馮庸二位將軍搭救，可能送命。自此後少聰父親雖然恢復軍職，而且升遷少將，最後任職陸軍運輸學校校長，可是三年後，突然自動退役，黯然結束了一生軍職。據說被俘的紀錄如影隨形，一直跟著少聰父親，早該晉升中將，也因被虜事件受到阻礙。我知道有些國軍中曾任師長、軍長的將官，因為被共軍俘虜過，在台灣「永不錄用」，潦倒以終。且不管個人事業的得失，像陳智將軍那一輩在台灣的國軍官兵，內心深處，恐怕都有一股說不出口的鬱結、悲憤，大陸戰敗，打擊太過沉重，國軍內傷，難以復原，也無法痊癒。成王敗寇，連當年抗日的輝煌歷史也遭抹煞殆盡。中共至今還不肯承認國軍領導抗戰，而在台灣自己的政府對這段悲壯歷史竟然也輕忽漠視，甚至扭曲。陳智將軍退役後，在台灣一直鬱鬱寡歡。

九〇年代，陳家子女在美國早已成家立業，把父母接到美國，預備讓他們頤養天年。不幸母親一到西雅圖就病倒了。此後長達二十年，少聰父親全付精力都在照看妻子。少聰與父親父女情深，父親的壯志未酬，一生委屈，晚年辛苦看在眼裡，痛在心中。這也是她這本書寫得最動人的地方。有一天少聰與父親到西雅圖外一個島嶼上，發現陳列了一艘從中國蘇州運來的舢舨木舟，年邁的父親，用手撫摸船沿，喃喃自語，久久不捨離去，少聰驚覺原來老父對太平洋對面那片故土仍深懷眷戀之情，她感悟到父親久居異國的失落寂寞。那時台灣已經開放探親，白髮蒼蒼的老兵們都湧回大陸各地的家鄉去覓找家人去了。少聰曾向父親提議，回鄉探親之旅，可是父親遲疑、猶豫，推說照顧母親不便遠行。事實上近鄉情怯，中國大陸對陳智將軍來說恐怕也是一片傷心地。許多老兵探親回台灣大病一場，還有因此送命的例子。當年西南公路的運輸指揮官始終未能返回他曾賣命保衛的那片國土上。

直到二〇〇四年，等到父母都過世後，陳家下一代，陳少聰與哥哥弟弟，終於回到了他們原生的故鄉，像鮭魚和海燕一般，橫渡太平洋。首站回到浙江臨海，尋尋覓覓找到他們童年住過的外婆家，五十多年後，老房子還在那裡，弟弟便在這間老屋裡出生的，他們進到屋中，庭中站著一個老年人，是他們幼年玩伴表弟小蘿蔔頭。於是記憶之門便從這裡打開，陳少聰的「往事追憶錄」，從回憶她的母親——她心中的美女——開始，點點滴滴，一直到書末結束，這群「永遠的外鄉人」最後回到了他們父親陳智將軍的老家山東，爬上泰山，到日觀峰上看到冉冉上升的朝陽，陳少聰拾起地上一把泥土，帶回西雅圖，灑在她父親的墓園上，心中告慰父親在天之靈，她代替他重返故鄉，完成他自己始終未能達到的心願。

第一輯

近鄉情怯

百年來青石板路一如往昔，蘊藏著說不完的故事。

臨海是一個有二千一百多年歷史的古城，秦始皇統一了中國之後，在此設立回浦鄉。

花樣年華二十一歲時的母親。

臨海城隍廟裡的道士正在舉行法會。臨海是紫陽道人的故鄉。

遠處的兩座白塔建在巾子山的兩峰，唐代就有了，又稱文峰雙塔。

臨海城裡的清河坊古街是許多歷史古裝電視劇的拍攝地。

左頁：有南方八達嶺之稱的臨海長城，歷史悠久，具有防洪與抵禦倭寇的雙重作用，依山傍水蜿蜒而立，氣勢蒼茫。（達志影像／提供授權）

給外公外婆上墳。

從古城牆望下去，是一泓靈江江水。

溯源

在我們一生中，某些時段似乎意義非凡，格外不同尋常。其間所發生的種種巧合幾乎是難以言喻的，好像冥冥之中有種超自然的力量暗中做了安排，讓事物的進行在某個特定的時間某個地點悄然地展開了，看似自然，卻又充滿了意想不到的機緣巧合，教身歷其境的人不得不因之對生命與宇宙興起一分神祕的幻想，對時間與空間的意義也有了新的思維，新的感知。

這回返鄉尋根之旅，讓我感覺到自己像走進電影故事的場景之中，成了故事裡的人物，而周遭的景物一一都像戲台上的道具一般，有似夢中的境界。我毫無心防地踏進了時光隧道。時光倒退了一甲子，回到了上個世紀，一九四六年，時值抗日戰爭勝利不久。

進到古城之時天已經全黑了，我們在沒有電燈闃然無聲的街衢上前進。我坐在媽媽的膝上，我們在巍顛顛的轎子裡讓人抬進了黝暗的深巷。最終，轎伕停了下來，媽媽牽著我跨出了轎子，哥哥隨後。轎伕卸下了兩口箱子，我們跨過了門檻，進到四合院中，立即被迎接我們的人群簇擁著進到前廂屋子裡。裡頭一屋子的人，人影幢幢，都在昏黃的柴油燈的燈影裡坐著。外公、外婆、舅舅、舅媽他們，還有其他的親戚們，熙熙攘攘的，氣氛相當熱鬧，不知他們是否聽到風聲，今天朱家的三小姐要回娘家而趕過來在此等我們的，抑或他們常這麼聚在一起商量家中大事或隨意閒聊的？

我緊貼在媽媽的身邊，緊拽著她的一隻手。她說，叫聲外婆，我叫外婆，她說叫聲外公，我叫外公，半個臉藏在媽的衣褶裡，……

後來我想大解。有人把我抱到牆邊一隻紅漆的馬桶上高高地坐著。我好奇地四下張望，愣愣地瞧著一屋子陌生的面孔，好奇地聽著他們嘰嘰咕咕地講我完全聽不懂的臨海土話。外公外婆的床很大，放在距馬桶不遠的地方，四四方方的，上面掛著繡了花的緞子蚊帳。床的三面都有雕花紅漆的木架框圍著，只有一面是敞開的，像戲台上的床。帳子兩邊有金屬做的鉤子將帳簾鉤住。我開始想入非非，把這四方形的床幻想成童話裡聽過的糖果屋……沒料到當天夜裡我和媽媽哥哥三個人就睡在那裡了。外公外婆把床讓給了我們，他們自己不知是如何安置的。

我們三個貴賓身份的人，用臨海話說是所謂「外路人」，身份特殊。媽媽是由本地嫁到外面去的，自從她嫁給了國民政府的一位軍官，抗日戰爭期間一直漂流在外，直到抗戰結束之後，才頭一次返回家鄉來探親。爸爸沒跟我們一起來，他在南京還有任務要處理，因此讓我們先回臨海住一陣子，過半年後再接我們去南京安居。

母親自從出嫁，直到此次返鄉，前後大約有八九年了，她的歸來顯然是朱家一件大事。這是我最早一次隨母親回到她的家鄉——浙江臨海，一個有兩千年歷史的古城。

*

上個世紀的昏朦記憶漸漸淡出，此刻是二〇〇四年春天裡的一天，我們三人——哥哥、弟弟和我——正坐在由杭州出發往臨海的「浙江快客」公車裡。車子此時已經駛入臨海縣區了。田疇邊一幢幢高聳的灰白色樓房，顯然是近二三十年新蓋起來的公寓大樓，一排排灰白色的建築襯托在一片蒼翠蔥蔥的山水之間，相當醒目，透露出富裕的跡象。山邊一戶戶工廠煙囪吐出嬝嬝的白煙。這裡早已不是半個多世紀前我們離開時的模樣了。我們都早有心理準備。我和哥哥互相提醒彼此：別期望再看到我們小時候住過的房子，或者外公外婆的家，或者我們念過書的小學了，這些都不可能存在，一定拆除改建成大樓商店什麼的了。如果運氣好，或許能看見某個似曾相識的角落，也許是某個庭院的轉角，也許一角城牆，某個古老的地標之類，頂多就是這麼些吧，誰知道呢……

懷著無盡的未知，我們踏上了返鄉之途，更不期望會見到任何親戚。當年離開臨海時，我們不過八、九歲，此後赴台，多年後遠赴美國，老早與大陸親人斷了音信，隔著海峽，生死難卜，直到一九八〇年代，母親和兩個舅舅才通信取得聯繫，大家都是風燭殘年的老人了，那時外公外婆都已相繼過世。如今父親母親也已在美國去世近十年了。舅舅他們也早已往生。

回顧起來，父母親他們那一代人的身世眞是夠悲慘的了。他們一輩子沒有過過太平的日子。最初是北伐的亂局，接著是八年的抗日戰爭，然後緊接著國共內戰，有的逃亡台灣或海外，有的留居祖國，留下的人，日後經歷了十年翻天覆地的文化大革命，受盡煎熬。他們可說是一輩子都活在風裡火裡，不論是外放或是留居國內，都飽經折騰。他們應該說是最爲悲劇性的一代中國人了。相比之下，我們生長在亂世夾縫裡的這一代，要比他們僥倖太多太多。現在儘管中國已日漸平穩富強，而父母親一代的人卻已從世上消失，一個個都成了「先祖」一輩，一個個都遁入了歷史。

青石板路

然而，雖然逝者已矣，往事如煙，卻有一個街名和街景刻骨銘心地鏤刻在心：五所巷——那裡是外公外婆的家，是一甲子前的一個夜晚轎伕卸下轎子的那所黑黝黝的院落。「五所巷」三個字代表了太多東西——媽媽出生之地，她的源頭，我們的童年，幽微中最初的記憶，以及我們遠走台灣前與故土最後的一線牽連……那條鋪著青石板的僻靜的小巷，難得有人走過。我曾一蹦一跳地從那兒進進出出。牆根裡長出一叢叢翠綠的苜蓿，那草叢裡頭說不定至今還藏著我們留在那兒的彈珠呢。

「五所巷？我知道，現在還有，還在。」一位車上和哥哥聊天的青年男子這麼說。他看來約三十六、七，衣衫整齊，說話斯文，聽口氣是位見過世面的專業人士。聽到哥哥用臨海方言與他交談，這位林先生不免露出詫異的神色，同時也似乎更加熱心於回答哥哥的詢問了。

「五所巷在政府劃定的古蹟保護區範圍之內，那裡的房子是不准拆除改建的。那裡的建築物歷史可以追溯到元朝哩。」

「那麼井頭街呢？」我轉過身去問他。這時哥哥趕緊向他介紹我和一旁的弟弟，並說明這次回鄉尋根的意圖。我注意到這時鄰座的乘客們也一個個豎起耳朵來聆聽我們的故事了。四周的人一聽我們是久別故國的華僑，卻又說的一口堪稱流利的當地方言（台州話是一種十分難懂的地方方言），不免更加好奇起來。不久，車後座的一位西裝筆挺的青年人也參加了我們的談話。這位池先生是由杭州來臨海做電腦諮詢的，每次都在臨海市的華僑賓館下榻，因爲他是常客，可以訂得到半價的房間。他熱心得很，自動要爲我們去訂房間。拿起口袋裡的手機便爲我們去接洽了。我們自然感激不盡，人還沒到，卻已漸漸感覺到家鄉的溫暖。林先生則遺憾他明後天又將出差，不然他可以陪我們到處去看看。我想起來了，臨海人就是這樣親切熱忱的。

聽林先生說井頭街也依然存在，不禁令我既興奮又感動，而且覺得不可思議。井頭街在五所巷的轉角處，距外公家僅僅幾步路，那是我們第一次回臨海時租賃的小樓所在地，我們在那裡居住了大半年時光。那應當是在一九四六到四七之間的事。我和哥哥讀尚文小學，我一年級，他上三年級。我們每天從井頭街出門，經過回浦路，再拐進尚文小學所在的九曲巷。

能打聽到五所巷和井頭街，讓我覺得十分意外，尤其是得知它們依然存在，更覺得不可思議。本來我們根本不抱任何奢望，想到這兩個涵括了我們最寶貴的童年記憶的座標，在故鄉經過了半個世紀天翻地覆的嬗變之後，居然至今依舊屹立，太神奇了，簡直像一闋古典的童話，我們在座位上興奮得幾乎坐不住了。

山窪裡的嬰啼

車子終於駛近臨海縣城了，青山柔和的曲線，田間一列列阡陌的紋脈，逐一在窗外展現。然後是工廠的煙囪，稀疏的房舍。據說，臨海近年來發展迅速，已逐漸成了江南化學工廠的重鎮之一，幅員比從前擴大了好幾倍，財經方面也因之變得富庶了。

阡陌盡頭隱隱的青山逐漸放大移近，驀然教我想起幼時的一樁舊事。不知當年事情是不是就發生在眼前所見的這片山林裡頭。我好像隱約又聽到傳自遠方山窪裡的嬰兒的啼聲，一聲接一聲，似乎越來越響，越來越急，聽起來教人心疼不忍……媽媽抱著懷裡才一歲大的弟弟，坐在軍用大卡車的前座，我和哥哥蜷伏在她身邊，襁褓中的弟弟，細小的身子裹在一張紅白格子花紋的小棉毯裡，露出一張沾滿了鼻涕眼淚的小臉，聲嘶力竭地哭個不停……

「糟糕，」我聽到媽說，「奶粉沒帶來，不曉得方才出門時塞到哪一個包裡了。好像放在那個藍色的帆布包裡交采菊拿著的。她最後沒交給我，怎麼辦，怎麼辦……」

那時我們的車子已經離開臨海城門一兩個小時了。大卡車正在山裡兜圈子，燒柴油的老爺車不停地喘氣，每過一陣子就得加一次油，重新發動。開車的楊叔叔用一根鐵棒子使勁地轉呀轉的，最後才聽見「轟」的一聲，引擎終於又發動了。荒山野地裡到哪兒去找奶粉，一個人影兒都沒見到過，楊叔叔說下面的路更難走，要天黑才能到紹興，下面一程恐怕根本沒有地方可以買到東西吃。

楊叔叔是爸爸過去的部下，跟了爸爸很多年。一九五〇年的這一天，他受父親之託，特別從外地來接我們出城的。我們的目的地是經紹興往杭州，從那裡我們再乘火車南下到廣州，然後設法去香港，再去台灣，父親在那邊等我們。

我知道這一切必須保密，我們是在「逃亡」，因爲那時候是一九五〇年，臨海已解放一年多了。我們的脫逃是違法的，如果被發現，後果將不堪設想。

當時車上每個人的神經都緊緊繃著，那種感覺眞是苦澀得令人難忘，我好想哭。好在天無絕人之路，這時楊叔叔意想不到地瞥見山腰裡有家農舍，建議上那兒要碗米湯來代替，救救急再說。也算弟弟運氣好，喝到了米湯加地瓜泥，終於停止了哭嚎。

我永遠也忘不掉那段無盡頭的黃泥路，那層疊的山岩，楊叔叔淒苦的眼神，弟弟的嚎哭，和媽媽焦慮惶恐的神情。五十多年前的這段插曲，如今回想起來依舊歷歷在目。

許多年之後，我讀了一篇湯姆斯曼的小說（名字忘了），講到幼年時代發生的故事，日後如何影響個人性格中抑鬱的傾向。讀後我彷彿豁有所悟，重新憶起這段往事，才更深一步體會到逃難之時，面對重重荒山，心中的焦慮與絕望是如何的銘心刻骨。我開始瞭解爲什麼在日後很長的歲月裡，每當身處羈旅之中，又逢天色昏黃，我的內心深處便不自覺地升起一股莫名的無邊的焦慮感，以及一份難以言說的憂傷，好像有一片不祥的烏雲自天邊次第逼近，讓我想哭。這種神經質的反應直到接近中年才漸漸消散了去。

*

眼前所見的青色山脈，怎麼看也不像五十多年前記憶中的荒山。

我瞥了一眼身邊髮際已綴滿星星的弟弟，我想告訴他這段往事。但再思之下，還是打消了這個念頭，怕他難以體會這種情景，那時他才一歲多，那麼遙遠以前的插曲對他也許沒有多大意義吧，不說也罷，他畢竟小我們好多歲，哪裡會像我和哥哥活了一個甲子的人故事這麼多呢！而故事多，究竟是幸還是不幸也很難說。

浙江速達快車終於進入臨海郊區一帶，房舍漸漸多了起來，兩旁道路加寬了，一排排整潔明亮的公寓式建築代替了過去的田野阡陌。滄海桑田，物非人亦非，眼前一片陌生的景觀。從前臨海的交通工具只有轎子，腳踏車，和竹篷子的小船。現在眼前的一切都改變了。

終於抵達了汽車站中心，站外排滿了出租迪士，站裡站外人聲沸騰，我們幾個人的情緒也隨之升溫，更加高昂，尤其是哥哥，他的精神狀態簡直昂奮到難以自抑的地步。我們上了一部迪士，哥哥不停地用臨海土話和司機攀談，我們從來沒有見過哥哥如此聒噪過。司機很年輕，他說現在的年輕人有的已經不大會說正宗的臨海話了。哥哥卻興沖沖地忍不住拿土話出來考他：

「你知道『做夢吃綠豆芽』的意思嗎？」

司機居然接口道：「拉屎掛叮噹。」

一車人大笑不已。這是一句土之又土的臨海土話，這兩句合起來若譯成普通話的話，大概的涵義是：別做夢啦，門兒都沒有。

說著說著，幾十年沒用過的語言，一下子都從久封的檔案庫裡傾匣而出，一發不可收拾，再也阻擋不住。

出租車由新城區向古城區開去，過了崇和門的牌樓便進入古城區了，之後幾乎立即就到了我們下榻的華僑賓館，在回浦路上。回浦這條街名我們很熟，是小時候上學必經之地。素昧平生的電腦顧問池先生果然已爲我們預訂好了兩間半價的房間。雖說是三星級的客房，其實住起來它的設備裝潢和寬敞度卻不亞於四星，教我們既驚訝又滿意。櫃檯上的幾位小姐早已風聞到有關我們回鄉尋根的故事，對我們親切有加，更讓我們感覺眞正的回到老家了。

白塔——外公的歌

打開窗簾，近處是櫛比鱗次的一波波黝黑的瓦頂。再望遠些，便是線條柔美起伏的山陵。驀然，有兩座白色的塔影躍入了視線，我感覺到心口忒忒跳了起來。

難道這就是外公唱的歌裡那個「白塔」嗎？必然是的。我自問自答，這正是臨海城裡著名的一景，這組白塔存在已有上千年歷史了。據說，這兩座塔建在巾子山的兩峰，唐代就有了，東西大小二塔合稱爲大小文峰塔。西峰塔下，傳說是古代道人華胥子所居之處。他在山上煉丹修道，最後成仙駕鶴而去，臨行時，一陣風吹落了他的頭巾，飄了下來，變成了巾山雙峰，這座山因此被稱爲巾子山。

臨海古城據記載設立於秦始皇統一中國之後，當時即在此設立了回浦鄉。此地山明水秀。歷來曾有多位文人騷客流連此間。山水詩人謝靈運便爲臨海的秀麗山水寫過不少含有遁世情懷的詩章。李白也到過臨海，寫過以下詩句：「嚴光桐廬溪，謝客臨海嶠，功成謝人間，從此一投釣。」除此之外，還有孟浩然、駱賓王等唐代詩人都吟詠過臨海的靈秀山水，後者還在臨海當過官，因此有個外號叫駱臨海。

歷來久居或路過並留下詩作的名人非常之多，順手拈來，恐怕不下數十人，諸如鄭虔、顧況、李清照、文天祥、劉伯溫、方孝孺、徐霞客等，不一而足。顧況在臨海久居之時，曾以閒雲野鶴比擬自己，寫下這首有名的詩：「天下如今已太平，相公何事喚狂生，此生還似籠中鶴，東望滄溟叫一聲。」

臨海的山水既激發了詩人的靈感與遁世之思，也孕育了一位著名的道家紫陽眞人張伯端。他出生在臨海，並在此度過了他的青年時代。他的曠世傑作《悟眞篇》成爲道家南宗的祖書。臨海城裡有一條街的街名就叫紫陽街。由此可知，此地道教的傳承是很深厚的。小時候我不懂這些，但記得在城裡曾多次見到束髻穿道袍的道士徜徉而過，而且還曾有過一兩次奇遇。

我無從知道外公的學養與道家有無淵源，然而，至今憶起外公的種種言行舉止，不禁覺得在內涵上與道家思想有很大程度的契合。小時外公在我的眼中，總帶著幾分滑稽，甚至有點怪誕，幾分癲狂。他哪裡像舊時代裡莊重的長者！我們常常目瞪口呆地觀望著他，看著他嘻嘻哈哈肆無忌憚的歌唱表演。不止一次他在自家後院連唱帶做地對著我們幾個小孩表演著，令我難忘，因爲他的表演實在帶有荒謬胡鬧的成分。我至今還記得他的幾句顯然是自己瞎編的唱詞，在那棵龐大的杏子樹下，水井旁邊的空地上，外公揮舞著他的兩袖，一手撩起長袍的下襬，用嘎啞蒼老的聲音唱著：

養囝囡不如養雞鴨，（半彎下腰身，雙手做趕鴨狀）
養雞鴨不如走白塔，（擺動手臂，大步踏地）
走白塔不如餡餅夾……（佯做吃餅態）

我只記得這麼幾句。現在我不免要問，外公到底是個什麼樣的人物啊？在我童年的記憶裡，外公實在是相當奇怪的，他是個謎。當我告訴母親白天裡外公的「唱遊」時，母親也只是呵呵地笑幾聲，可能她也早已司空見慣而不以為怪了吧。

如今，我好像突然懂得外公了。外公肯定是個滿腹牢騷玩世不恭而又極端寂寞的老頑童，可能一肚子老莊思想，而當時在周遭他可能找不到一個可以談心的人。大概沒有一個人瞭解他吧。也許他早已將人世看得通透已極，因之能如此縱橫捭闔、肆無忌憚，再加上他本性裡的天眞爛漫和叛逆性，便形成了他舉止言談上的放任灑脫和戲謔不拘了。

癡癡遙望著巾子山上的白塔，我發了半天呆。外公，你在你外孫女身上或許可以找到一個半個知己哩，可惜已經晚了幾十年！

我記得外公個子偏高，經年穿著一襲灰布長袍。長方形的面龐，高顴骨，手裡常拿著一個旱菸袋。記憶中很少見他坐著，總是進進出出不停地走動。說來慚愧，我對外公的生平，所知微乎其微，現在連個可問的人都沒有了。我只知道他曾在縣衙門裡做過法官，那應當是民國初年的事了。我只知道他一點也不富裕，不過在鄉下尚有幾畝薄田而已。我偶爾在他嘴裡聽到「下鄉收租」這類的字眼兒。外公另外給我留下的印象是他動作快速，來去都像一陣風。不知是夢境抑或是眞實的記憶，我想起他時，老覺得他穿灰色長衫的背影，揮揮袖子，便閃電一般從前面大門的石框框中間消失了。

在一個五、六歲大的孩子眼裡，外公不僅是個謎，他簡直是個令人不知所措的戲劇演員。看著他時，我們往往只有目張舌結、暈頭轉向的份兒。

在我成年之後，有時我會冷眼觀察母親，偶爾竟也能發現些蛛絲馬跡，讓我聯想起外公來。母親畢竟難免因襲了部分外公的特質。她的善感易哭，她的天眞活潑和興致勃勃，還有她樂天歡快率眞的性格，一直持續到老都未曾消失。要不是她老年患了重病的話，我相信母親即使過了八十歲都還會和我們在客廳裡跳華爾茲的。我清楚記得在她七十五歲還沒摔斷胯骨以前，她還曾在家裡與我共舞過呢。爸爸當時在一旁搖頭直嘆道：瘋子，都是一群瘋子。

朱家的子女

外公和外婆一共生有六個子女，四女二男。媽媽是朱家的第三個女兒，所以常有人稱她爲朱三小姐。前面的兩個姊姊都是能幹型的女性，相當於現代的女強人。大姨曾做過當地小學校長，在社區裡頗有聲望，可惜年紀輕輕就死於難產，我從來沒有見過她。二姨年輕時即離開家鄉，到外面闖天下。據說爸媽結婚時，外公自己不願出遠門去參加，特地指派二姨遠赴湖南長沙去代他參加婚禮。那時她不過二十多歲，輪到她代表女方家長致辭時，居然滔滔不絕地對著滿堂軍官及眷屬，發表了超過一小時長的演講。這是事後常聽父母親提起來的一樁往事，可惜我沒趕上這場盛會，不知二姨在演說中究竟講了些什麼！她給我留下的唯一印象是在南京的時候，她來我們家做客，坐在客廳裡，她蹺著二郎腿，很怡然地說著帶有京腔的標準國語。她的身材屬於高䠷一型的，一雙鳳眼，一身陰丹士林布藍色旗袍。她落落大方，款款而談。有人問她在北京忙些什麼，她答說：還有點兒事做。那一口京腔聽起來很新鮮，與媽媽濃重的浙江鄉音相比之下，尤其讓我們小孩子覺得有趣，不免常學著重複說二姨說過的話，說時特別把「兒」字拖得很長很響。

二姨跟媽媽很不一樣，媽媽一輩子也沒把國語說好，總是帶著濃重的台州口音，我也不知道爲什麼。媽媽的外型也和二姨毫無相似之處，看不出是同父同母的親生姊妹。媽媽的皮膚格外白皙，是別人所謂吹彈得破的那種白嫩透亮的膚色。個子不高，體態豐滿，雙眸烏黑明媚，嘴唇豐厚性感，不是那個時代流行的櫻桃小口。二姨卻挺秀精幹，帶著當時知識份子的韻味，膚色微黃，不能說是美女，但媽媽總說二姨生得很俏。他們姊妹二人日後所走的道路也如她們的外型所展示的一般迴異。二姨有她自己在教育界的事業；媽媽卻始終是家庭婦女。媽媽於未婚前教過幾年小學；中年時爲了貼補家用，曾在台灣銀行兼過幾年差，如此而已。其實媽媽是寧可待在家裡做少奶奶的。

媽媽的妹妹在女孩子中排行老四，我們叫她小娘姨。她的樣子我還記得清清楚楚。她沒有二姨的俏勁兒，也沒有母親的濃媚，眉宇間有一股忠厚的鄉氣。羞怯的眼神，額前梳著密密的瀏海。小娘姨遠不如她的姊姊們有風采，吃得開。年紀輕輕的便嫁到白水洋鄉下去了。

姨丈是鄉下富家地主的兒子，聽說他的爲人有點囂張。後來解放軍進入白水洋之後，像他這樣的人物自然首當其衝地遭了殃。後來我們間接聽說，一九五一年反右運動時他是第一批被鬥爭的「土豪劣紳」人士，最終因爲什麼罪名遭到槍決，我們不太清楚，死時年紀可能還不到四十。小娘姨的命運也可以想見一般，她一定吃了不少苦，最後聽說於中年患病而終。

媽媽從前常提起大姨，好像她倆最親，但不幸大姨因難產而英年早逝。後來媽媽和小娘姨較爲親近。兩個人都秉性敦厚，不擅言辭。每次媽媽從外地回鄉，都會帶些衣料、蝶霜（那時的名牌面霜）、香粉之類的「外路貨」來送給小娘姨。

從母親嘴裡我得知外公曾不止一次感喟道：如果把我的幾個女兒都換成兒子，兒子都換成女兒，那樣多好！除了這四個女兒之外，外公和外婆還有兩個兒子——我的大舅和小舅。他們兩個人我小時候都見過，還有點印象。

大舅舅從小體弱多病，性格也顯得柔弱，講起話來有些囁囁嚅嚅的，好像缺少自信心。我見到他的時候，正逢他在縣衙門任職，膝下已有一男一女——芳芳表姊和小蘿蔔頭，生活好像頗爲拮据。我記得媽媽那時候常找機會送些東西給舅媽和孩子們。

小舅舅在我們由內地初返臨海的時期剛剛結婚。媳婦是個長著兩個甜甜小酒渦的標緻姑娘，據說是選了又選百裡挑一才相中的。小舅舅那時剛從警官學校畢業，是個清秀白皙說話溫柔的江南男子。他和母親長得最像。抗日戰爭結束，我們回到外公外婆家時，他和新娘子正住在外公家的小閣樓上。至今我的腦海裡還留著一幅很鮮明的畫面——小舅子身穿綴有金色銅鈕扣的黑色警官學校制服，正從樓梯上走下來，新娘子跟在他身後。她的圓臉紅潤嬌美，眼窩深深的，一臉的笑，梳著時髦的短髮，有點像月份牌上的美女。我和媽媽都立即喜歡上這個小舅媽了。媽媽把自己由外地帶來的「外路貨」分了好些出來送給這位弟媳婦。小城裡出身的姑娘，哪裡見過這麼多花樣新穎、款式時髦多彩的東西，自然喜歡得不得了，眼睛瞪得更圓更大了。

母親的婚事

從母親自己和他人嘴裡聽說過，當年外公對母親的婚事並不很贊同。父親是北方山東人，在臨海人眼裡，山東人是「外路」又「外路」之人，更何況父親又是個性格嚴肅硬梆梆的軍人，並不很對外公這位道家秀才型人物的胃口。從另一方面看，外公不得不承認父親是位品行優秀令人尊敬的青年才俊，畢業於黃埔軍校，是第一批留美軍官，甫自海外歸國，前途不可限量。

介紹人是母親的遠親，這位周先生碰巧和父親搭的是同一班從美國回中國的輪船。他本身也是個人才，眼光銳利，富知人之明，後來在台灣曾做到台灣銀行總經理檔次的職位。

據說事情是這樣發生的：這位周先生的夫人不懂西洋人的禮儀（輪船是艘美國公司經營的船），她在船上對服務職員擺出一副氣使頤指的官僚氣派，讓父親極不順眼，覺得中國人不該在洋人面前失儀，丟中國人的臉。於是，他不拘俗禮，直言相勸。沒想到不但沒因此得罪了這對夫婦，他們居然把他的話聽進去了，不僅沒反目成仇，反倒更加賞識父親的爲人和才學。一問之下，得知年過三十的父親尚未成親，他們提出要爲他介紹對象，答應親自爲他說媒，心目中人選是臨海城裡一位美麗的小學老師朱三小姐。父親母親的姻緣便是這樣開始的。

一九三〇年那個時代，在青年學子們中間流行的一齣歌舞劇叫《葡萄仙子》，是當時極富盛名的黎錦揚先生的作品。母親在讀中學時，能歌擅舞，自然而然地成了主角的最適當人選。可惜我來不及趕上這場盛會，但日後曾一再聽到有關《葡萄仙子》演出的種種傳聞，可以揣摩得到當年母親鋒頭之盛。母親那雙明媚的大眼，柔囀的女中音音色，可想而知她當年不知顛倒了台下多少眾生！同時也不難猜測得到母親一定有不少追求者。然而最終母親偏偏嫁給了這個遠方來的陌生軍官，不免令所有的人都感到意外。可見人世間的姻緣的確很奇妙，出人意表，又似乎是冥冥之中註定的。

父親和母親兩人的氣質、性向、和愛好，可說是南轅北轍。我不敢斷定他倆的婚姻是幸福或不幸福。我只知道他們相敬如賓地過了一輩子。我從來沒見到他們吵嘴，彆氣偶爾倒是有的。婚姻是個奇怪神祕的組合關係，第三者永遠也摸不透夫婦之間千絲萬縷的微妙糾結與牽連。

如今當自己的年齡越來越靠近外公當年的年歲之時，回頭再來臆測他老人家內心的猶豫，便豁然有所了悟了。我想父親身上所散發的正是儒家的一派莊嚴認眞，而外公卻偏偏是個灑脫不拘的道家，二人自然格格不入，最後外公大概是在勉強的心態下接受了這門婚事的。

隔了半個多世紀之後來回顧往昔，思索玩味外公這個人物，覺得實在很有意思。我想，外公這個不入時的秀才，恐怕骨子裡是個勘透世情的智者。他以一種出世之心遊嬉人間，嬉笑怒罵，倜儻不群，表面上偶爾裝瘋作傻，教人捉摸不透。他內心一定很寂寞吧？臨海城裡可有過他的知己？他可曾將自己的所思所感發乎爲詩文？有沒有留下過片語隻字？這些都已經不得而知了。

時光隧道

我站立窗前，對著遠處的白塔發了半晌呆，哥哥已等不及叩門催人了。卸下行李，稍事盥洗之後，三個人便迫不及待向古城深處進發。我們心裡想著的是一個共同的目標——尋找五所巷——它是我們童年記憶所繫之地，其實在我們心裡它已成爲一種含有圖騰意味的標誌了。

我們連地圖也沒有一張，便一頭栽進了回浦路，朝著古城牆的方向走去。這種方向感也不知從哪兒來的，半憑直覺，半憑記憶，就這麼走去。隱約感覺得到這條路我們在好久好久以前的日子裡曾一度天天走過。我們依稀記得尙文小學就在回浦路邊上的小巷子裡。那時回浦路還是青石板鋪的，遠沒現在這麼寬，也沒有兩旁林立的店舖，更沒有來來去去喧囂的車輛。當然，那是上個世紀的境況，目前與大城的街道相比，這裡的市街不算什麼，但已經五臟俱全，幾乎什麼樣的商品都有——小書店、鞋店、內衣專賣店、洋貨店、電器行、甚至，還有一個中型的百貨公司、銀行、旅行社……應有盡有。

越往古城住宅區走去，街容也相形顯得破舊髒亂起來。舊式的建築出現得多起來，空氣裡夾雜著香火的煙味，越來越重，路旁一連有許多家專賣香火冥錢蠟燭一類祭品的店舖，幾乎每個街角都有三兩家。我猜度著，不知是否因爲正逢清明時節方才如此，抑或臨海人長年如此，難道他們特別趨向於懷舊，特別勤於祭祖？

正這樣想著，迎面左右兩邊出現了兩方牌坊，一邊寫著紫陽街，一邊寫著清河坊。看來，兩條街都是古街。我翻過的旅遊書冊上寫著，這紫陽街與紫陽眞人張伯端有關。紫陽街原來是台州府歷史上最繁華的商業街區，是有千年歷史的台州府府城的一個縮影。在清朝曾經歷過兩次特大的火災，街容遭到嚴重的損毀，古街因此逐漸趨於冷落。難怪我完全不記得小時候曾到過這條街上。方才進臨海城時聽那位林先生說，臨海古城重新受到政府重視，紫陽古街沿街的古井、古牌坊、古橋等遺存，重新受到保護修葺，據說目前它是浙江省保存歷史信息最多規模最大的古街之一。

可是，我們一心要去找外婆外公的老家，此時沒有心情在紫陽街上逗留，便繼續朝城關的方向奔去。

此時我意識到我們已經走進了臨海古城的核心地帶，也同時走進了我們童年生活與回憶的核心區域。

仰頭遠眺，回浦路盡頭一方出現了一道切割分明的稜線——「看，長城在那兒！」我和哥哥幾乎同時喊叫起來。我看見哥哥的眼睛閃現出一分難以形容的神采，那一刹那的眼神裡，彷彿含藏著五十多年的歲月，滿蓄著既複雜又繁富的思緒和情感。除了悸動與凝望之外，再也說不出其他的話來了。我也和他一樣，整個人彷彿都浸溺在高度昂奮的情緒裡，精神上幾乎有點到了虛脫的地步。

彷如冷不防地闖進了時光隧道，此刻我們正向著隧道的另一端邁步走去，隧道的頂頭，微微透著亮光，像塊暗裡發光的磁石，緊緊地把我們吸了過去。

長城既然就在眼前不遠之處，表示我們已經進入城關一帶，也可以想見五所巷離此不遠了，我們推測外婆的家應當就在方圓半里之內，應當就在城牆以內的邊緣地帶。

我記得，從她的後院，抬頭就望得見城牆的城垛。小時候我們常常在黃昏時分到那上頭去散步玩耍。小舅媽帶著我們幾個小鬼——哥哥和我，表姊芳芳和表弟小蘿蔔頭。從城牆上望下看，是一泓靈江江水。江上常有搖櫓的烏篷船經過，船篷是竹篾編的。我們經常在城牆上玩到天快黑了才肯回家。春天我們在那上頭放風箏，站在城頭上望得到遠處巾子山上的那兩座白塔——外公歌裡唱的白塔！

小時候沒把這城牆當回事兒。過了半世紀才重新發現這座城牆來頭不小。它建於晉代，至今有一千六百多年歷史了。自隋唐起又一再加以擴建。現在有四個甕城，四座城樓，七道城門。整個城牆長六千米，依山而建，逶迤曲折。有了這座城牆，硬是爲臨海平添了一股蒼茫亙古的氣象，也多了一分詩意。城牆東段最高點叫白雲樓，建在白雲山上，因此臨海的城名也曾一度稱爲白雲樓。城牆原先爲軍事防禦而設，歷來卻起了很大的防洪作用。到明朝嘉靖年間，名將戚繼光與譚綸率兵在臨海重新整修長城，在日後一次次防禦抵抗倭寇的戰役中發揮了重大作用。據說北京的明長城就是仿戚繼光的臨海長城加修的。難怪臨海長城又有「南方八達嶺」之稱。

回浦路已經走到盡頭。右手邊轉角處赫然在目的是一座赭紅色圍牆的深宅大院，大門緊閉著，橫匾上寫著的是「鄉賢祠」三個大字，門上標著「大成門」。在一旁的石柱上有一行字十分醒目：

「官員人等至此下馬」

由這等辭彙來判斷，這地方必屬於封建時代的官府衙門之類，現在成了政府蓄意保存的古蹟地標，不但沒拆除，圍牆看來還是新漆過的。我盡力搜索自己的記憶，但怎麼也想不起來這大門和圍牆了。

在恍惚的記憶中，這地點好像曾是縣衙門所在地。從前在黑漆的大門兩旁，好像曾經站立著一對石雕的麒麟。我讀小學一年級時天天經過這個大門口，每次都不由得朝那門裡頭張望一眼。那扇黑門大多時候是敞開著的……突然我憶起了遙遠的那一聲淒厲的哭嚎——那是從幾十年前上個世紀傳過來的，來自於那扇門內幽深的角落，一聲接一聲地刺激著我的耳鼓。初聽時，我以為是送葬儀隊裡發出來的哭聲，可能是披麻戴孝的家人之外另外雇來的職業哭手吧。這類哭嚎小時候我聽得多了，呼天搶地似的，像要哭塌半邊天，好教老天爺也受感動，放死人一馬，讓他還魂。

但是，那次我聽到的哭聲不同於辦喪事的哭叫，而是發自於一個老婦單一的哭嚎聲，淒厲之中夾著絕望的嗚咽，聲音蒼老，聽來尤其慘烈。

放學回家後，聽女傭采菊說，當天法院裡處決了一名盜匪，我才知道這哭聲原來發自於犯人的老母親，難怪那哭聲如此哀傷慘絕，令人難忘。

幼小的心靈對傷痛的承受度似乎很有限，為了躲開這幽黯的記憶，後來一連幾天我甚至故意繞道去上學，避開了回浦路縣衙門口這一段路。

此刻，與這個陰慘的記憶同時浮現的，卻是另一個全然迥異的溫馨畫面：

暑熱的仲夏，白花花的午陽正灑落在埋頭走路的旅人的背脊上，也灑落在一張張遮太陽的花傘上，傘影下浮動著一個窈窕曼妙的旗袍身影，這婀娜的身影正向我走近。夏日的艷陽像沙漠的波浪，滾滾而來，讓我覺得暈眩，看守大黑門的兩個麒麟此刻正齜牙獰視著我。我扭頭跑了起來，而同時，穿旗袍的女子也已走到跟前，我們差點相撞，我聞到一陣淡淡的粉香。這位女子俯下身來，她的下頷輕輕擦過我的頭髮。

「小朋友，這玉蘭花好香哦，眞好聞！」她半瞇著眼，好像整個人都陶醉在花香裡了。同時，她伸出手來撥弄著我衣襟上的花束。我有點被這突如其來的陌生女子的關注弄得暈頭了。其實我根本忘記自己佩戴著玉蘭花。那是方才采菊給我佩上的，我根本沒在意，這少婦的讚美倒教我不知所措起來，我站在那兒，傻傻地望著她。少婦摸了摸我的頭，突然問：

「小朋友，你這束玉蘭送給我，好嗎？」

我一時又發傻了，不知如何回應，僵在那兒，愣愣地看著她。她穿的旗袍是薄薄的綢料做的，顏色素淡，記得好像是乳白淡黃一類的顏色，上面有著碎碎細細的花紋。她弓下腰身的姿態很是柔婉，這時她和我兩個人都罩在她的陽傘的陰影下了。當時我大概糊裡糊塗地點了點頭，少婦便逕自從我的胸襟上摘下了玉蘭，別到她自己的衣襟上。接著她拍了拍我的頭：

「小妹妹，眞乖！」便移動著婀娜的步子，走遠了。

她的陽傘，以及陽傘映在地上的圓形陰影，她輕盈曼妙的步履，玉蘭花的香氣，便從此鏤刻在我記憶深處，漸漸地與在同一條路上發自於幽暗深處死囚的老母親淒厲的哭嚎混淆不清了。

兩段回憶，兩種意象，發生在同一個地點。一個陰暗淒厲；一個明媚透剔，一似我的童年，每每蘊涵著光亮與陰暗的雙向性。

尋找五所巷

走到鄉賢祠，回浦路便到底了。我們憑著直覺向右轉，那邊熙熙攘攘的有不少小吃攤子，聚了很多人，有點像個市集。迎面所見是台州醫院大樓。我敢肯定我小時候這裡絕對還沒有這所醫院。後來在查資料時讀到這醫院所在地，正是從前台州府府署駐地。亦即當年縣衙門所在。我幼時的記憶並不完全離譜，那鄉賢祠大門，照推理應當正是當年那兩座石麒麟所蹲踞之處。這麼一路推敲下來，我的返鄉之旅，幾乎有點像考古之旅了。

突然間，我們聞到一股既遙遠又熟悉的氣味——是外婆廚房裡傳來的，黃燦燦煎得酥脆酥脆的一筒筒像巨型春捲一樣的東西，在外婆的爐灶上擺著呢，那是過舊曆年的時候外婆一定會做的東西，有時逢到有大的節慶時她也會做。

它是臨海人心目中最好吃的東西，叫麥油脂。它的皮是用小麥麵粉調水成膠糊狀，再在平底大鐵鍋上攤成一張張銅鑼薄紙般的油脂皮。它的餡料可是很有講究的，精緻點的要用九種菜，稍微差一點的至少也得用上五、六種小菜做餡子，捲在油脂皮內，成了一筒筒口徑約一吋半左右，長約十吋的麥油脂筒。通常餡料一定少不了肉絲、豆芽、雞蛋絲、韭菜、芹菜、豆腐乾、油豆腐酥皮、海帶、黃鱔絲之類。這股香氣，加上舌尖味蕾所留存著的遙遠的記憶，教我們舌根開始變得滑溜溜起來。

隨著香氣所來方向四顧之下，發現街旁小吃店家家都在賣麥油脂筒，看來它已經成了普通的風味食品，在臨海天天都吃得到。我們趕緊買了兩筒來分嚐，當街吃了，終於我們又嚐到幾乎遺忘了的滋味。雖然此刻我們還沒找到外婆的老屋，鼻子和舌頭卻已搶先進了她的廚房。

接著，我們又憑著直覺走著，拐進了左邊一條巷子，抬頭看路牌，寫的是西門街。這條路大約有四米寬。驀然，城牆的影子又在前方映現了，懸在街頭盡處。腳步踏在青石板鋪的路上，眼望著街底隱隱的青山，直覺告訴我們，已逐漸靠近我們要尋找的五所巷了。

哥哥和我對臨海和五所巷的記憶尤其深刻，也充滿感情。一九五〇年我們離開此地之時，弟弟只有一歲，當然什麼也不記得。他可能覺得周遭所見很新鮮很有趣，但絕對無法體會我和哥哥心中的激動與昂奮。弟弟一路舉著錄像機錄影。我和哥哥則四下張望，唯恐漏掉什麼，心裡深深覺得現下的每一景每個聲音都意義非凡，不能錯過，恨不得把眼前所見的每個角落每種氣味和聲響，每個記憶裡偶爾映現的蛛絲馬跡都緊緊掌握住——這遺失的童年，失去的親人，遺忘的故土，漸漸溶入又淡出的零星瑣碎的記憶，個人的過去，家族的歷史，逝去了的時光，我在心底執意要將此時此刻的點點滴滴思潮與情緒永遠珍藏在心裡。

我們的生命中已累積了太多的斷層，太多的遺憾，我們失去的無從計量。如果時光能夠倒退，我將會如何地擁抱珍藏這所有的一切啊！過去這幾十年在國外漂流的歲月裡，我曾將這一切都擱置一邊，難得憶起，偶爾想起來時，也像稍縱即逝的夢中片段，虛幻不實。原以為此生再也不會重見的故土，今天居然有了重臨的可能，但是自己卻沒在第一時間趕著回來，顧慮太多了，一方面怕來，怕看到不想看的破損，怕聽不想聽到的故事，一句話，怕心酸。既然故人已逝，留下的還有什麼？不過是徒然讓人神傷的凄涼罷了。再者，在外國闖蕩奮鬥，人到中年，勞心的事正多著，也就分不出神來懷念那似前世般的童年與故土了。於是我們有意無意地把往事塵煙擱置一旁，不去碰它，我們把心一橫，像把一扇破舊的門掩閉，上了鎖，不敢輕易去開啓。

這條街巷走著走著，覺得似曾相識，但又說不出來為什麼，似乎小時候來過一兩次，有一次是初解放之後不久，我們兒童先鋒團的低年級女學生，曾排隊跳扭秧歌，穿過臨海城裡許多街巷，是不是那一回來過？我不敢說，畢竟那是五十多年前的事了。這條街不能算熱鬧，但似乎住滿了人，而且因為不能通車，少去了喧囂之聲，只有街邊三三兩兩坐著聊天曬日頭的老人，和在街邊遊戲的孩子們，讓人感覺到時光在這裡特別悠長，千年如一日般就這樣怡然地悄悄地過去了。老人和小孩見我們走過，都好奇地回過頭來望著我們。

「你們知道這附近有個五所巷嗎？」我們見人就問，見到年長的，我們還附帶加問：「你們聽說過這裡有戶姓朱的家族嗎？」

雖然他們並未開口打聽我們與朱家的關係，哥哥早已忍不住，又再次傾筐而出，自道了一番身世，彷彿像舞台上久別返鄉遊子的道白：

「我們是多年前離家的華僑，現在住在國外，小時候我們曾住在外公外婆的家，在五所巷裡，門牌幾號已經忘記了。從一九五〇年到現在五十多年沒回來過……」

哥哥一口氣說了下去，好像有滿腔的話需要傾吐。這時街坊上其他幾家人也聞風而至，老老少少一大夥人都圍了上來。我和哥哥越說越興奮，越說越激動，也不知道爲的是滿足我們自己傾訴的需要，抑或鄉親們的好奇心。我們聽到自己用尚稱通暢的台州鄉音繼續說了下去：

「我外公的名字是朱凱元，外婆陳氏，外公是退休的法官，以前在縣衙門裡面任職，當然，他們早已過世了。但是剛才在車上聽到一位在政府機關做事的林先生說，五所巷還存在，因爲是屬於古城受保護的文化遺產的一部分，我們想找到老屋，也不知裡面還有沒有姓朱的人家住著……」

這時巷口又多聚了些人，有的小朋友還躲在一邊交頭接耳竊竊私語。老人們很殷切地想爲我們找到答案，滿懷關切地聆聽著我們的傾訴。此時我們的心緒更加昂奮激盪，好像置身於一幕話劇的演出之中。眞像把賀知章的詩（少小離家老大回，鄉音未改鬢毛衰），活生生地搬到了舞台上。

這時我們的心情又豈是「不勝唏噓」所能形容得盡呢！眞實的人生永遠比戲劇小說裡所寫的更精彩神奇！我向來所持的想法又再次獲得了證明。

臨海人的親切與熱情，跨越過半個世紀的時間之後，又讓我再次感受到了，它帶有一種篤實敦厚的人情味，一點都不囂張，不熙攘，老老實實的，讓你眞正感覺到他們當你是一家人，這是我第一次切身體驗到「鄉親」的滋味。他們的自然和親切，或許與我們會講當地的方言有關，語言這東西有形無形地將人與人之間的距離拉近了，尤其是臨海話，特別僻奥，感覺上讓人覺得若能用臨海話和本地人交流，形同用了他們的密碼信號似的。

這時有位老太太從屋裡端了兩把籐椅出來讓我們坐下憩憩，老先生居然邀請我們進去吃中飯。臨海人就是這麼親切，這麼誠懇。這時我注意到人群外圍有一位白髮蒼蒼的老者，巍顫顫地正向我們走來。半喘著氣，指著右手邊的小胡同道：「你們順右邊這條胡同走到底，右拐再走幾步路，那邊住著幾位姓朱的，你去那邊問問，看看認識不認識你們要找的人。」

聽了老先生的話，心裡突然間緊張起來，也許是過分興奮引起心跳加快？又似乎眞有點害怕，害怕立刻就會找到自己一心尋覓的五所巷。所謂「近鄉情怯」的心理，如今我是切切實實體驗到了，這才知曉這句話是千眞萬確，不含絲毫文人誇張矯情的成分。

辭別了西門街的鄉親們，我們躦進寬才二米的小胡同。這是名副其實的古巷，又窄又暗，兩旁門窗緊閉，看似闃寂無人。說不出爲什麼，走著走著總覺得似曾相識。小時候在這胡同裡走過嗎？這時心中浮起一念：怎麼活了大半輩子之後，自己又回到最初的起點上來啦！人生彷彿在畫圈圈，轉了一圈又回到原點，同一個點卻發生在兩個不同的時序上。這麼想下去，不禁覺得一輩子的時光似乎很長，這過程之中似乎包藏著不可言說的神祕性。

這使我想起鮭魚回流的自然界現象，鮭魚的命運註定要牠們奮不顧身，冒著粉身碎骨的危險，拚死頂著逆流游回牠們出生的源頭，在那裡產卵後死去。它們的故事飽含悲壯，更闡述了自然界生命的無窮奧祕。

自己的返鄉尋根之旅，當然遠不如鮭魚這麼壯烈，不過內涵上多少有點相類似吧。還有北極燕鷗，牠們在北極地帶產卵，到了八月，大鳥帶著小鳥，飛過汪洋大海，歷時數月，抵達南極海域。稍事停留，便重新啓程飛返北極。來回飛行長達兩萬兩千英里，如此年復一年。這是牠們命定的生存形態。我們是不是也與牠們相仿？

仔細思索之後，發現至少自己這一代，以及父母親那一代的中國人，命運多少有點類似北極燕鷗，好像一生中都在過著遷徙和漂流的日子。我們這一代人的遷徙至少部分出於選擇；但是父母親一輩則完全處於被迫，出於不得已。他們大半輩子都在逃難，在國內時先由東逃到西，躲日本鬼子；二戰後再由北逃到南，躲共產黨；繼而再逃到台灣；為了和子女們在一起，老了又遷移國外。有些最後又返回大陸老家或台灣久居。這樣的老人在我四周就有很多很多。

身為中國人，我們顯然已經習慣於這樣的遷徙，有時幾乎把移居視為當然。較傳統的美國人往往覺得我們這一代中國人太不可思議，他們無法想像一個人如何能拋開自己生長的地方和熟悉的環境，到一個全然陌生的環境裡重起爐灶。他們似乎忘記自己的祖先都是飄洋過海來的移民了。這些較爲傳統的洋人和老一輩的中國人一樣，往往生在一個地方，死在同一個地方，常常住的是祖傳的同一幢房子，甚至連吃飯用的碗盤餐具都是同一套結婚時收到的禮物，固定的牌子花色，打破了還可以回到原公司去照型號補充。安・泰勒密的一本叫《尋找凱勒》的美國小說裡有位男主角對「天堂」的詮釋竟然是：

「生長在自己家鄉一個寧靜溫煦的小鎮上，在那兒結婚、生子、就業……在那兒終老，退休後天天到小鎮公園裡散步曬太陽，看著鎮上的孩童在草坪上耍玩嘻笑，每個週末的下午，坐在公園長椅上聆聽本地社區的樂隊吹奏熟悉的曲子，過路的人他一個個都很面熟，有的是老朋友，乾脆也在長椅上坐下來聊聊天……日子就這麼一天一天地溜了過去。」

說這種日子乏味也可，無趣也可，恐怕這也許正是無數父母親一代的中國人所夢寐以求的生活吧？而臨海在我記憶中正是帶著這種「歲月悠悠」情調的古城，這裡生活的節奏似乎比外面的世界要慢上半拍。臨海的老百姓予我的感覺是一種永遠沖淡不驚的泰然與平和。

一邊在幽暗的深巷裡走著，我私自一邊這樣思索著。

明朝老屋

這條窄巷其實不長，一會兒就走到底了。右轉之後巷口變寬了，右手邊豎著一個石造的大門的門框。朝門內望去，竟然是滿目荒煙蔓草，屋舍傾頹，看來已成爲廢墟很久了。裡面的野草足足有三四尺之高，有三兩隻烏鴉在枯樹椏上啼叫著，聽來教人悚然心驚，讓我聯想起由小泉八雲的鬼故事改編的電影《怪談》中的一景：一個久別故鄉在外流浪多年的武士，回到家鄉走進老屋時滿目荒蕪的景象。我注意到大門邊上有一個凸出的石槽，不知當年是做什麼用的，正好奇審視時，側面弄堂裡走出了一位大嫂。

「請問這附近有姓朱的人家嗎？這裡有條五所巷嗎？」

她的手向右前方一指：

「這條就是五所巷，前面那個大門裡面有人姓朱，我帶你過去。」

原來此刻我們的腳已經踏在五所巷的青石板上啦，我趕緊叫喚走在我前面好幾步的哥哥弟弟：

「這位大嫂說這牆裡面住的就是姓朱的，」我的話還沒說完，就聽見哥哥激動的聲音喊著：

「就是這裡，就是這裡，這個門，沒錯，我記得很清楚……」我奔了過去，一看也陡地愣住了。

前面凹進去的地方迎面是一塊石雕的照壁，石壁的中間部分已經破損不堪，邊緣上卻還留有少許石雕的枝枝葉葉的花紋。牆角上用粗陋的白漆寫著門牌號碼。沒錯，這裡就是外公外婆的家，再也錯不了。這正是我們千里迢迢來尋找的地方。原以爲它不存在了，現在卻倏然呈現眼前，簡直像一場夢境。失而復得的驚喜深深地撼動了我們。這時站在我前面的哥哥早已熱淚盈眶，話都說不出來了。

我們早已忘記了這兒的門牌號數，但是這門口的結構格局在記憶中仍十分鮮明，從路口轉進來，迎面而來的那面照壁，當年建造時上面一定曾有過標示吉祥如意之類的壁雕。後來讀資料才知道這裡的屋宇不是元朝即是明朝建蓋的。元時在此地設過萬戶府，明洪武五年又改設爲台州衛，下面轄有左、右、中、前、後、千戶所五個，共五所，所以才得名五所巷，沿用至今。在這裡設「衛」，是因爲明朝倭寇猖獗，經常犯境，百姓不堪其擾，這一帶與古城牆毗鄰，於是在此設「衛」，防禦倭寇入侵。難怪現在政府下令保護這一帶的建築，這兒可是名副其實的古城啊！幼時住在這城牆邊，卻對此一無所知。可惜眼前這塊石壁殘破斑駁，已經想像不出初建之時的原貌。眼前只見破牆有如袒露的內臟，露出牆裡七零八落的磚頭和水泥。

從照壁再向右轉，才是正式的入口，石門框內的四合院中庭裡，有人影晃動。我們像處身於一部明清的電影畫面上的人物，抬起腿跨進門檻，往畫裡走了進去。

這時我注意到，哥哥睜大了眼睛，嘴巴因詫異而張開著，時間彷彿在他的臉上凝止了。

「那不是云清表姊嗎？」他手指著中庭，這時一位頭髮灰白的老太太向我們迎來。她的鼻梁和顴骨微微高聳，教我想起外公，似曾相識。哥哥迎上前去，激動地說：

「你是云清表姊吧？我是朱娉香的兒子陳若林，這是我的妹妹若嵐，弟弟若海，你記得我們嗎？」

「啊呀，你們是娉香姑的小囝小囡，我當然記得，眞想不到，想不到。你們怎麼會這時候回來呀？」云清表姊是外公兄弟的孫女，從前住在外公隔壁的大宅院裡。她比我們大十來歲。那時她在尙文小學教書，哥哥還上過她的音樂課。

云清表姊一邊帶我們往大門裡走，一邊說，「前些年——大概一九八幾年的時候，娉香姑還同你大舅舅通過信的。我那時候就知道你們一家都在美國。你媽媽逢年過節總會給你舅舅舅媽寄些錢來補貼的，你舅舅最後幾年癱了，動不了，情況很困難……」

我們一邊說著話，一邊邁過門檻，往院子裡走去。

哥哥說，「云清表姊，你樣子沒變多少，一眼就讓我認出來了。」

「我老得不像樣囉。」

「你那時是尙文小學的音樂老師，我現在還記得你教我們唱的那首歌的調子哩——米米瑞多多，瑞瑞法米瑞多……你一邊彈風琴伴奏，」哥哥說得興奮，還不肯罷休，一直又接著唱下去：「索索法米米，瑞多瑞米朵……」惹得表姊大笑不已。

「難爲你居然記得那麼多，眞想不到啊！你們離開這兒有五十多年了吧？」

「不錯，我們走時是一九五〇年年底，我記得，現在已經是二〇〇四。我們自己也沒想到會在這時候來，更沒想到會見到任何親人，我們知道舅舅舅媽也走了很多年了。」

「媽媽病了很多很多年。大家失去聯繫太久了。很多事情她一病都擱下了。這麼多年了，我們哪裡想到五所巷還會存在至今呢！」

「小蘿蔔頭和芳芳表姊呢？他們還在臨海嗎？」我問云清表姊。

小蘿蔔頭和芳芳姊弟倆是舅舅的子女，小時候我們常在一塊玩。他們那時候住在附近另一個巷子裡。

「在，在，現在小蘿蔔頭就住在後院。芳芳嫁到湖州那邊去了。」表姊說著，領我們一邊往後院方向走去。

至於云清表姊和小蘿蔔頭怎會住在這屋裡，我連問的時間都沒有。再說這個也不重要，大概同是朱家的祖屋，人口消長，平均分配之後，云清和小蘿蔔頭就搬到這一幢宅院裡來了。使我驚訝的是，在經過了五十多年的時局變遷與清算鬥爭，以及文化大革命的狂風暴雨之後，朱家的後代居然依舊還住在原地，房子也幾乎原封不動，僅僅這一點就已經令我們覺得難以置信了，這恐怕只會發生在臨海這種地方吧。

從另一方面看來，中國其他地方的變化又日新月異，快得驚人。

外婆

要去後院，需先通過外公外婆的住處，他們住的是右前廂，外觀看來竟和五十年前一模一樣。幾十年前便處處都現出舊損斑駁的跡象。而如今，窗櫺門框的漆依舊是那種褪了色的赭紅，顯然五十年來從未修葺粉刷過，這原封未動的景象令我驚異不已，好似走入了夢境，再度冷不防地踏進了時光隧道。我注意到牆角從前放著的一張方桌不見了。從前每到清明時節，外婆和四合院的大嬸們都聚在這張桌上做祭祖的青餅。

青餅是本地的民俗特產，原料是用艾草粉末和糯米粉混合一起做成糰子，顏色深綠，艾草的藥味道很濃，糰子裡面有的夾紅豆沙，有的包菜和肉，包好之後再放進有花紋的模子裡叩出來，就成了一個個月餅大小，面上有花紋的青餅了。我曾經站在竹凳子上參加過青餅的製作，所以印象特別深刻。人的記憶是一個奇妙的玩意兒，別的許多大事都忘得一乾二淨了，可是有的芝麻小事卻歷歷在目，就如這青餅。青餅的滋味很濃很強烈，一如它的外觀。吃完之後，嘴唇上泛出亮亮的一層綠色的油光，抿抿嘴唇，彷彿還有種滑滋滋的甘醇遺留在唇齒之間。

像當年一樣，我提起腿來，跨過門檻，踩進了外婆的廚房。

我似又看見了，站在爐灶前的外婆正撩起圍裙的一角，偷偷拭著眼睛，是讓煙燻的嗎？還是給外公罵哭了呢？外婆一碗碗地往八仙桌上端菜，外公只顧自言自語著，不知說些什麼，好像是些揶揄外婆的話吧，可是我聽不太懂。外婆一聲不吭，三寸金蓮吃力地在灶頭與八仙桌之間來回走動。

媽媽曾不止一次對我說，外婆年輕時生得很俊俏，我不懂「俊俏」說的是什麼個樣子，只覺得外婆的臉很白，有點乾癟，上面爬滿了皺紋，一年到頭穿著黑色或是深灰色的褂子和褲衩，腦後梳著個標準的老婦人梳的髮髻，前額沿兩鬢圍紮的是一條兩寸寬的黑帶子，前額中間繡著花，那是當時老婦人通行的髮飾。這種髮飾叫什麼，我問了好幾位長輩，但是他們也都不記得那個東西的名字了。

那個時候外婆其實才六十出頭，但在那個時代早被人當骨董看待了。夏天裡她最喜歡穿媽媽給她由外地買回的香雲紗料子做的衣褲，那種正面亮黑，反面棕褐的衣料，摸在手裡又涼又爽滑，在暑熱的盛夏穿起來既不黏身，又涼快，比別的任何衣料都舒服。子女中，大概媽媽是外婆最貼心的人了。大女兒英年早逝，二女兒長年在外，雄心勃勃，小女兒嫁到鄉下去了，並且忙於侍候公婆照顧子女，自顧不暇。只有媽媽這個暫時回娘家居住的少奶奶，有閒也有能力孝敬她老人家。那一陣子，母親常給外婆熬補湯，熬好了叫采菊送過去。

我們於一九四六年第一次去臨海大約待了大半年的時間，爸爸就接我們去南京了。過了一年我已經讀二年級時我們又因爸爸被派去東北瀋陽，我們便又隨母親再次回臨海居住，一直住到一九五〇年。我們離開臨海時，媽媽將所有家當都交付給了外婆保管，那時我們準備潛逃去台灣，媽媽不敢明白告訴外婆我們的去向，因爲那個時候解放軍已經進駐臨海有一段時間了，媽媽怕萬一風聲走漏，連累了外婆。媽媽更不敢讓外公知道，因爲他老人家說話有時不很嚴謹。那次出走，原以爲不過是一年半載就會回來的，誰料一走之後，從此與外婆竟成了永訣。

離開臨海那天是個深秋的清晨，天色朦朧一片，采菊就來叫起床了。她一句話也不說，眼睛紅腫，面色凝重地幫我們整裝提行李。我不記得我們是如何由家來到城門口去坐車的，當地那時根本沒有汽車，除了腳踏車，什麼交通工具也沒有，所有街道全是青石板鋪的。外地來的汽車，都只能開到城門外頭，停泊在那裡。我想我們那天一定是步行過去的，那段路並不遠，如今翻閱地圖，方才發現那天走的路至多不會超過一里路。而那個小圈圈便是我們小時候的整個天地宇宙，當時在我們幼小的心靈裡，它顯得龐大無比。

昏濛的晨霧，大卡車外面人影幢幢，采菊和幾個其他的人站在車門外，采菊不停地拭著眼淚，媽媽也在擦眼淚。她膝上抱著小弟，我和哥哥媽媽都擠在大卡車的前座，與司機同排。開車的是早與媽媽有過聯繫的楊叔叔，他是受父親之託專程來接我們出城的。他對爸爸十分忠心，在南京時他來過我們家，天生一張國字臉，他的眼睛特別大特別黑，好像隨時都睜得大大的，講話聲音尤其宏亮，那樣子有點好玩，又有點嚇人，好像廟前的門神什麼的。我和哥哥背地裡稱他爲張飛叔叔。

像一個夢的片段，那天清晨在城門口的整個記憶都似眞似幻，不知幾分是事實，幾分是自己無意之中的創造，迷迷濛濛，這段記憶像電腦貯篋中的光碟映像，在撳下某個鍵子時，就會突地躍上螢屏：

引擎轟隆轟隆響著，塵埃揚起，包圍在車旁的人開始向後閃退。突然，好幾個人都朝著車子後方指指點點，一邊向母親示意。媽媽探出頭來往後看去，朦朧中有個黑點朝著車尾移動，步履蹣跚，跌跌衝衝。媽媽噢地一聲哭出聲來，她認出那是外婆！「說好了不要來送，怎麼又來了！」媽媽嘀咕道……這一幕到此爲止，後面的映像早已淡出螢屏。

那是外婆留在我記憶中的最後「影像」，也是我們和外婆在此生中最後的一面。我甚至不確定這是不是屬於我的眞實記憶，抑或是哥哥事後告訴我的，而我不知不覺地將它融入了我自己的記憶？

狐狸精的故事

外婆廚房的右手邊樓梯上面有個閣樓，從前住著新婚的小舅舅和他可愛的新娘——我們的小舅媽。那時小舅子被派去外埠上班，每隔些時日才能回家一次，小舅媽獨自住在上面，我們幾個孩子便成了小樓上的常客。小舅媽很會給我們講故事，也常常帶我們去附近散步，在古城牆上抓蟋蟀，男孩子把捉回來的蟋蟀放在刨空的的竹筒子裡，玩鬥蟋蟀的遊戲。我們在古城牆上曾度過無數個可愛的晨昏。

這個小樓還跟一則聽來的鬼故事分不開。也不知是小舅媽講給我們聽的，還是她和朋友談天，被我們偷聽到的，街坊上常常流傳著這一類的鬼故事。說城裡某某家的少爺突然失蹤了，窗台上留下一堆動物的毛髮，鄉俚人一口咬定非狐狸精莫屬，這少爺一定是夜裡受了狐狸精的蠱惑，跟牠從窗口逃跑了。大人們說得活神活現，我們小孩子可聽得心驚膽戰。這則故事我永遠也沒忘掉過，而且還擅自把這類傳聞和多年前鄰居大宅院裡一位少爺的失蹤混淆一起，感到既刺激又神祕。許多年後才聽說隔壁的少爺當初私自離家，去參加了紅軍，經歷過二萬五千里長征，一九五〇年時他衣錦榮歸，朱家的人都沾了光，覺得甚爲榮幸。過了很多年之後我才從別人口中得知，原來這位少年即是云清表姊的叔叔，也等於是外公的侄子，他日後成了中共空軍將官級別的大人物。

當年有這麼多狐狸精傳聞，正說明當時一定還有不少其他青年走上了同一條路。

在小舅媽的閣樓上，我初次接觸到有關鬼魅世界的流言，後來更從街坊及家裡傭人嘴裡聽來更多的悚慄驚魂的異聞，對我幼小稚嫩的心靈造成了不小的震撼，我因此變得過分敏感，懼怕黑暗，儘管夜晚我把頭深深地埋進被子裡，還是常常因此失眠。

外婆的後院

繞過爐灶便走到邊門了，邊門外面便是外婆家的後院——那個令我魂牽夢縈之地。這一生中，我不知曾多少次神遊回到過這裡，這裡的一草一木我印象深刻，從來未曾忘懷。

五歲六歲那年，我站在這裡看過外公表演他的「白塔秀」。我也記得夏天的夜晚，全家人圍著大杏樹下的一口水井，坐著乘涼，聽外公講故事，喝外婆調製的綠豆羹，嚐著剛剛由樹上採下來的一粒粒香甜的杏子。哥哥和小蘿蔔頭躦到旁邊的菜園裡去抓螢火蟲，抓來放在玻璃瓶裡，向大家炫耀。有時大家起鬨，叫媽媽唱她的拿手好戲《葡萄仙子》。母親興致來時很大方地就放聲唱了起來：

高高的雲兒罩著，淡淡的光兒耀著，
短短的籬兒抱著，彎彎的道兒繞著……

這一段是母親常唱的主題曲，叫〈心聲〉。另外還有一段俏皮打諢的唱段，是母親拿來應付起鬨的人用的。那一段我們幾個小孩子聽熟了，也都會唱。歌者是劇中的蜜蜂一角，牠一出場先打個噴嚏，再接下去唱：

阿——啾——喔！
天呀，停了你的雨吧！
天呀，停了你的風吧！
我跑到東，我跑到西。
嗯，嗯，肚子痛了，
我的路也走不動了，
肚子痛，走不動，
頭痛，傷風，鼻子不通。
春天呀，出來吧，
別只顧待在家中
……

她每次唱這一段，都把我們幾個孩童逗得很樂，後來每次她一開口，我們都跟著唱起來：嗯，嗯，肚子痛啦，我的路也走不動啦！……

靠屋角的牆邊有棵桑樹，上頭的桑葉長得很茂盛。芳芳表姊教我養蠶，那也是小時候女孩子們喜歡的把戲之一，我們到處去收集形狀小巧可愛的空盒子，不然就用盛洋火的火柴盒代替，我們把蠶寶寶養在小盒子裡，隨身帶著。男孩子養著蟋蟀；女孩子養著蠶寶寶，我們的童年便是這樣過的。芳芳和我因爲外婆有棵桑樹而得意兮兮，常常採摘些桑葉送給班上其他養蠶的女孩子。我們把葉子塞進收集來的小盒子裡，一次又一次掀開盒蓋，檢查牠們的動靜，看牠們一下子就能吞噬掉一大片葉子，不免十分驚訝。除了桑葉，我們也吃樹上結實纍纍的桑葚，一串串深紫深紅的果子，嚼起來又酸又甜。

院子左手邊有一株梔子花樹，長得比一個人還高，在清晨濕潤的空氣裡，散溢著清香，花瓣晶瑩潔白，沾著露水。一天早晨上學前，小舅媽採了一朵插在她的髮鬢，順手又摘了一朵戴在我的衣領上。一滴冰涼的露水滲進了我的頸項，我縮起了脖子。現在閉上眼睛，霎時間那冰冷的香氣彷彿還在衣領之間蕩漾。

就在這院子正中央，外公曾撩起他的長袍，手持一把蒲扇，自得其樂地給我們表演他自編自導的「白塔舞」：

養囝囡不如養雞鴨……

此時，我眨了又眨我的眼睛，定睛看著外婆的後院。我看見的是一片鋪了水泥的空地，四周的樹木和菜圃全不見了。哪兒來的杏子樹？哪兒來的桑葉桑葚？我的梔子花呢？那口水井呢？是一場夢吧？再一抬頭，原來菜園籬笆外頭看得到的一角古城牆，現在已被四鄰的一棟棟三層高的公寓樓房遮擋住了。原先有棵梔子花的地方，現在是一個磚頭砌的小庫房。屋角牽著根繩子，上頭掛滿了濕溻溻的衣服。

云清姊解釋道：「三、四十年前那陣子，這裡改建成人民公社，這塊水泥地是我們工作的場所……屋裡住滿了人。」

「噢，是這樣的嗎？」我落寞地答應著。

云清突然指著庫房牆角一處說：「看，你說的水井不是在這兒嗎？」

我跑去一看，心裡倍感失望，那口乾涸的枯井裡，塞滿了垃圾木屑，而且尺寸比我記憶中的小好幾倍。這整個四合院都比我記得的小好幾倍。

太多的問題，不知從何問起；千言萬語，也不知從何講起。環顧四周這個既陌生又熟悉之地，一時竟茫然得不知道自己究竟身在何處，或者今夕何夕。過去的時空與當下所處的時空，混淆迷離，讓我有點搞不清楚這是不是一場夢。

哥哥不停地說話，周旋於四合院內圍觀的好幾位親朋之間，他們要問的話和我們一樣多，也是不知從何問起，彼此也來不及回答清楚，東一句西一句的。弟弟拿起他的錄像機，忙不停地錄音錄影。

這時，我們身邊突然躥出來一個漢子。我一眼就看出來那是誰了。

小蘿蔔頭

「你是小蘿蔔頭吧？你和從前一樣，我一眼就認出來啦！」我興沖沖地叫了起來。他只是愣愣地站著，也不搭腔，既不否認，也不承認。倒是云清趕緊接腔道：「你還認得啊！眞了不起，過了五十多年還能一眼就認出來。沒錯，我們從小就叫他小蘿蔔頭，現在大家還是這樣叫他的。」

站在我面前的，不是別人，正是我的親表弟，大舅舅的兒子。他和他姊姊芳芳是我們小時候的玩伴。芳芳長我三兩歲，樣子我也記得一清二楚。她的皮膚很白，白裡透紅。頭髮帶點棕黃的顏色，是朱家人的基因特色之一。她是家中的老大，從小就幫家裡打理很多事情。

小蘿蔔頭和我同歲，他小我幾個月。記憶中，他成天穿著灰布長褂，光頭，個子瘦小。看人的眼光總好像躲躲閃閃的，一副唯恐遭人欺負的模樣。還記得從前他前面的兩顆門牙微微有點向外齙，笑起來樣子蠻惹人疼的，只可惜他很少笑。

那時候我們都在尙文小學上課，冬天教室裡沒有火爐之類的設備，小孩子一個個都縮著脖子，雙手對插在棉襖的袖筒裡取暖。每堂課都迫不及待地等著聽下課的鈴聲。在中間十分鐘的休息時間裡，小孩子們最時興玩一種叫「擠攏攏」（不知是不是這幾個字，但發音如此）的遊戲，這種遊戲相信是孩子們自己發明出來禦寒的。孩子們排成一個長龍，背緊靠在牆壁上，兩隻手對插在袖筒子裡。左半排的人拚命往右擠；右半排的人則盡力向左擠壓。一邊擠，一邊嘴裡大聲喊著：「擠攏攏啊擠攏攏」。小蘿蔔頭穿灰布大褂的身影夾在長龍之中的情景，給我留下的印象特別深，也不知道爲什麼，難道因爲那是難得看見他露出笑容的時候嗎？

日後在我成長的過程中，我曾無數次想起過他，尤其是當我在台灣念中學的五〇年代，兩岸正處於尖銳敵對的局勢，當時最流行的口號總不外乎「反攻大陸」，「解救苦難中的大陸同胞」之類的教條式句子。報章電台上也經常看到大陸上鬧饑荒的報導，看到這些報導，思及過去在我心中留下的一幕往事之時，往往令我深深感到歉疚，心中有份罪孽感，一直埋藏在心裡很多年，從來沒跟誰講過。

有一個夏天，媽媽要去南京看爸爸，把我和哥哥託付給外婆照應。那一陣子我偏食得很厲害，不肯吃蔬菜，米飯也嚥不下幾口，肚子裡長了蛔蟲。每天被迫吞一種叫鷓鴣菜的西藥，人變得面黃肌瘦。媽媽請外婆每餐飯爲我炒一碟豬肉豆乾絲，大概那是我當時唯一喜歡吃的菜肴吧。有一天我正坐在八仙桌上吃著這碟香乾肉絲，小蘿蔔頭不知從何處冒了出來，出現在窗外，我們面面相對，誰也沒說話，外婆也沒喚他進屋來一塊兒用餐。但我記得小蘿蔔頭一邊往大門走，一邊回頭頻頻望著碟裡的炒肉。不知怎地，這一幕深深地印刻在記憶裡。

另有一回，我剛放學回來，才邁進大門，即見到小蘿蔔頭倉倉皇皇，躲躲閃閃地急步往門外走。我心裡有點納悶，跑去屋裡問外婆道：

「小蘿蔔頭剛才不跟我說話，直往大門外衝。他幹什麼這麼慌慌張張的呀？」沒想到外婆也緊張起來，像做了什麼虧心事似的，紅著臉結結巴巴向我解釋道：「他肚子餓了，我灶上沒東西好讓他吃的，就先拿了盒裡的餅乾給他。」

外婆說的餅乾是媽媽出門前特地為哥哥和我預備的零食。外婆大概覺得不該拿我們的東西給別人，怕我不高興，所以才會臉紅的。回想這事時，我已不記得當時六七歲的我究竟有沒有不高興，六七歲大的小孩很可能還不懂得與人分享的美德，很可能很自私。成年後的歲月裡，每憶及此事，心中都會覺得愧疚酸楚，尤其在台灣的時候，一直認為今生今世再也不會再見到大陸的親人，再也無法彌補這份遺憾了，內心不禁生出一份深深的罪歉感。小蘿蔔頭是我母親親兄弟所生的孩子，憑什麼我吃好的穿好的，而我的親表弟連吃兩塊餅乾都得躲躲藏藏呢！我有時不免癡想，如果我能返回到過去的時空中多好，我一定會想辦法彌補的。雖然我明白這一切不是我的錯，是時局，是個人的命運有別，我還是不能完全原諒自己孩提時代的渾噩與自私。過去持有的一份特權階級的優越感和莫名其妙的自豪感，都早已逐漸隨歲月深化為沉潛的悲憫與內疚。

面對著眼前這個初老的漢子，真像做夢一樣。這個當初穿灰布大褂剃光頭的瘦小男孩，與站在面前這個理著平頭，赤銅皮膚，身軀碩壯，眼神自若的漢子，竟是同一個人——我的表弟小蘿蔔頭。面對著他，我不禁百感交集，既欣喜，又滿腹心酸。

小蘿蔔頭用手勢示意，請我們進他屋裡坐，我注意到從前有兩棵桑樹的牆角，現在成了小蘿蔔頭住所的前門，門邊貼著的兩條對聯上寫著：

隨緣穿衣吃飯
切實做事為人

小蘿蔔頭說他一個人住在這裡。前後兩間水泥地的房子，很簡單，前一間裡有張方桌，幾把凳子，後一間放著一張有蚊帳的四四方方的床，不過不是我記憶中外婆屋裡的四方床，帳上沒有繡的龍鳳，更沒有掛鉤或鑲嵌的鏡子。可是這兩間房的所在地，應當正是以前外婆外公的臥室所在地，我自忖著哪一方角落是當年放馬桶的地方，五歲的我，曾威風凜凜地高居其上，君臨四方……

外公的祖屋，由他的孫子小蘿蔔頭來繼承，看來小蘿蔔頭一輩子都在這方圓五百公尺的地方打轉，未來亦將終老於外公外婆終老的屋簷之下。這是名副其實的傳統，想著想著，不禁令我肅然生起了一份敬畏之心。

表弟很興奮地拿起案上的兩本相簿，向我們展示他的家人近況，他一頁頁地翻著：

「這個是我大兒子，在天津金融界做事，畢業於浙江大學；這是我大媳婦和兩個孫兒。」

「小蘿蔔頭，你真不容易，赤手空拳一個人養大兩個孩子，都這麼有出息……」

我和哥哥弟弟同聲讚揚著。聽云清悄悄說，小蘿蔔頭和妻子很早就分手了。

「這個是小兒子，他已經快拿博士學位了，現在在上海。」

「噢，他長得一表人才，很英俊啊！」我們都說。

小蘿蔔頭喜不自勝地點著頭，這句讚美的話，他顯然已經聽過千百次了。小蘿蔔頭會養出這麼優秀出眾的狀元型兒子來，我除了爲他感到欣慰之外，同時也不能否認自己心裡的一分訝異，我的腦海中這時又閃過舅舅瘦弱佝僂的身影。

「小蘿蔔，看來你的老福很不錯哩。」我們大家都七嘴八舌地恭喜他。……

「小蘿蔔頭，你眞不容易，總算苦出頭了……」

對於眾人一致的恭維誇讚，他並沒有客氣謙遜，小蘿蔔能達到現今的狀況，顯然相當稱心，很自然地流露出一分苦盡甘來的自豪感。

小蘿蔔頭和他父親兩代人都窮困不得志，吃過不少苦。到了第三代身上，終於時來運轉，開始出頭，成了新生代裡的頂尖人物，眞是所謂的「十年河東，十年河西」，也許上帝畢竟還是公平的吧，我想，只要你能夠耐心等候。

如果外公還活著，看到他的孫子輩個個如此出人頭地的話，恐怕再也不會說希望兒子與女兒互換身份的話了，也許連「白塔舞」裡的歌詞也會有點不同吧。

從小蘿蔔口裡，我們得知小舅舅的兩個兒子也很傑出，都是國家中級幹部。小舅舅和小舅媽則於兩三年前相繼去世。他們二老據說長年住在附近一個縣城。十多年前母親還在世時，曾經與他們通過信。媽媽也曾由美國匯款給大舅舅小舅舅，那是八〇年代初的事，當時大陸剛剛對外開放不久，國內經濟尚未開始起飛，舅舅們的景況仍然相當拮据。從那時的書信往來中，媽媽才知道外公外婆前後辭世的年月。得知外公早在六〇年代即已病故，而外婆卻很長命，一直活到八十幾歲。

如今母親父親舅舅他們這一代人也相繼往生，花果凋零，一去不返了。

今天我終於回到了五所巷外公外婆的家，踩到外婆後院的土地了。出乎意料的是居然還能在此見到親人，這一切幾乎如夢一般虛幻不實。

一切曾在這裡上演過的場景，既屬於上個世紀的陳年往事，又似昨日才發生的。須臾與亙古不過是緊鄰啊，時間的意義，又再次教我墜入迷思。

上墳

臨別回賓館前和表弟小蘿蔔頭約好，翌日清晨在鄉賢祠大門口會合，由他帶路去城郊給外公外婆上墳。

我們抵達鄉賢祠時，小蘿蔔頭很守時，已經在那裡等我們了，手裡提著隻竹籃子，裡邊盛著香燭、冥錢、糕餅等物。我們則捧著一束臨時在店裡買來的鮮花。臨時截了輛小貨車，便往靈江方向開去。

只隱約記得車子開過一座橋，穿過一列列公寓式的樓房，逐漸進入農田的區域。待走近山邊，蘿蔔頭吩咐司機在田疇邊一小片空地上停下，叫司機在這裡稍候。我們四人手拎祭品，開始沿山坡往上走，撥開了小徑上攔路的枝椏，很快就來到外公外婆的墓前。墓看來光鮮潔淨，不久前清明節才過，表弟他們大概剛剛來過。他說這墓前兩年整個翻新修葺過。灰白色的花崗岩墓碑上刻著四個大字：寬厚仁和。外公的姓名朱凱元清清楚楚呈現於一旁，外婆的名字沒有註明，僅僅寫著陳氏二字。墓之所在地，面向著臨海城牆，遠眺巾子山上的雙峰塔。論風水的話，這應該是一塊不錯的墳地吧。墓的格局談不上排場，倒很配合普通老百姓的身份。

我的內心默唸道：

「外公，您安憩了，在這裡天天都可以看見您喜愛的白塔啊！外婆，您知道您的外孫外孫女來看您了嗎？我好想吃您做的青餅和麥油脂喲！」

我們把鮮花放在石碑前面，表弟把竹籃裡的冥錢堆放在墓前，將糕餅盒的蓋子打開，放在兩旁。他在墳前燃起了一把香，然後率先跪下，磕了三個頭，嘴裡唸唸叨叨說了幾句。接著我和哥哥弟弟輪流照做了一遍，嘴裡唸道：久違了，外公外婆，我們終於回來看您們了！

磕過了頭，表弟把放在墳上的冥紙點燒起來。白色的煙升了起來，飄過了田野，朝遠處天邊冉冉升騰，漸漸散開了去。看著白煙隨晨嵐在空中飄移，我一邊又胡思亂想起來：外公外婆過世很久了，他們的靈魂也老了吧，老了的靈魂還會回到故地嗎？人老了容易糊塗，容易遺忘，靈魂老了呢，是否依舊清醒？依舊在意這世上發生的一切？他們有感知，知道我們回來了嗎？外公外婆，您們可知道從您們離開後，這塊土地上發生過的所有的變化嗎？外婆，您可知道那天在城門口一別之後我們所有的遭遇？

我的問題都隨著煙塵，隨著風，飄散得無影無蹤。

「這『寬厚仁和』四字是你的主意嗎？」哥哥忽然問表弟。

「是我和小舅舅一家人商議後選定的。我們大家都覺得這四個字最適合外公的人品。」

我聽了頓時心裡慚愧起來。說眞的，我只有外公零零碎碎的印象，至今還不清楚他是怎樣一個人。一輩子也沒盡過孝道。不能和小蘿蔔頭比啊。人家在百般困難的境況下還把外公外婆的墳修得這麼好！

小時候我只看到過外公滑稽放肆的一面，而忽略了他仁厚有膽識的另一面，現在回想起來，覺得好幾件事都足以證明表弟說的沒錯。

說來也眞是慚愧，在此之前，我這輩子還未曾正式給祖宗上過墳呢。小時在臨海只記得清明時節家家吃青餅，但不記得有過上墳的經驗，或許是忘記了。後來去了台灣，根本沒墳可上，父親一邊的祖墳遠在山東，母親一邊在浙江。到了以後移居海外，就更不必說了。一直到了一九九六、一九九七父母親相繼過世之後，自己才有了上墳的經驗，而這時所謂上墳掃墓，也不過就是在墓前放把鮮花罷了，加上對著石碑恭恭敬敬地鞠三個躬。沒有冥紙，沒有香燭，沒有菜肴糕餅。美國的墓園裡不允許燒東西，只能供奉鮮花。

從前看人家在墓前供奉菜肴，總覺得太迷信，甚至覺得有點滑稽可笑。可是自從父母親過世之後，我的想法卻大大地改變了。有好幾次我心裡眞想燒些爸媽生前愛吃的豬腳蹄膀之類的菜，供在他們墓前，雖然明知這一切純屬枉然，都不過是爲了滿足生者自己的心理需要；對於亡者，這一切舉措都已毫無意義。雖然理智上這樣想，但有時還眞想燒些菜肴端到墳前去。後來我採用了折中的辦法：在自己家裡壁爐上邊放張爸媽的照片，在壁爐前的一張檯面上放幾碟菜肴，點上三炷香，再在壁爐裡燒些紙錢。這麼一來，我竟和我以前在心裡取笑過的迷信者變得一個樣兒了。有了這番經歷，我終於深深的與他們認同起來。

想來，中國人祭祀祖先的儀式相傳已上千年，自然有它存在的道理，想起從前歐洲天主教傳道士不准中國信徒上墳祭拜一事，眞覺得他們太不通人情了。

祭拜完畢，我們收拾好用過的祭品器皿，走下山坡時，迎面遇見一個農夫趕著一匹瘦骨嶙峋的馬，正往山坡上攀爬著。馬背上馱著用麻繩綑著的一袋袋磚頭。磚頭顯然超重了，走的又是上坡的路，瘦馬舉步維艱，而農夫卻仍一再吆喝著，不時舉起手上的鞭子抽打馬背。眼看馬蹄子在砂石上磨蹭滑行，進一步退兩步地掙扎著，使力之下，馬的背脊骨也突了起來，腳下仍毫無進展。這時小蘿蔔頭突然對農夫大聲吼了起來：

「你這樣趕牠會把牠搞死的！怎麼叫牠馱這麼重的東西！」那農夫也不答腔，只顧吆喝著。

坐著小貨車回家的路上，表弟仍氣咻咻地抱怨著，爲那隻可憐的瘦馬打抱不平。

哥哥突然插進來問小蘿蔔頭道：「昨天你說起文革時期被分派到鄉下去幹活，那陣子怎麼樣？」

小蘿蔔頭一揮手道：「甭提了，那些年我過的日子連牛馬都不如。」他指著他微向前傾斜的雙肩道：「你們看我的背，就是那時候拖板車拖的。」昨天我曾注意到他的背有點駝，還以爲是提前老化的結果。

多年來我心裡一直擔憂的事，這時想問，卻又鯁在喉頭。昨天沒敢提，心想今天如果再不問，就怕再沒機會問了，終於鼓起了勇氣問他：「小蘿蔔頭，文革時你們有沒有因爲有我們這種海外關係而受牽連啊？」

他一邊搖頭一邊搖手示意道：「用不著海外關係這樁罪名啦。早在解放之初，我們就屬於黑五類啦。爸從前的大姊夫當年曾是此地國民黨的高層幹部，解放軍進城，他是第一個被抓的，後來被槍斃了。小姑丈又是鄉下所謂的「土豪劣紳」。我們的生活一向就夠苦的了，還能把我們怎麼樣。」

他說的那個「爸從前的大姊夫」，我曾聽母親說起過。他是母親最敬愛的那個當過小學校長的大姊的丈夫。當年他是臨海市國民黨黨部要人之一。因爲大姊難產早逝，大姊夫又續了弦，和朱家的關係自然疏遠了，因此我小時沒見過他，小蘿蔔頭這麼一說，我才想起有這麼個人。

還好，我心裡這麼自我安慰著：至少，小蘿蔔頭受的罪不是因爲我們而來。但是，究竟是否如此，是很難說得清的。或許是因爲他厚道的關係，不願意說，或許是日子太久，爛賬再也算不清楚，而且，一切都無從說起。我心裡明白，我們欠小蘿蔔頭他們的一筆賬是註定永遠清不了的了。

在中國像我們這樣的爛賬，想必遍地比比皆是，又何從算起呢？眞是百孔千瘡啊！十年文革浩劫，給中國人造成的創傷殘害不知要幾輩子的時間才能修補得過來！

第二輯

井頭印記

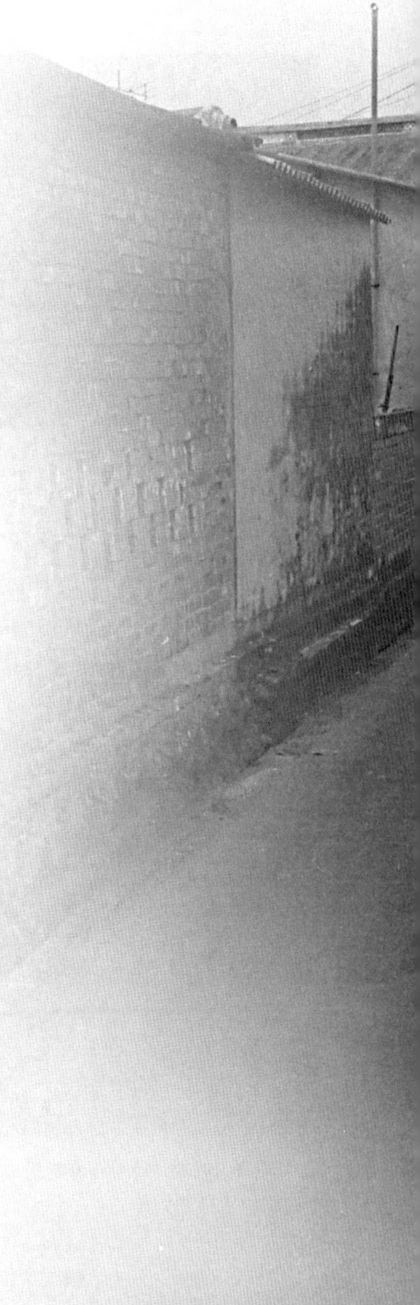

抗日戰爭方才結束，國共內戰接踵而至，一家人在夾縫中於杭州拍下此照。

從井頭街上明朝建的石屋窗口望出去，我第一次看見下雪。

美麗熱情的母親；執拗不馴的女兒。

我於東海大學演出輕歌劇《陪審團判案》。

源頭

五所巷其實很短，幾步路即走到盡頭。盡頭的橫街便是井頭街。這條街也是古街，街長不過兩百多米，寬也僅約四米。五所巷僻靜闃寂；井頭街稍多了些許人氣。井頭街的東西兩端各有一口井：東邊這區就叫大井頭；西邊一區就叫小井頭。街的西端走到盡頭就是古城牆。

一九四六年我們在外公家借住了幾個星期之後，媽媽便帶著哥哥和我搬到井頭街的一個小樓上住著，距外公家不過兩步路，從五所巷走出來，拐一個彎就到了。我們在那樓上租了兩間屋子。

那時候父親仍獨自待在南京，大概因為時局不穩，他在軍界的職務調遷去向尚有變數，我們便在臨海待著，暫時按兵不動。

其實在一九四六年春天國共雙方早已展開激戰，東北的局勢日漸惡化。四平街、長春兩地，國共鬥爭尤其激烈，雙方傷亡慘重。同時，和平談判與軍事衝突同時進行，雙方遂進入邊戰邊和的詭譎局面。中原的湖北河南一帶已成為解放區，國民黨軍隊於七月攻擊蘇北，收回了大片土地，中共軍隊則被壓制在黃河以北。

入秋後，雙方在南京的談判陷入膠著狀態。十一月裡第三勢力方面的人出面調停也以失敗告終。一九四七年三月，中共駐京代表撤離南京。此時中共在北方的勢力逐漸強大。同時在西北、山東一帶雙方戰事依然激烈進行著。三月裡胡宗南率二十萬國民黨軍隊進攻延安，中共撤離，繼而彭德懷率領的共軍在陝北作游擊戰。在山東方面，一九四七年春天在孟良崮戰役中雙方激戰結果：蔣介石名將張靈甫陣亡，整編的七十四師全軍覆沒。屆至此時，國軍仍佔領黃河以南山東大部分地區。鄧小平和劉伯承率領的軍隊則向中原挺進，於六月裡強渡黃河、汝河，進入了大別山區。

總之，在一九四七年裡，半個中國已經籠罩在一片硝煙蔓火之中了，而那時才讀一年級的我卻渾然不知。浙江偏安一角，在我眼中，百姓似乎仍過著歲月悠悠的太平日子，尤其是古城臨海，時序上好像總比外面慢了半個世紀似的。至少這是我那時候的感覺，也許大人們的感覺全然迴異吧。回顧之下，臨海眞似一塊夢土，教我能享有幾年無驚無慮的童年。

我們在井頭街角的小樓上住了大概有將近一年左右的時間。在那裡，我開始上小學一年級。那段時間裡發生的事我記得不多，但是卻印象深刻，而且我相信那些印象對我日後的影響也是相當深遠的。現在回想起來，那一段時間裡留下的蛛絲馬跡，不禁讓我覺得，在我幼年成長的過程中，那段短暫的歲月竟蘊涵著不可忽視的關鍵性。這樣看來，這名爲「井頭」的街巷其實它的象徵意涵是異常豐富的。

初雪

半個多世紀過後，我們再次回到井頭街舊居，驚訝地發現這幢屋子幾乎絲毫未變，完全保存著當年的風貌，就像我們昨天才來過似的。同一扇大木門上的赭色油漆斑駁得厲害，大概幾十年來從未漆過。大門上的兩個大銅扣環也依然存在，門檻還是那麼高。前庭很窄小，青石板鋪的地依舊。猛抬頭，那兩扇洞開的窗口依然兀自在石壁上端，像一對碩大深邃的黑瞳孔，冷冷地俯視著我們。半個世紀以前，我們曾日復一日地由那兩個窗眼俯視四周的黑色瓦頂，眺望城牆的稜線。沒想到，半個世紀之後卻由它們來俯視我們了。右邊的黑瞳孔裡曾是我們的臥房，小時我從那個窗口第一次看到雪。

一天清晨，被女傭采菊叫醒：「快起來，起來看外面下雪啦！」我搓了搓眼睛，往窗外一看，鄰居的瓦頂上鋪了一片白皚皚的雪，剔透晶瑩。那一場雪是那一年冬天下的初雪，也是我生命中的初雪。一片片雪花徐徐從空中灑落，好美妙難忘的一瞬！

如今我和哥哥兩個人的頭髮都白得快趕上那年瓦頂上的初雪了。此刻仰望這兩扇洞開的窗口，不禁發起獃來。心中起了一陣顫動。時光，時光，究竟你要說的是什麼？你究竟擁有多少奧祕與未知？

水井

跨過前庭，邁過第二道門檻之後，面對的一方天井，一如記憶中一般呈現於眼前。天井地上鋪著青石板。牆根一排灌木叢。這座房子大概也是屬於明清時代的建築，由來久矣。右角有一口水井，我常站在井旁觀看長工小李挑水，也常跟芳芳表姊在水井旁的石板地上玩踢毽子和「跳房子」的遊戲。芳芳自己會做毽子。她用中間有洞的古銅錢作底，拿一寸長的空心雞毛管豎著插在銅錢的洞中，再用絲線緊緊地將雞毛繫牢，再把從公雞身上拔下來的花色羽毛插到管子裡，這樣便成了一隻像綻放的花束一般好看的毽子了。芳芳可以連續踢上二、三十下，不讓毽子落地，我卻只能踢個三、四下，毽子便掉在地上了。

有時我們在石板地上玩「跳房子」。我們先用粉筆在地上畫好大格子，每個人用一塊滑滑的石卵作記號。玩的人輪流用一隻腳輕輕踢石卵，另一隻腳不准落地，從頭一格踢到下一格，或繞道踢到旁邊的一格，誰最先把石子踢到最後一格誰就贏了。踢時不能跨格越界，也不能進到別人已經拿下的地盤，更不能讓石子跑到格子框框的外面去。這種玩法又是一個不需要本錢的遊戲，像「擠攏攏」一樣，在物質缺乏的年代，這未嘗不是件有趣的創舉。

天井裡靜悄悄的，不見半個人影。我們不便擅自闖入，扣了扣大門上的銅環，一扇半掩的小門裡露出一張臉。走出了一位胖老太太，一邊撩起圍裙擦手，笑瞇瞇地迎向我們。

「對不起，打擾了。我們五十多年前曾住在這裡，就在這小樓上。」我朝樓上指了指。

「頭一次回鄉來看看親人，看看老地方，我們進來看一下，你在意嗎？」

胖老太太一副和藹淳樸的模樣。

「你們五十年前住過這裡，那一定就在我搬來之前，我們可是前後鄰居哩。到今年為止，我整整在這兒住了五十年啦，我才結婚就搬來了。我老公去年走了。現在這樓下就我一個人。」

我四下張望了一下，到處黯沉沉的。我禁不住問：「這麼大一幢樓，怎麼沒別人分租呢？」

老太太說：「這裡沒自來水，現代的人住不來。我喝慣了井水，無所謂。只不過我現在人老了，老公又不在了，提水是個大問題。」一邊說著，一邊搖頭。

「你還喝這井裡的水？」我們都詫異得很。「為什麼沒有自來水呢？」

「自來水本來可以安裝的，但是我嫌太貴了。將就著喝這井水，也一樣。」

「那麼電呢？這裡有電燈嗎？」我不禁好奇再問。小時候臨海是沒有電燈的，我們晚上做功課時都點柴油燈照亮。水，自然也是喝井裡提上來的。我記得外婆家的長工小李每隔幾天來一次，為我們的水缸儲水。

老太太說，電燈倒是裝了。她順手撥了門邊的開關，啪一聲，廚房灶頭上面的燈泡果然亮了。

從水井裡汲水，除了臂力還需要技巧。我記得以前常站在井邊看小李提水。水桶上頭的木把子上繫著根粗繩子，一般木桶的口徑約一尺多，水井的口徑大約兩尺多，井有兩三丈深。汲水時先將水桶放下水井，等到桶子即將觸及水面時，小李技巧地將手上的繩子一抖一抽，讓水桶翻個身，桶口朝下叩進水裡，小李再一抽，水桶的口又翻身向上，桶子裡及時盛滿了水，小李再把水桶拉上井來，這時所靠的則是臂力了。提上來的水再倒進儲水的水缸裡，水缸通常都放在爐灶旁邊。每桶大約能盛兩三加侖的水吧，所以想要儲滿一水缸的水總得提上好多桶的水才行。

這位老太太在這屋裡一住就是五十年，真有點不可思議，但是在臨海這地方，可能還是相當普遍的。在這地方，「時間」的內涵似乎與別處不盡相同。在這裡，時光似乎存在於一種靜止的狀態。

「能讓我上樓去看一眼嗎?」我指了指她身後的樓梯。「可以，可以，但是我多年沒上去過了，這梯子不知道牢不牢，你千萬小心啊。」

我往上頭探了探頭，見上頭陰沉沉的，牆角結了好些個蜘蛛網。顯然已經多年沒人住了。那張石窗的洞口射進了一線白光，亮晃晃的，有點讓人睁不開眼睛。樓梯的木板大概因爲太舊和發潮的關係，聞起來有股霉味。我踏上了梯階，走了兩步，覺得搖晃得厲害，而且心裡不知怎地有點發毛，膽子本來就小的我，終於打消了上樓的念頭。

道士

這時腦子裡閃過一個畫面——多少年前在上面那扇窗口邊上，站著一個穿著一身灰布道袍的人，腦袋頂上梳著一個髮髻，標準的道士模樣。這人正和母親說著話，我和哥哥圍在母親身邊。這人不知是從哪兒冒出來的，他的臉很瘦癯，頷下留著三綹長長的鬍子。

道士型的人嘰嘰咕咕地說了一大堆話。總結一句，是要母親拿錢出來捐給他的道觀，好為哥哥消災消難，去邪化吉。道士一口咬定這個小男孩命中註定將遇到不少魔障，非得讓道士多多為他唸咒消災不可，否則日後健康將出問題。道士手上拎著個竹籃子，裡面盛著香燭護符之類的玩意兒，看來似乎打算一手收錢一手交貨。他嘟囔了半天，我們半懂不懂。媽媽臉上的表情先是疑惑不信。到後來好像有點被道士有聲有色的表演說得開始動搖起來。道士一邊從竹籃裡拿出一疊畫好了的護符交到母親手上，一邊囑咐媽媽如何把這些紙片燒成灰，泡在茶裡給哥哥喝，可以加強消災的效果……。

就在這節骨眼上，忽然我們聽到外公的大嗓子在樓下大門口大嚷大叫道：「抓騙子，抓騙子」，一邊朝裡面直衝而來，說時遲，那時快，等到外公登上樓梯時，道士也早已逃之夭夭，連影子都不見了。這時母親才清醒過來，恍然大悟，好在外公及時趕到，要不然她差點就上了大當。母親生性就是這麼個天眞容易相信別人的人。

這件發生在井頭街小樓的往事，給我留下了難忘的印象，我的心裡始終半信半疑，覺得這道士的話未必完全沒有道理，尤其從日後發生在哥哥身上的事情看來。哥哥這一輩子從小到大，小毛病好像總是一個接一個，幾乎未曾斷過。

那時他和我都患上所謂的百日咳。在臨海期間，我們肚子裡都長了蛔蟲。那時候治蛔蟲的藥是一個叫鷓鴣菜的藥粉，難吃無比，媽媽逼著我們把沖了藥粉的水喝下去，但是，有時我實在嚥不下去，等媽媽轉身沒盯著我時，我就把藥倒掉了，顧不得蛔蟲把自己快吃空了，也顧不得自己變得面黃肌瘦。我還有一個難爲情的毛病，就是夜裡尿床，六歲的我已經懂得羞恥，每天早上面對女傭的大驚小怪，覺得很是羞愧窘迫，但是藏也藏不住，只好低頭一聲不吭。母親曾帶我去見過醫生，但是我不記得最後問題是怎麼解決的。總之尿床的毛病連續了好長一段時間，對我的心理自然是有相當的影響的。

從兒童心理的觀點來分析，我想我和哥哥倆那時候的心理狀態肯定是相當焦慮不安。現在回想起來，可以瞭解當時足以構成心理焦慮的諸多因素。第一，在臨海我們是所謂的「外路人」，初到的幾個月裡還沒學會本地方言，有些習慣和衣飾也與眾不同，有時難免遭到同學的揶揄和取笑。這種遭遇一輩子都在重複著，日後到了台灣，我們的身份是所謂的「外省人」，雖然沒遭受到歧視，但一部分台灣本地人仍難免帶有敵意看我們，因爲幾年前曾發生過不幸的二二八事件。在台灣那時候政府正極力推行國語，不允許在學校裡講台語，台語本來就很不容易學會，在這種環境下，我們便失去學習台語的機會，然而語言上的隔閡更加重了地域性的心理隔閡，因之我們又時常被人在背後叫「阿山」（是一種帶藐視性的稱呼）。

等到後來到了新大陸美國來讀書、定居，我們自然更成了眞正的「外國人」。總之，這一輩子無論走到哪裡，我們永遠是「外」來者。雖沒受到明顯的排斥歧視，然而屬於「邊緣人」的心理，不知不覺地存在於潛意識的底層，逐漸成了人格型態的一部分。

在臨海時，除了作爲「外路人」所感到的格格不入之外，爸爸又長年不在我們身旁，爸爸在我們幼年的心目中是一個模糊遙遠的存在，帶著抽象性。

那時候，媽媽身體不大好，不久前曾小產過，我記得那時候的媽媽，不是躺在床上休息，就是在發脾氣，我們兄妹倆和傭人都常挨她罵。有時候媽媽還會莫名其妙地哭泣，我們完全不瞭解她爲什麼哭，什麼事情惹她傷心。媽媽一哭起來，女傭采菊就會把我們支開來，叫我們自己到外婆家或到城牆上去玩去。母親的哭泣對我始終是個謎。我只記得小時候我也很會哭，不知是不是跟媽媽學的。

哥哥的情況比我還糟，除了尿床一事我有他沒有之外，其他的毛病他都有，除此之外，有些學校裡的男孩子特別喜歡欺負他，因爲他常戴著頂帽子，看起來跟人家不大一樣，他們看不慣，老是跟在他後面叫他「外路人，外路人」，或是取笑道，「頭頂生瘡，膏藥無方，怕人看見，戴帽遮光」，而且有幾個老要過來動手掀他的帽子，教他的日子過得很不安寧。放學時，他常常跑著回家，唯恐被壞小孩攔住無理取鬧。那時候哥哥才七八歲大，心裡遭受到的壓迫感，可想而知。

其實從小到大，哥哥的身體始終不斷出現問題，不過都不是大毛病，一會兒是無故流鼻血，一會兒又是腸胃病，抵抗力弱，動不動就會染上重感冒，總是這裡疼那裡不舒服的，醫生查也查不出什麼地方不對。他自己也不免懷疑這些毛病莫非都是由心理引起的。我不止一次想起了那個胡說八道的騙子道士，難道他眞的有點神通遠見不成？要不然，難道是道士說的話，莫名其妙地起了微妙的催眠作用，教原本非常敏感的哥哥在潛意識的層面上種下了生病的心苗？這樣的推理又未免太玄了點。想來，一個人之多病與否，與許多內在外來以及遺傳的種種因素有關，是個龐大又錯綜複雜的因果過程，絕不能以「命運」來解釋，巧的是哥哥之多病，居然不幸地讓江湖騙子一語成讖了！

阿泡出嫁

記得在井頭街小樓上住了沒多久，我們家就辦過一樁喜事。跟了我媽很多年的一個貴州苗族姑娘終於要嫁人了。這個名叫阿泡的姑娘才十四歲大的時候，她的娘就領著她來到我們家大門口。那時抗日戰爭正進行得如火如荼，父親的輜重軍團屯駐在貴陽鄉下一個叫「狗場」的地方，爸爸是該團的團長。那一帶有許多苗族人，大多住在山窪裡，生活艱苦，絕大多數不識字。有一陣子瘧疾鬧得很厲害。軍醫處備有政府發放的奎寧丸，治瘧疾很有效。很多鄉下老百姓到團裡來討藥。拿回去把病治好了，對團長自然心懷感激。那時候軍隊長官在地方上大概是眾望所歸最有辦法的人物吧。

阿泡家非常窮困，孩子又多，經常吃不飽，阿泡的媽媽大概覺得把阿泡交給團長太太帶走是最好的出路。她央求媽媽把阿泡買下來。阿泡只顧哭泣，看來實在可憐。這情景是日後母親說給我們聽的，她到我們家時我還沒出生呢。媽媽說她告訴阿泡媽媽，這檔子買賣人口的事我們絕不能做，但是如果阿泡願意留下來幫傭的話，我們可以收她，阿泡便是這樣進了我們家的，戰後她又一直跟著我們回到內地。

到了臨海不久，我們才住進了井頭街小樓呢，阿泡告訴媽媽她懷孕了。孩子的爸爸不是別人，就是常在我們家進進出出幫忙跑腿的上士毛班長，我們初到臨海時，他留在南京和爸爸一起。爲了迎娶阿泡，毛班長從南京來到臨海，和媽媽見面磋商。阿泡則躲躲閃閃的，一會兒臉紅，一會兒流眼淚，說她捨不得離開太太和少爺小姐。不管她捨不捨得，事到如今，她也是非嫁不可了。她的肚子已經有了四、五個月大的胎兒了。

阿泡出嫁的一幕，就像舊時代拍的電影鏡頭似地，至今還鮮明地映現在眼前：阿泡手裡拎著一隻小皮箱，毛班長一手牽她，一手拎著一隻大點的皮箱。阿泡穿著一襲新做的青花布短襖，藏青色褲衩，頭上包了一塊紅花的綢巾。毛班長一身土黃色的棉布軍服，打著綁腿，戴著軍帽。媽媽叮囑毛班長要對阿泡好，口氣好像嫁女兒的。媽媽和阿泡兩人的眼睛都有點紅腫，儘管阿泡因爲笨拙的緣故，常挨媽媽罵，然而畢竟主僕二人在一起生活了有七、八年，一旦分離在即，還是難免心裡難捨。我已經不記得自己當時的心情，有沒有難過？怕不怕阿泡離開再也不回來？我全沒有記憶，我只記得這樣一個畫面：阿泡由毛班長牽著，從那個高門檻的大門跨了出來，這時我和哥哥正站在面對大門的圍觀人群中間，怔怔地望著新娘和新郎兩人跨過門檻，走了出來……扁扁的鼻梁、點點雀斑、點點淚光，漸漸消失在井頭街的盡頭。那是阿泡在我記憶中的最後一個影像。此後一生中還曾有過無數次別離的經驗，阿泡的離去，僅僅是第一回。

日後，在無數次面對別離的時候，我的處理方式都是採取一貫的逃避，看來，這與我第一次處理別離的方式似乎是一致的。教心理學的漢米爾頓教授曾經說過：很多人都不懂得如何說再見。我瞭解他眞正的意思是說，我們多數的人都不會處理離別這樁人生難題。起初我不太懂他的意思，但後來的幾次經驗終於讓我明白了。難捨的別離對任何人都是痛苦的感情經驗，沒有人願意面對它，因此便不知不覺地隱藏起內心的感情，裝出一副無所謂很輕鬆的樣子，無情不似多情苦。但是這種一時的瀟灑到日後是要付出代價的，壓抑的情感遲早會有決堤的一天。

半個世紀過去以後，有一次從美國參加到貴州廣西的旅遊團，經過貴陽時，恨不得繞道去狗場看看，可惜無法脫隊前往。在貴州接觸過不少苗族女子，個個活潑健朗，能言善道，充滿了活力，讓我對中國的少數民族刮目相看，心裡對他們充滿了激賞和敬意。我想起了阿泡，相信她還健在，只不知她如今定居何處，此時她應該早就是一位兒女成群的老奶奶了吧，我衷心祝福她過得幸福。

阿泡出嫁之後，舅舅從臨海鄉下叫白水洋的地方爲我們找了一個年輕的少婦來代替阿泡。她的名字叫采菊，大約二十多歲，已經嫁人了，丈夫在鄉下種田。她和阿泡不一樣，很文靜，很少說話，和媽媽很合得來，做事也比阿泡靈巧得多，凡事說一遍就行了。我記得住在井頭街時她就來到我們家了，一年之後她還跟我們一道去了南京。在南京一年之後，又隨我們回到臨海城，在我們家一直待到一九五〇年十月，直到我們離開大陸。分別時，我們坐在大卡車裡，她在車窗外，在晨霧中她的臉變得朦朧不清，也許是時間使我的記憶模糊不清。那一幕情景如此遙遠，卻又深深銘刻在心，那一剎那間，她的臉，窗外其他送行者的臉，外婆的臉……都重疊在一起。那是一次永別啊，但當時又有誰會料想得到呢。

幢幢魅影

井頭街的歲月在我心靈上還留下另一個難以磨滅的印記——我在那座陰暗的小樓裡，首次聽到一連串魑魅魍魎的駭人故事。那些陰森森的鬼故事在我心裡留下了很大一團暗影，從那時起，我變得格外膽小。我一面怕聽，一面又捨不得不聽。

那時候媽媽獨自睡在內屋，我和哥哥合用外面的一間。采菊和另一位臨時來家幫忙的婦人杏花兩人，幾乎每晚都坐在我的蚊帳外面，藉著柴油燈的光亮做著針線活兒。她們兩人都有丈夫，婆家住在鄉下，杏花已有兩個小孩。媽媽那時身體不好，常躺在床上，采菊一人要照顧我和哥哥，還要燒飯洗衣，侍候母親，委實忙不過來，因此舅舅幫我們找了杏花來打雜。現在我仍能勾勒出杏花的模樣，她是個高大碩壯的中年婦女，面色紅潤，臉形呈飽滿的橢圓形，總教我聯想起一張那個年頭裡發行的郵票上的日本木偶女像，頭髮光溜溜的在腦後梳成髻子。她的塊頭大，走起路來腳步很重，虎虎生風。她和采菊分工合作，她管打掃、生火、買菜、燒飯，采菊負責服侍母親，照顧我們兄妹上下學，並幫著做些針線活。她倆輪流放假回鄉去看望家人，回來時常爲我們帶回一籃子自己家種的橘子楊梅之類的果子。

她們倆好像有永遠講不完的故事，做不完的針線活。最主要的是納鞋底，家裡公公婆婆丈夫孩子個個都得穿鞋子走路，她倆就有一年到頭納不完的鞋底。那時臨海城裡城外大家穿的都是自家做的布鞋。下雨天則在外面套上個黑膠鞋套。布鞋的鞋面幾乎是青一色的黑布做的，偶有例外的則是小女孩子或要當新娘子的閨女，她們穿的有時是粉紅色緞面子做的繡花鞋。所有的鞋底都是純白色的，由一層層粗麻布打上米漿沾黏起來做成的，黏好之後，再在上頭一針針用粗線縫上針腳，才能結實耐用。納鞋底幾乎是婦女生活中很重要的一部分。在我們這個二十一世紀裡，難得看見婦女做女紅了。我從家裡帶到美國來的針線包，現在除了偶爾縫顆鈕扣之外，似乎難得一用，在櫃子裡放著，已經成了骨董。

采菊杏花和我之間隔著一層薄薄的紗帳，她倆一邊納著鞋底，一邊壓低嗓子說著街坊鄉間聽來的鬼怪奇聞。我在帳內閉著眼睛毫無睡意，她們兩人絮絮叨叨講的話，我一字不漏的都聽得清清楚楚，但不見得全聽得懂。最難忘的是有關僵屍的故事，聽起來慄悚可怖。杏花講起鬼故事來活神活現的，很有她一套：

「……這時，躲在屋樑上的道士屏住呼吸，靜靜等候著，他把那碗做過法的水，小心翼翼地在伸手可及的地方放妥了……」杏花稍頓了一下，接著說：「嘎嘎……他聽到棺材蓋開啓的聲音……黑暗裡他藉著一絲幽暗的月光，看著棺材蓋子慢慢翹開來了……那個僵屍突地坐直了身子，眼看就要站起身子來了，說時遲那時快，道士捧起碗來，滿滿啜了一口水，『呸』一聲將口裡的水向僵屍直噴了下去，那僵屍嘩地一聲倒了下去……」。

她們倆如此你一句我一句地越講越起勁，采菊聽得入神，杏花講得口沫橫飛，我在帳子裡聽得汗毛直豎，嚇得不敢動彈。等她們講完，熄了燈，屋裡全黑了，我還是睡不著，只好用被子包住頭，只露出鼻子來呼吸。

我不知道這樣的夜晚持續了多長的時間，也不知道爲什麼沒告訴媽媽叫她們停止，也許因爲自己捨不得不聽那些叫我又害怕又刺激的故事吧。但是爲了這份刺激，我畢竟付出了相當高的代價。我想我是從那時起懂得懼怕的，我變得膽小，常常做惡夢，經常敏感得過分。一直到十幾歲大，我都很怕黑，怕獨自走進空的房間，即使是大白天在自己家裡也會如此。

自轉與公轉

回頭細細思量，我方才驚覺到那時候的母親是多麼年輕，大概三十歲吧。可能她心裡有什麼委屈，可能她不久前經歷的一次小產讓她心身俱創？或許她與父親之間發生了摩擦？總之，住在井頭街那段日子裡，母親的情緒波動得厲害，她常常發脾氣，似乎有點歇斯底里。采菊、杏花、和我們兄妹，都常挨她的罵。她罵起人來，嗓子可不小，有時難免會驚動到鄰居，有人為她取了個外號，叫霹靂火。

如果哥哥犯了錯惹火了她，她懲罰他的方式是打他屁股和大腿。她責罰我的方式卻別出心裁，她不打我，卻一邊罵，一邊拉著我一隻胳膊，在屋子中央打轉。她自己站在中心點上作「自轉」，我則一如她的「行星」，圍繞著她作「公轉」，轉到她自己累了或發暈為止，而我好像越轉越上癮。每當轉得快時，我的腳幾乎一半離開了地板，成了半飛的狀態，這時我身上穿的小圓裙子也開始飄舞起來，從上俯瞰，看起來像一朵小陽傘。小裙子是母親親手裁製的，米白色的底上有一朵朵洋紅色的小花，我看得發傻了，忘了自己正在接受懲罰，幻想自己站在一朵朵紅雲上，在空中飛翔著……這時媽媽的責罵聲也越飄越遠，漸漸聽不到了。

從這件事上，我長大成人之後，逐漸建立起一套自己的構想，覺得幼時自我化解難關的方式，其實與藝術文藝的創作過程多少有點類似，都是一種「隔離」與「客體化」的過程，也是一種「昇華」的過程。藝術創作過程以及最後的完成，都是屬於昇華作用的過程，也是一種蛻變，一種化腐朽爲神奇的過程。孩童們本身似乎天生就具有這種不自覺的創作力，而成人們大多忘記了這個本能，忘記了他們可以藉「隔離」的方式，暫時超越或突破痛苦，反而越陷越深，不能自拔。

比方說，一個飽嘗失戀之苦的人，他越是想著他得不到他企盼的愛情，越是絕望痛苦。他無形中把自己全部精力都投注在他所欠缺的這塊空洞之中了。然而如果他懂得應用藝術創作過程的方法來對待失戀的痛苦，情況應當是不一樣的。他會退一步以客觀的態度去分析自己的情緒，彷佛自己是個局外人，是第三者，是寫這個失戀故事的作者，或是一齣愛情戲劇的導演，他的痛苦自然就會減輕得多，他的理解力與想像力也會連帶的豐富起來，他很可能就在不知不覺之間爲自己療了傷，同時超越了自己的煩惱，到時候再回過頭來審視自己過去的執著，或許會很灑脫地把這段經歷視爲人生難得的體驗呢。德國大文豪歌德正是這樣，他將自己年輕時期一段失戀的往事寫成了膾炙人口的《少年維特的煩惱》，我想，必然是經過這樣一番「隔離」、「審視」、與「昇華」的過程。

現在我一邊寫著童年的往事，一邊也好像在做著自我心理分析，也可說是一種「療傷」的過程吧。

話說得遠了。還是讓我再回到我的「自轉與公轉」吧。除了飛舞的小圓裙之外，連帶我還要說說有關眼淚的故事。我不知道別人有沒有這種經驗：當我哭泣的時候（小時候我常常哭，也不知爲什麼），我常常凝視著閃爍於眼睫毛前面的點點淚花，這時便會看見類似放大鏡裡看到的那種雪花的花紋圖案，一絲絲一朵朵地從上落下來，浮動在我眼睫之前，慢慢的我的注意力整個轉移到這些有趣的花紋身上去了，漸漸地停止了哭泣，甚至忘記自己爲什麼哭了。

其實，這淚花與小圓裙的作用一樣，都成了「轉移」與「隔離」作用中的媒介物。

長大成人之後，我也曾無數次運用過類似的轉移、隔離、與客體化的方法，來爲自己紓解憂煩的心境，在遭遇到令我苦惱的情況時，我試著將自己的處境視爲一幕台上的戲，而我自己則可能是觀眾，是編劇，或是導演。這種有距離感的審視方法，往往會使我的痛苦獲得相當程度的化解與超越。

母親教我的歌

我對母親的叛逆之心，可能在井頭街居住的時候就撒下種子了，只不過尚未長出苗來。

幼年時期我是母親的寵兒，母親成天給我裁製好看的衣服。那時在臨海凡是女孩子穿的連衣洋裝全叫「跳舞衣」，記得媽媽利用她做旗袍的衣料剩布，給我不知縫製了多少件「跳舞衣」。她向鄰居太太解說裁圓裙的祕方，她那次說的話，不知道怎的我仍記得清清楚楚：妳把布料平鋪在桌面上，用圓規在中央依腰圍尺寸大小畫個圓，把這塊小圓圈圈剪空，這空圈圈就是裙子的腰身所在，四周再拿布尺畫個大圈圈，剪出來就是個不折不扣的圓裙，這圓裙便成了傘的形狀，一轉圈，裙子就像傘一般地展開了。

母親本人很愛美，很喜歡穿著，講究配色，日後我在配色方面也因襲了母親的品味，不管是什麼場合，我絕對不能讓自己身上穿著顏色不調合的衣服或配件。母親一向很重時尚，要穿好料子，新款式，夏天穿的的白皮鞋總是絲塵不染，白得發亮，冬天穿的黑皮鞋，也總是刷得油光光的，這方面我可沒有她的能耐。母親花了不少心血打扮自己，也恨不得把我妝點成百貨店裡呈列的洋娃娃。

開始上小學後，我很快的就成了女老師們的寵兒，因為每天打扮得像個小公主，功課又經常考滿分，加上在「唱遊」這堂課上表現傑出，每逢慶典有遊藝會之類的場合，我總是被派為代表，上台表演唱歌跳舞。很多老師都知道母親身為「葡萄仙子」的背景，碰到這種場合，她們索性把我推給母親去親自做指導教練，母親也非常樂意地接下這件差事，教我唱歌跳舞，等於間接滿足了她自己的興趣，也讓她藉此重溫舊夢。

一年級時我演出的處女作是一首叫〈雲淡淡〉的歌舞，到現在我還記得歌裡的每一個字：

雲淡淡，天氣晴。
坐隻小船去採菱。
菱塘兒淺，小船兒輕，
一划一划向前迎。
菱影浮在水面上；
菱影底下藏菱。
菱塘淺，小船兒輕，
一划一划向前迎。

那次表演時，我穿的正是那件自轉與公轉時穿的米色底洋紅色花朵的跳舞衣，我閉上眼睛，好像還能看見那鼓起來的小圓裙和點點紅花，好甜美的記憶哦！

那時母親教我唱歌，跳舞，全是在這小閣樓裡進行的。媽媽怎麼做，我就跟著做，唱「雲淡淡」一句，雙手在空中左右擺動，唱「天氣晴」時，雙手又在空中分開來了，就這樣，一齣遊唱於焉完成。我舞衣上的一片小洋紅花海，便和「雲淡淡」的旋律永遠結合成一體了。

認同父親

母親本來就很有音樂天賦，在杭州師範上學時，她的音樂老師很賞識她的歌喉，常安排她上電台的歌唱節目，一再鼓勵她畢業後去讀上海音專，母親自己也很有此意願。不幸不久抗日戰爭開始了，戰火很快席捲了中國大地，母親也就失去了到上海讀書的機會，在家鄉教了幾年書後，便嫁給了甫自留美歸國的青年軍官——我的父親。接著又隨父親的軍隊撤退到大後方。母親二十二歲結婚，二十三歲生下了哥哥，兩年後又生下了我。

母親沒有機會培養她的音樂天賦，毋寧是件憾事。她具有難得的女中音音色，音域寬闊渾厚，音色甜美圓潤，如果加以培植訓練，很有可能造就成一個傑出的歌唱家。不過，母親個人的企圖心並不很強，她畢竟是舊社會的女性，自認相夫教子才是她的天職，並沒把這事放在心上。有時候我覺得她恨不得她未完成的心願能在我身上實現。她對歌舞所表現的興趣，也耳濡目染地感染了我。雖然日後音樂沒成爲我選擇的道路，卻成了我一生中無盡豐富的精神資糧，從音樂裡，我獲得了無窮的心靈滋養和靈感。音樂美化了我的人生，給我的生命增添了色彩與歡樂，也給予我無限的安慰。我無法想像生活在沒有音樂的世界裡，會是多麼黑暗悲慘，沒有音樂的生活，會是多麼空寂貧乏。

母親失去了在音樂方面繼續深造的機會，她自己不十分在意，我卻爲她惋惜。母親實在是個感情異常豐沛的人，對人十分熱情，很容易受到感動，動不動就會熱淚盈眶。爲人處世，幾乎全憑感性，是個典型藝術家類型的人。我相信自己也因襲了一部分她的天性，然而我也意識到自己有意地迴避，怕步上她的後塵。小時候我始終把眼淚和易感的天性歸諸於性格脆弱。由於害怕變成像母親一般易哭易怒，我很早就故意與母親的「感性」背道而馳，尤其在上了初中以後的青少年時代，我的叛逆就愈加突顯。那時候我們全家已和父親團聚，住在台灣。我很清楚地意識到自己心理的衝突。我對母親的極端感性不能認同，反而百般拒斥。我那時認爲感性就正等於非理性，是不足取不足效法的。來自於母親純感性純女性化的世俗見解，往往使我感到厭煩不耐。我一心傾向於認同理性的父親。在我心目中，父親是理性的典範，最値得欽佩。我在理性與智慧、公正、種種美德之間畫上了等號。

在成長的過程中，我在外貌氣質上也變得越來越不像母親，外人常常感嘆地說：你們母女可一點都不像。相反的是，外人一眼就會認出我和父親是一對父女。爲人處世上我更是處處效法父親。外表看來，我顯得冷靜自持，堅強沉穩。不過我對涵藏其中的矛盾，還是有相當的認知，我瞭解，儘管我處處認同於父親的人生觀和處世哲學，我畢竟同時依舊是母親的女兒，血液裡湧動著一半來自於母體的基因。無論在血緣上或在養育的過程中，我早已根深柢固地因襲了部分母親的性向。我自知內心深處依舊燃燒著來自於母親一方的熾熱的火苗，雖然一再受到壓抑，卻在最不經意時無端地爆發點燃，流露無遺。

一直到了中年之後，我才慢慢地梳理清自己於青少年期間在心智認同上的矛盾心理，醒悟到自己對母親所懷的負面情意結，其實讓我喪失的比獲得的更多。母親那份率眞流瀉奔放的熱情在我身上受到遏制，遭到擱淺。回頭審視之下，方才意識到年輕時的我，由於自我抑制的結果，言行舉止方面往往顯得矜持內斂，甚至帶著一份冷漠與憂鬱。

完美主義的代價

以上所說的這些微妙的心理傾向，在幼年時僅僅是潛伏性的，尚未成型，直到青少年時才逐漸明顯化。在井頭街的歲月裡我還是受寵於母親的乖女兒，我扮演的是一個幾乎完美的小女孩形象。在學校裡樣樣考第一，學校舉辦的各類各項比賽，不管是作文、寫毛筆字、演講、或唱遊等等，我總是抱著錦標回來的。在老師眼裡我也自然而然被當作特殊兒童看待。

漸漸地這種完美主義者的心態愈演愈烈，造成了一個問題。記得有一次月考，有一道算術題我沒做對，自己知道這回拿不到滿分，下課後便因此不願回家，賴在課室裡哭個不停。哥哥來叫我回家，我不肯走，最後采菊來學校接我，又去找到老師抽出考卷給我看，我看到卷子上打了個九十六分，才拭乾了眼淚，跟采菊回家了。

回頭想來，幼年所持的這種完美主義心態實在太糟糕了，它教我養成一種輸不起的性格，把輸贏看得如此重要，當然是不快樂的根源。不幸這毛病在我身上持續了很長一段時間，幾乎延續到高中畢業。從小學直到高三畢業，我幾乎一直保持著學業第一名的記錄。這第一名記錄保持者所付出的代價也不算輕。我相信完美主義使我對一切過分在意，患得患失，讓我踟躕不前，失去了許多機會，也失去了少年人應當享有的歡快的心情。

我原以爲我的毛病等上了大學後已經慢慢消失，但後來發現其實不盡然。在學科方面，我的確不像小時那麼計較分數的高低了，然而在潛意識裡，完美主義仍時時在操縱著我的人生，常在關鍵時刻它就會浮出水面。譬如在大學時有次要上演Gilbert and Sullivan的輕歌劇《陪審團判案》，樂隊的指揮選中了我來演劇中女主角。這本來是一項榮譽，也是很好的學習表演機會，而我卻躲躲閃閃，又想演又怕演，心裡十分矛盾，自己也不明白是什麼道理。不過終於上了台，事後我才逐漸瞭解自己猶豫踟躕的原因，歸根結柢，還是一個完美主義的病毒在作祟。

更明顯的例子就在我與寫作之間的關係上呈露出來了。寫作本來是我一生中最重視的東西，然而我對待它的態度卻像對待一隻不馴的動物，有時我像迴避一頭野獸似的迴避著「牠」，怕去面對牠；有時牠像我既喜愛又害怕的寵物，我爲自己找盡種種藉口，說盡種種理由來逃避牠，讓牠離我遠遠的，卻又不讓牠整個消失掉。我和牠之間一直在進行著拉鋸戰。我時時想摸摸牠，想用好言好語馴服牠。牠不在身旁時我惦念著牠，但當牠靠近我，我又閃到八丈之外去了。對自己這種不可救藥的怪癖，有多少次我幾乎瀕臨絕望的邊緣，很想就此全盤放棄寫作的意圖。可是我還是放不下，過一陣子之後，總是又回過頭來，走近牠。

現在我終於知道了。這一切都可以包含在一句話中——那就是那個「要求完美」的心態在內心啃齧著我。現在我知道我怕的是什麼了，我怕寫不好，怕不能把我想說的說清楚，或說得漂亮，我總覺得，如果我表達得不夠淋漓盡致、不夠完美，就不如不說。不說則已，要說就必須說得「語不驚人誓不休」，非如此就不值得說，不值得寫。於是我便一拖再拖，往往在靈感湧現之時，我仍舊踟躕躊躇，一再地錯過了時機。

過了這麼多年，我終於明白了。我終於學會不再把自己要說的話看得那麼重要。很多事說放下就放下了，不再有太多的牽掛。歲月教我學會了謙卑。我終於從自我禁錮中釋放了自己。與年輕時候的自己相比，我簡直是脫胎換骨，徹底地變了個人。我變得瀟灑多了，輕鬆多了，拿得起也放得下，對許多事都能一笑置之。我終於解放了自己。

童年的印記

每個人的童年回憶，都是由各種各樣複雜的回憶圖片組合而成的。在所謂的幸運的童年裡，可能甜美的記憶多過不愉快的回憶；不幸的童年裡，不愉快或者可怕的記憶，往往多過愉快的記憶。但是人們與生俱來的心理保衛機制，往往自動將黑暗的部分隱藏起來，或者讓它根本從表面的意識層面消失，保留下的是能爲我們接受的部分，而那些我們不願面對的枝節都躲到牆角落裡，暫時被摒棄在我們意識之外。

人們通常都習慣以兩極化的觀點來描繪童年——或稱之爲「快樂」童年，或者稱之爲「不快樂」的童年。其實這種二分法未免過於粗陋簡化。我們每個人的童年其實都是極爲繁豐複雜的。每個人的童年其實都危機四伏，暗藏著無數的陷阱與彎曲的弄巷，如果仔細地去分析，可能像一個迷宮一樣的錯綜懸奇。只因人人都賦有天生的心理適應能力（心理學上稱之爲心理自衛機制），一路走來，才一關關地避過了險境。成人之後某些人若遇到險厄的衝擊，或許會觸發舊創，一發不可收拾，所以才會有不少人需要看心理醫生。

多年之後，自己仔細捉摸分析，回想起在井頭街度過的幼年，方才恍然覺悟，原來自己儘管在嬌寵的環境裡度過小學一年級，然而那一年裡發生的一些事與種種遭遇，其實都潛伏在心底，形成了日後心理上的一些障礙和微妙難解的心結。到現在我才完全瞭解心理學課堂上一位教授爲什麼說：「每逢有人說他的童年如何完美幸福，我便忍不住想要噴飯。」

「井頭」二字顧名思義之下，正好涵蘊且象徵了所有原始情緒湧動的源頭，包括我的缺乏安全感，我的焦慮感，我的恐懼感，乃至我對完美的苛求，我對母親叛逆之心的根苗……，都是在這段日子裡埋下的。不可思議啊，那短短不到一年的時間裡竟埋下了如許之多的情緒性格上的胚芽。好的種苗也不是沒有：譬如我在音樂、審美方面的興趣便是這時期中培植的。在學校裡無論課堂上或課外活動方面，我也表現優異，至少給自己奠定了一份對自己能力的基本肯定與信心。

輓歌

千禧年的除夕，我在報上讀到這一則消息：明天就是二〇〇一年了。臨海括蒼山主峰米篩浪爲浙江東南第一高峰，是新世紀中國大陸第一縷陽光首照地……時間爲一月一日早上六點四十五分。

讀著這則報告，我的心不免一陣顫動。我在日記上寫著：臨海這個古城是母親的家鄉，是我幼年的溫床。它彷彿是遠遠遺落在世紀之外的夢土，常在我記憶的邊緣溶入淡出。浮現在我心靈深處的，不是早晨第一縷晨曦陽光，而是一首淒涼的輓歌，帶著濃郁的鄉愁。

母親已於一九九七年秋天離開了這個世界，自從她三十四歲那年離開臨海之後，一直到八十一歲在美國西雅圖過世，其間再也沒有機會回過故土，再也沒見到她的父母兄弟。

偶爾在電台或電視上會聽到過去流行的老歌，都是些母親年輕時喜歡哼哼唱唱的時代歌曲，像〈夜來香〉、〈天長地久〉、〈鳳凰于飛〉、〈秋水依人〉之類。那些旋律霎時間勾起了我濃郁的鄉愁，我似又瞥見花樣年華扮演「葡萄仙子」的母親在台上舞著唱著的身影……這一疊影像褪去之後，又溶入了母親滿頭白髮坐在輪椅上舉手與我揮別的衰老容顏……。

到最後，年輕的母親和衰老的母親的形影，都終於漸漸淡出了。

第三輯

紅樓憶往

眼前所見到的紅樓像個複製的玩具模型，看來破損殘破，恍如隔世。

遠離臨海前，母親帶著我們與協助我們逃亡的楊叔叔、黃叔叔合攝。

父親一生最敬仰感恩的師長，
馮庸大學創校校長——馮庸將軍
與馮庸殲俄義勇軍的紀念章。

在淡水上幼稚園的弟弟啣啣，十八般武藝樣樣都來。

父親與老友余伯伯（右）前後從溫州乘小船渡海來台，劫後重逢。合攝時二人皆已邁入老年。

草蓆捲裡的嬰兒

在臨海念完小學一年級之後，一九四七年的秋天，爸爸把我們接到南京去與他同住了半年多。我記得在南京火車站下車時，爸爸一身筆挺的戎裝，在站上迎接我們。我一向就對他感到陌生，好久沒見了，這時對他更加敬畏三分。媽媽事前囑咐過我和哥哥，要我們在爸爸面前好好表現，還爲了這次重逢，我們預先練習恢復講普通話。我在車站一見到他，就立即立正，舉起手來向他規規矩矩地敬了個童軍禮，惹得爸爸又驚又喜，笑著一把把我抱了起來。

那一次擁抱，在我記憶中是今生唯一的一次。這個聽起來教人難以相信，或許會誤會，以爲父親是個冷漠不重親情的人，其實完全不是這麼回事，我也說不清爲什麼用肢體表達情感之舉，對爸爸是如此困難陌生。是不是爸爸太嚴肅太老派了呢？一生中除了這次擁抱，我也從來沒有見過他抱過或牽過哥哥弟弟的手，或者用手臂摟過我們幾個人，包括媽媽在內。我們習以爲常，也不以爲怪。我們也自然而然地從來沒主動去擁抱過爸爸。如果要我們對爸爸做出親熱的姿態，我們一定會尷尬萬般，手足失措。我們與母親之間，卻毫無這種芥蒂，擁抱她似乎是再自然不過的事。

在這方面，爸爸就是這麼個硬梆梆的人，好像與他軍人的身份鑾契合的，我們過去也沒去分析過爲什麼他會如此拘謹僵硬，直到我自己到了成熟的中年，才開始漸漸了悟，爸爸這方面的習性，可能生根於幼年家庭的環境和遭遇吧。

爸爸不止一次告訴過我們有關他在襁褓時期的奇怪遭遇：爸爸出生時祖父已經不年輕了。他在塞外打了多年的仗，告老還鄉後，不喜過問家事，於是家裡一切事物都落在祖母肩上，祖母的年紀輕得多，在生父親之前，膝下已有好幾個子女，生下父親之後，更是忙得不可開交。

父親生下來時，身體十分孱弱多病，山東的鄉下那時十分閉塞，醫藥環境更是落後。才幾個禮拜大的父親，病得奄奄一息，家人以爲他已經斷了氣，沒藥救了，便用草蓆將他裹了起來，囑咐家裡的長工抱到地裡去埋掉。長工正挖著地呢，卻聽到草蓆捲裡傳來微弱的哭聲，打開來一看，發現嬰兒還在呼吸，這才又把他抱回家去。爸爸的命便是這樣撿回來的。每次爸爸講起這段往事，都不勝唏噓，他內心的感慨不知有多深。如果那個長工稍微粗心大意些，父親就沒命了，那麼，我也就不會存在在這世上了。一切都是命，也是緣吧。

祖母內外兼顧，家裡孩子又多，委實照拂不過來，可以想見，父親幼時恐怕難得獲得母愛的撫恤溫暖，年未及三歲就被送往已出嫁的大姊姊夫家去撫養，七八歲時又被送到北京去依靠他的大哥大嫂。大哥在北京做官。這個哥哥是同父異母生的，祖母是續弦，大哥當年留法，娶了個法國女子回來，但是聽說沒過幾年就回法國去了，大哥又娶了新夫人，大哥忙於官場中的酬酢，難得注意幼小的弟弟。可以想像得到父親幼年時肯定備受親人忽視冷落。

現代人比較懂心理學，知道母親與嬰兒之間肌膚的接觸和懷抱，對嬰兒的正常成長是多麼重要，而父親小時候恐怕難得有人愛撫過他。瞭解了這一段背景，也就不難理解爲什麼用肢體動作直接表達感情之舉對父親是如此這般陌生尷尬了。

重返臨海

我在南京的鼓樓小學念了二年級上學期的課。才剛剛習慣於講普通話，學會了捲起舌頭來發音，又要搬家了。在臨海和南京之前，我們已經搬過好多次家了。我記得我在五歲前就住過貴陽，光澤，還有杭州。

這時是一九四八年春天。那時候國共內戰正進行得如火如荼。一九四八年二月中共發動攻勢，林彪和羅榮桓的部隊以強大兵力第四次圍攻四平，血戰後攻克了四平，殲滅了國民黨軍的新四軍，國軍受到重創，從此，國軍在東北完全處於被動地位，林、羅的部隊則開始處於機動地位，開始佔上風。當然在當時我什麼也不懂。

父親大概就是在這個時期離開南京，調遣到瀋陽去的，正確的時間我記不清楚了，大致是在二月或三月裡吧。那時東北的情勢對國軍是極爲不利的。我好像記得父親說沒有人願意在此時赴東北就任的，於是他義不容辭，自願爲國效力前往。這是爸爸一向爲人處世的態度，見義勇爲，效忠黨國，抱著自我犧牲的精神，從來不從自我的利益上著想，別人都知道此去有如飛蛾撲火，風險過大；爸爸卻說到做到，義無反顧。母親心裡雖然一百個不願意，卻也奈何他不得。

於是，爸爸於二三月間啓程去了東北瀋陽，那兒有個屬於聯勤管轄的兵工廠，等待他去管理接收，母親又帶著我們兄妹重返娘家臨海。母親那時已懷了弟弟，回到臨海不到半年，於七月裡生下了小弟若海。

小時候我們和爸爸聚少離多，爸爸在我們幼年的生活裡，好像一直扮演著邊緣人的角色，直到日後到了台灣才大大改變，我才重新認識父親。

回到臨海，我們住進了一個小樓，樓上有五間房間，一字排開，都在二層樓上。我們日後便稱這幢樓爲紅樓，因爲它的外觀是赭紅色的。這樓座落在府前街上，距外公家不遠。

現在回想起來，才明白當年在臨海找租賃的房子住，恐怕不是件容易的事。那個年代的臨海，根本還是個既古老又封閉的小城，範圍也不能與今天的臨海相提並論，那時難得有外地人來此久居，所以基本上沒有多少房子出租，多虧大舅舅爲我們找到那麼個地方住，這回一住就住了兩年半的時間。從一九四八年春天，住到一九五〇年秋天。

眞虧得小蘿蔔頭，事過半個世紀，他居然還清楚記得我們當年住過的紅樓所在地。說著便起身帶我們往府前街走去，走了大約十分鐘左右便到了，途中我留意街兩邊的屋宇，盡力搜索著記憶的儲倉，企盼勾引出一些遺忘了的舊事。走著走著，只覺眼前的街景既陌生又熟稔。感覺上好像街道狹窄了許多，擁擠了許多，比從前顯得熙攘。有許多門板上的雕花依舊存在，刻畫著時光的滄桑。從前天天在這條路上走過，跳過，而現在來的，竟是個華髮蒼蒼重臨舊地的歸客。沒想到還有這樣一天！我簡直覺得自己像《呂伯大夢》故事裡的主人翁。呂伯一夢三十年，醒來後發現景物與人事全已改變，呂伯完全迷失了；而我，一夢五十四年，醒來人事已非，而景物依稀，時空的錯落感令我震撼不已。

紅樓庭院的大門不見了，只剩一個進口。進去之後轉個彎，紅樓赫然在目。但是，我們記憶中的紅樓與眼前的樓房相差太遠了。眼前的這木樓幾乎像個複製的玩具模型一般狹小，有點像電影棚裡的道具，我實在想像不出當年盧大娘坐在這廊下做針線活兒的景象，更無法想像我們幾個小孩子在庭院裡玩耍，爬石榴樹去採果子等等情景。這兒早已沒有什麼樹了，庭院也好像縮小了十倍，所有的空間都用來蓋了房子。

破舊是可以理解的，畢竟時間上已經過了半個世紀。在這半個世紀中，紅樓恐怕從來未曾修葺過，赭紅色的漆已經斑駁不堪，面積也比記憶中的小了不止十倍。這恐怕是種錯覺，小時候自己人小，看什麼都比如今要大好多倍。

我和哥哥面對著這座紅樓，百感交集，在屋前立著半晌，長吁短嘆，流連徘徊，只因這個地方存留著太多對我們具有關鍵性的記憶。現在一再審視著眼前這丁點兒大的鴿子籠般的小樓，覺得難以想像在這裡曾發生過那麼多影響我們一生的枝枝節節。時空的落差總教我感到迷茫，感到震撼。過去那麼多轟轟烈烈的人，風風火火的事，都真的在這裡發生過，存在過嗎？不是做夢？

唧唧

我指著樓上最左邊的房間，對弟弟說：「若海，你就是在左邊這間房間裡出生的！」

那是七月裡炎熱的一個下午。樓上最左邊那間房間裡鬧哄哄的。從早上開始媽媽就感覺到就是今天了。然後信號越來越明顯。午前外婆就到了。中午才過，媽媽就遣采菊去把一位姓高的助產士請來了。為了小弟的到來，媽媽預先又找回那個中年婦人杏花來幫忙照應。這時杏花開始燒熱水，在家裡大大小小的木桶木盆裡盛滿了溫熱的水。午後媽媽便躺下了，不時在床上呻吟著，聲音越來越重，我在隔壁房間裡聽著聽著有些害怕起來。這時外婆坐在床邊撫慰著媽媽。采菊過來吩咐我們說：「媽媽叫你們到外邊院子裡去玩，沒等叫你們，不要上樓來。」

我記得我和哥哥兩個人坐在大門口的廊簷下等候著。眼睛盯著府前街上三三兩兩的路人，一面按捺住既緊張又興奮的心情。一面等待著，一面東張西望，百無聊賴。聽到樹上傳來的一聲聲夏蟬的叫聲——知……了……，知……了……想到我們該爬樹去抓隻蟬來玩玩才對，連一向最會出點子的哥哥也無計可施。時間過得特別慢。正當百無聊賴之際，忽然聽見采菊的叫聲，她從樓上氣咻咻地跑過來：「若林，若嵐，快點上去看，你媽媽給你們生了個小弟弟啦！」

我們三步並一步飛奔上樓，衝到產房，一邁進門檻，就看見一個精光赤脫的小人兒仰天躺在小床上，哇哇大哭，哭聲嘹亮驚人。最顯眼的莫過於兩條倒豎的小腿中間夾著的那個小肉球，殷紅得簡直像個染了色的紅雞蛋，那印象一輩子也忘不掉。助產士高女士正在爲娃娃剪臍帶。這也讓我傻了眼，原來一個人出生還要經過這麼一大套血淋淋的過程，眞想不到。

在日後的幾個月裡，這小娃兒成了我們最寶貝的玩偶。他長得實在太可愛了。我天天蹲在他的小床邊，癡癡地望著他，百看不厭。大人在他的腳踝上掛了一串細小的鈴鐺，大家最喜歡抬起他的兩隻小腳，嘴裡唱著：「鈴鈴啷，鈴鈴啷」，然後放手讓雙腳自動墜下，鈴鐺便發出一串悅耳的「啷啷」之聲。弟弟因此有了「啷啷」這個小名，從小到大，到現在，我們始終喚他「啷啷」。

啷啷的到來，給家裡添了一股喜氣。他實在天生是個陽光男孩。除了長得可愛，又聰明伶俐，什麼東西一學就會。才三四歲，就會唱戲，翻筋斗，連翻十幾個筋斗，面不改色，唱《法門寺》裡的黑頭包公，眼睛瞪得像兩隻銅鑼，活神活現的。還會學樣跳西班牙舞，學鬥牛。街坊鄰居們抓住他就不肯放，非要他表演完十八般武藝之後，才放他走。他天性外向開朗，成天興高采烈的，人家要他表演，他又喜歡人家喝采，因此也就樂此不疲。

啷啷長大後，選擇了電影技術作他的主修科，電影製片成了他的專業。他的所學與他的興趣完全契合，十分配合他外向的性格。一輩子都快快活活的，充滿了朝氣。

這個叫啷啷的小孩，現在站在我身邊，五十多歲的他，頭髮因爲家傳基因的緣故，已經開始像下霜似的花花點點了。他不斷搖頭嘆息，不敢置信他眞的是在眼前這個小樓裡出生的。這會兒逕自舉起攝影機來拍個不停。我可以體會到他的困惑與隔閡感。但同時我也明知這不是夢，只不過，在這裡發生過的一切，更像是發生在前世的事情，不像是今生才發生的。

美人樓

別看眼前的這幢小樓不起眼，當年可是相當受人注目之地呢。我們自己稱它爲紅樓，可是在街坊上它卻有個雅號——美人樓。住在這樓裡的女主人——我的母親，人長得美，而且也愛美，總是打扮得很入時，在本地算得上是個亮眼的人物，她還有幾個女朋友，也個個姿色不凡，而且也都是見過世面的人，換句話說，都在外地住過。

記得在臨海本地大多成年婦女似乎都十分樸素保守，往往穿的是清一色的素色衣服，頭髮在腦後梳成髻子，腳蹬黑布鞋，顯得既老氣又鄉氣。相形之下，紅樓上的女客們個個都穿著旗袍。媽媽的女友們都差不多三十出頭，正是女人最具風韻魅力的年齡。她們常來紅樓聚首，在大門口進進出出，惹得街坊上的人探頭探腦，評頭論足。

和媽媽最接近的是一位姓周的阿姨。她的臉蛋圓如滿月，膚色尤其白皙光潔，臉上脂粉不施。夏天她穿著香雲紗的旗袍，斜斜地依在欄杆旁，露出一雙如凝脂般的手臂，口裡輕輕地吐著吳儂軟語，帶著一絲鼻音和慵懶的腔調，舉手投足間，帶有一股難以抗拒的媚力，依現代人的說法，大概就是所謂的性感吧。有一天我在大人們的談話中還獲得一個驚人的祕密——原來周阿姨的前夫就是住在我們後進屋子裡的的房東項先生。現在項老闆已經妻女成群了，而周阿姨卻還形單影隻。聽說她有個男朋友，但是這人住在外埠。

另外有位黃阿姨，她的老公姓馮，留著撇小鬍子，看來蠻有氣派的。黃阿姨和他像一對冤家，兩人時常嘔氣，嘔氣時馮伯伯就不見人影了，只聽見黃阿姨訴苦，數著他的不是。黃阿姨細細瘦瘦的，長著一對丹鳳眼，用媽媽的話說就是「俏」。我對審美還沒有具體的觀念，媽媽怎麼說，我就怎麼聽。結論是：周阿姨媚，是胡蝶一型的；黃阿姨俏，是阮玲玉一型的。

總之，她們談天的內容，往往不外乎男人，離不開愛情的煩惱。小小年紀的我，對母親這幾個女友不免有種看法，覺得這群年過三十的「老」女人，還成天談什麼愛不愛的，好不害臊啊！我那時以爲戀愛應當是僅僅屬於十七八歲的年輕人的專利呢。

回想之下，發覺母親當年那幾個女友，在當時那麼閉塞保守的鄉鎮地方，應當算是相當前衛時髦的女性，難怪街坊上的人指指點點，恐怕「美人樓」一辭並非完全是溢美之辭，可能還多少含有一絲諷刺意味呢。

另外還有個萬媽媽、萬伯伯。萬媽媽個子高高挺挺的，樣子大方端莊，是個中學老師。

她丈夫是中學校長，也常來家裡聊天，記得他很愛發表議論，滿腦子左派思想。日後當我們計劃逃往台灣的時候，他曾提出反對意見，勸媽媽留在家鄉，迎接新中國的到來等等。但是因爲父親臨走前，曾再三叮嚀，囑咐又囑咐，母親沒聽萬伯伯的勸告，終於遠走台灣。萬伯對母親頗爲失望。

回想起來，我記起當時在學校裡有好幾個老師好像都相當左傾，對未來的共產黨世界懷有無限憧憬。我三年級時的級任老師便是其中之一，我忘記他的姓名了，只記得他的樣子，大約二十八九歲，個子高高的，一頭蓬鬆曲鬈的頭髮，說話聲音很有磁性。解放後所用的新課本裡，第一課就是一篇叫〈向日葵〉的詩歌，他在爲我們朗誦著向日葵如何傾向太陽的詩句時，眼睛裡充滿著熱情。在這首詩歌裡，不消說，太陽代表毛澤東，代表共產主義。

後來大陸上掀起一次又一次的反右、反資、反修等等運動之時，我在台灣常常想到萬伯伯和學校裡左傾的幾個老師，不知他們有無受到波及。像他們這種知識份子出身的人物，最後是否能躲得過文化大革命巨浪的衝擊呢？

左鄰右舍

眼下紅樓下邊這道走廊，五十多年前經常坐在這兒的是盧家的大娘，我們都喊她盧大娘。盧家有五個孩子，就是沒有父親。據說他是早年由外地派來臨海就任公職的官員，做過臨海法院的主管，得病死去多年了，留下這一大家子就在臨海長久住下去了。他們在本地可真是極少數，居然和我們的祖籍一樣，也是山東人。見我們是半個同鄉，對我們也格外親切。他們家少了個男主人，我們家也一樣，於是彼此惺惺相惜，相處融洽，兩家孩子也很快就玩在一塊兒了。

盧大娘那時候頂多五十歲吧。從現代人的眼光看起來，只不過是個中年人，但那個時候卻把她當老人家看待了。他們家當家的是大女兒彬芳，那時候大約才二十一、二歲，終年穿著一襲灰布長褂，直直短短的頭髮，全家的收入主要靠她的一份薪金。老二是男孩子，還在上高中，是學校裡的高材生，叫慶芳，因為年歲上與我們有些距離，沒法玩在一起，解放後他成了先進青年，每天忙於開會，與我們更疏遠了。下面的女孩叫森芳，大我一兩歲，再下面是晶芳，和我同歲，是我的玩伴，她下面還有一個弟弟，但是印象已經模糊了。

盧大娘講起話來，帶有濃重的山東口音。她經常拿把竹椅子坐在廊下，不斷地做著針線。一家六口，縫縫補補夠她做的。他們家逢年過節總會包餃子吃，總不忘端一盤上來，讓我們嚐鮮，我們總是唏哩呼嚕三口兩口就把一盤餃子吃個精光。我們家過清明端午什麼的，常會從外婆家拿回青餅、麥油脂來，我們也回送過去，讓盧家人嚐嚐這本地風味。盧大娘不會做這些南方人的吃食，但是擀麵做大餅可是她的絕活，看她和彬芳兩人做起麵餅時手腳之俐落快速，眞像玩魔術似的。盧家人不知如今何在，命運如何？心裡頗爲惦念。當年我們離開臨海是偷偷摸摸走的，不知道曾與他們告別過沒有，記不清了。

那時院子的一角有株長滿了果實的石榴樹，我和晶芳在那棵樹上爬來跳去的，像兩個小猴子。採下來的果子，我們特別拿到「軍機會議」上與大家共同享用。

有一陣子我們每隔三、五天就會開一次「軍機會議」。這個所謂的「軍機會議」，完全是哥哥出的餿主意。別看他被那個胡說八道的假道士說成一名東亞病夫，其實他一向就是個挺有主意的人，儘管常生些小病，精力可照舊旺盛得驚人，而且一向好做領袖。在紅樓的歲月中，他始終扮演我們眾人的領導角色。那時候他是小學五六年級的學生，像大多數其他這個年齡的男孩一樣，對軍事和戰爭似乎特別感興趣，充滿了幻想。在紅樓時，有這麼好的庭院和「群眾」讓他調派指揮，他便興沖沖地將我們六、七個人都組織編排起來了，給我們每個人都立了官級，分派了工作。他自己是少將指揮官，我則是上校參謀長，晶芳、森芳則是上尉軍官，其餘的是士兵，連同後院項家的兩個孩子，我們一共是七人娃娃兵團。有好一陣子，我們鬧得轟轟烈烈，沸沸揚揚。

「軍機會議」裡除了分食石榴果和金雞牌餅乾之外，還搞些什麼名堂，我當然記不得了。幾天前我在長途電話裡問哥哥還記得不，他哈哈大笑，說怎麼可能還記得，反正都是小兒玩的鬼把戲罷了。可是他搞的這套小把戲，卻差點給我們全家帶來一場不小的禍患，這是當時怎麼也想不到的。有關這場風波的細節姑且留到後面再敍述吧。

東北來鴻

在一九四八年裡，國共在東北、山東一帶的戰鬥激烈地進行著。於二月裡，由林彪和羅榮桓領導的部隊第四次圍攻四平，拿下了四平。在東北此時國民黨軍只剩下少數幾個據點——瀋陽、錦州和長春，遼瀋戰役（遼西會戰）於是展開。五月裡共軍包圍長春，僅僅包圍，卻故意不打，國民黨軍隊處於被動地位，企圖撤退，卻動彈不得，瀕臨糧盡彈絕的困境。在共軍圍城之計施行下，據日後的估計，曾導致千千萬萬的長春市內的國軍和老百姓因飢餓而死亡。

爸爸在瀋陽的處境也越來越艱險，瀋陽雖未遭到與長春同樣的命運，卻也危在旦夕。這時廠裡的技工們因吃不飽而沒力氣做工，一個個依牆癱坐在地，爸爸看他們這樣，心中無限酸楚，但也一籌莫展。爸爸本來也可以一走了之，然而他自知身負重任，怎能棄冑而逃。眼見四周許多的高官們帶著黃金上飛機走了，爸爸堅持不走，因爲他不願拋下廠裡的下屬不顧。

一九四八年的九月，終於連濟南也由共軍佔領了，這爲國共內戰譜下了決戰序曲，從此，共軍節節進逼，國軍節節敗退。九月裡錦州也遭圍困，國軍第九兵團企圖救錦州之圍，沒成功，將領廖耀湘被虜。

同年十一月裡，共軍東北野戰軍終於攻克了瀋陽、營口，佔領了整個東北。不過當時媽媽沒讓我們知道爸爸所在的瀋陽也失守了。

接下去，又有徐蚌會戰、平津戰役，國民黨軍都打了敗仗。國民政府的處境一天比一天危急。

不過至此爲止，戰火全發生在北方，黃河以北。上海、浙江雖然人心惶惶，卻還沒直接遭到硝煙炮彈的侵襲。臨海的老百姓，仍一如往常低調地過著日子，但是從大人們的言談之中，已嗅得出「山雨欲來風滿樓」的氣味。

有天我們放學回家，采菊照料我們兄妹上桌吃飯，啷啷在小床上熟睡，媽媽一直躲在她自己房裡，沒出來和我們一起吃晚飯，這是從來沒發生過的事。采菊叫我們不要去打攪媽媽，這更引起我們的不安和疑慮。我們不聽采菊的阻攔，逕自闖進媽媽的房間，看見媽媽自己一人坐在梳妝枱前，表情呆呆的，好像剛拭過眼淚。膝上攤著一封拆開來的信，一看就知道是爸爸寄來的。他用的總是同一款式的淡藍色信紙，每封信的開頭永遠是「娉香吾愛」……我那時還不太看得懂大人寫的信，有時媽媽會給哥哥看，因爲他是長子，而且已經讀到五年級，會自己看小說了。媽媽大概覺得應該讓他分擔一下家裡和外面的事了。

媽媽僅僅簡單地告訴我們，東北已整個失守，爸爸所在的瀋陽淪陷了（我們叫「淪陷」，共產黨那邊叫「解放」）。媽媽告訴我們，爸爸現在被解放軍俘虜了，關在瀋陽城外一個勞改營裡。媽媽一再說明爸爸沒有生命危險，但不知道什麼時候才能放出來。媽媽最後吩咐我們，不要對外聲張，因爲時局險惡，消息傳了出去，怕對我們不利。外人若問起來，就說不知道好了。

我那時雖不明白當俘虜的眞正意涵，但也知道事態似乎相當嚴重，心裡有點害怕起來，這時才開始有了一點危機意識。

我雖然生在抗戰後期，但對那場戰爭毫無記憶，也就體會不出戰爭之可怕，更難想像中國人自己打自己的內戰是怎麼回事。如今解放軍把國民黨的軍官俘虜去關了起來，究竟會發生什麼事，這時我的腦子竟毫無一點想像力。

我只知道現在中國分裂成兩個勢力集團了，爸爸是忠於國民黨蔣委員長這一邊的；共產黨解放軍是屬於敵人一邊的。心理上我好像是將黑與白分辨得很清楚，愛與憎也劃分得很絕對，而實質上我什麼也不懂，成天只一味地過著懵懵懂懂的糊塗日子。

聽說解放軍在北方戰場上殺死了成千上萬的國軍，並且也風聞到北方農村裡的清算鬥爭令人戰慄，心裡對他們自然是懷有驚懼感的。然而，日後共軍進城了，我在街上看到的一個個解放軍，也並不覺得他們與任何一個人有什麼不同，不過是一群二十歲左右的年輕人，穿著不同的綠色軍服，如此而已，跟樓下的盧大哥差不多大，他們的身上並沒多長出噬人猛獸的厲爪厲牙，我們也未親眼目睹流血，對於戰爭的意義不禁感到迷茫起來。

臨海之淪陷，幾乎是無聲無息悄悄發生的，國軍與共軍根本不曾交過火。一九四九年五月底，國民黨縣長和保安團團長聯合起義，國民黨黨部一支忠義救國軍只好投降。六月十五日，解放軍六十二師進入臨海，雙方不曾交火。城裡的老百姓也因此避過了一場戰火。不過正因如此，我對「敵人」一辭的內涵就更加迷茫起來。

自從媽媽接到爸爸由俘虜勞改營發來的信之後，我們的心裡開始隱藏起一個祕密——我們的爸爸在遙遠的北方，他被共產黨抓起來了，他原來是國民黨的軍官，現在卻成了敵人的俘虜。他每天在營地裡做工、受訓，不知道何日才會釋放，釋放之後他能不能到遙遠的南方來看我們？我們將來怎麼辦？這些都是時時縈繞在我們心裡的疑問。

這個祕密似乎無形中使我們與周邊的人有了距離。這個祕密讓我們意識到自己的身份與周邊的人大不相同。全然迥異的命運正在等待著我們，而且我們隱隱約約感覺到目前的處境不會長久持續下去。直覺告訴我們，有個巨大的變化即將來臨，將我們的命運整個改變。

解放軍進城啦

在我印象裡，好像早在解放軍佔領臨海之前，解放軍的革命歌曲早就在城裡唱開了，好似滾滾而來的浪潮，湧向城裡所有熱血青年，連我這個小學三年級學生都感染到那股翻騰洶湧的熱浪。音樂本來就是最能直接激發情感的媒介，旋律音符配上振奮人心的歌詞，那個力道就更強大了。

年輕的朋友趕快來，
忘掉你的煩惱和不快。
千萬個青年一顆心，
唱出一個春天來。

不知是哪一位當時有名的作曲家作的曲，這首歌的旋律和歌詞我至今未忘，這是當年最早傳進校區來的革命歌曲之一，輕快歡愉，振奮人心，大家一學就能琅琅上口。

稍後，一旦解放軍進了城，更多的歌曲便像海浪般湧進了臨海，深深撼動著無數熱情愛國青年的胸臆。音樂將原來青年人懵懂沉睡中的愛國意識喚醒了。藝術的力量確實是驚人的。共產黨顯然深悉其中道理，那時期由解放區散發出來的革命歌曲成千上萬，風起雲湧地瀰漫了全國各地，鼓動起浪漫愛國年輕人潛在的激情。回頭看來，共產黨打贏了國民黨的因素之一，好像與他們文宣戰之成功不無關係。

還有一首叫〈你是燈塔〉的歌，膾炙人口，也是深深感動過我的一首歌，那首歌的旋律委實動人，雖然歌詞很有力，也與旋律配合得很好，但是眞正感動我的卻是音樂的音符予我的直接感染力。它是這樣起頭的：

你是燈塔
照耀著黎明前的海洋
你是舵手
掌握著航行的方向
……

這首歌歌詞裡的「你」，指的是共產黨。多年以來我一直以爲這是俄國人作的曲子，有人說它是專門爲紀念列寧而寫的，調子深沉亢進，十分動人，它的音樂感深深地打動了我稚嫩的心靈。直到最近我查資料時才發現它是由兩位二十歲出頭的年輕人在十分鐘內完成的。創作的地點在山東臨淄。作曲的人叫王久鳴，作詞的叫沙洪。據說在二〇〇二年時，山東臨淄市還曾建石碑紀念此曲之創作呢，可見受到此曲感動的人遠遠不止我一人。

我不記得確切的時間，大概是從一九四八年年底開始，那時距解放之日尚有半年時光，但在臨海的空中早已瀰漫著浪漫革命的氣息，年輕人的心早已不知不覺地被這些昂奮的歌聲激發得沸騰起來。

原來共產黨的地下文宣工作在這之前便早已在臨海展開了。音樂方面，回浦中學於一九四八年夏天就有了「群聲樂團」的組織，唱的歌大多是從北邊解放區引進的，〈你是燈塔〉不過是其中之一。另外還有從延安傳來的《農村曲》歌舞劇等等。到了正式解放後，回浦的高中生還上演了一齣膾炙人口的歌劇《白毛女》，那更是風靡一時。

在正式解放前，便建立了「新民主主義青年團」，地下共產黨人在城內各地暗地設立了印刷點，宣傳共產主義，並藉此穩定人心，到處散發革命書冊，諸如《新民主主義》、《大眾哲學》、《鋼鐵是怎樣煉成的》等等，對純潔浪漫有志獻身社會的青年，先做了一番思想工作。

在課堂上，老師說的話，用的辭彙，也與過去不大一樣了。好些名詞用語是以前沒聽說過的，像什麼「封建思想」、「帝國主義」和「剝削階級」之類，聽得我似懂非懂。但是，在直覺上感到正有一股強風颳起來。不久我們都將被它帶到一個不可知的新境地。

少年紅領巾

臨海淪陷之後，一般人在生活上似乎沒覺得有什麼太大的改變，不過在學校裡，整個氣氛的轉變是十分明顯的。在小學裡念書的全體學童都被編入了少年先鋒隊，分成小隊、中隊、大隊。我是小隊長，每一隊裡大概有八個十個小孩子。哥哥成了中隊長，負責領導五年級班上的三、四十人。哥哥似乎蠻興奮當了中隊長，他的領袖慾多多少少獲得些許滿足。可惜他年紀不夠大，不然的話，他可能領導全校所有的學生，當個大隊長。

少年先鋒營的新制服很是亮眼：白襯衫，黑長褲，最醒目的是繫在頸間的三角形紅領巾，男女一致。做隊長的人，左臂袖子上有紅布條作爲記號，我的袖子上有一條細細的紅槓，哥哥有兩條。

在學校裡，我們正式上課的時間大概只佔了一半左右的時間，其餘時間則用來開各式大小的會議，有時是班級性的，有時全校學生聚集在大禮堂裡，或思想學習，或政治討論。另外最有趣的是課外活動。我們可以不必上課，有時老師帶我們到某個鄉村去見習，說是去幫農夫幹活打雜，但是八九歲的孩子又能幹得了什麼，結果還不是鬼混一場。有一次我們下鄉的任務是去田裡捉害蟲，結果害蟲沒抓到幾隻，反而踐踏了好些莊稼，教老農們哭笑不得，對著我們這群城裡來的孩童，又抓腦袋又搖頭。打那次以後，我們好像再也沒下過鄉了。

我最感到興奮的是學跳扭秧歌之類的藝文活動。小時候音樂歌舞本來就是我最感興趣的事。如今上學一半的時間，名正言順地拿來做這些活動，不禁讓我暗中竊喜，眞是天賜良機，求之不得。我們先在學校裡練習，每逢有特別的節慶聚會，我們還跳到外面大街上去——索拉索拉多拉多，索朵拉索米來米……身上穿著彩色鮮豔的村服，腰上繫一條家裡翻出來的綢巾之類，綢巾的末端繫在中指上，跳時雙臂前後擺動，綢巾便隨舞姿上下左右飄動。索拉索拉多拉多……三步進，一步退……那天在尋找五所巷經過西門街時，一種奇異的似曾相識之感油然而生，我好像記得半個多世紀以前，我曾在這裡跳過扭秧歌。現在我又回到原地，回想起幾十年前那個跳著扭秧歌的小姑娘，不能不感到人生如夢，亦如戲。明明是今世的回憶，卻更似發生在前世。

白毛女與盧大哥

《白毛女》當時是最紅最具典範性的革命歌劇。回浦高中的學生也轟轟烈烈地排演起來了。那是根據陝北鄉下流傳的一個故事（叫「白毛姑娘」）改編成的。這齣劇將浪漫主義和階級鬥爭理論結合一起，主旨不外乎爲窮苦受壓迫的佃農大眾伸冤，向欺壓農民的可惡地主報仇雪恨之類。貫穿全劇的是貧農的獨女喜兒與同村青年大春的愛情故事。

主演喜兒是一個回浦高中的女生，我記得她有一個很奇怪的名字，但是怎麼也想不起來叫什麼了。她每次從我們面前走過，我們幾個低年級的女生都免不了會在她後面評頭論足，嘰嘰咕咕一陣子。她總是低著頭踽踽獨行，從來沒見過她跟人家說過話，或跟人家走在一起過。她的氣質風度硬是與人不同，說不出爲什麼。短短圓形的臉盤，留著一頭長髮，個子不高，長髮烏黑，柔柔滑滑地搭在肩上。在我們面前走過時，總見她習慣性地甩一甩頭，遮掩住半邊臉的長髮便被她一甩甩到耳後根去了。說不出爲什麼，每次我的注意力都被她那股特殊的風韻吸引住。那時我還不懂如何去衡量美，也不知道她算不算美。回想起來，我只能用日後學到的辭彙「風情萬種」來形容她給我的感覺。對這位高年級的女生，心裡眞是又羨又嫉。

北風兒那個吹，

雪花兒那個飄，

……

第一幕她一出場，就這麼唱著。明媚的雙目朝上，凝望著天空飄落的雪花。我回到家裡，面對長鏡，依樣畫葫蘆，模仿著像她那樣邊做邊唱，緩緩地伸出手來，兩眼望著天，迎接著雪花，但自己明白，怎麼學就是沒她那股味道，對自己不禁相當失望。

演男主角的不是別人，正是我們樓下盧家的大兒子慶芳，我和哥哥都稱他盧大哥。我們初到紅樓時，他還在上高一，解放軍來時他已經上高三了。他是個用功的好學生。平常不苟言笑，總是躲在房東用來堆積舊物的倉房裡讀書寫字。我們剛搬進去紅樓的時候，盧大哥對我們幾個小朋友十分友善。他還讓我坐在他的膝上，用他的大手從後面繞過來拽著我的右手，在描紅紙上練習寫大楷。有時候他還朗誦詩歌，給我們講《三國演義》和《水滸》的故事。

臨海解放後，盧大哥好像漸漸變了，閣樓的倉房裡再也看不見他的蹤影。偶爾見他低頭斂眉，匆匆在廊下走過，卻連招呼也不打一個，好像總是滿腹心事。眞沒想到，當解放革命歌劇響遍臨海城時，盧大哥竟躍身一變，成了《白毛女》裡的男主角大春了！

印象中好像演戲的男男女女往往假戲眞做，在眞實生活中也成了一對戀人。我不知道演白毛女的那個女生和盧大哥之間有沒有鬧過戀愛，至少我沒聽見過這類風聲。不知過了多久，連盧大哥的身影也整個從紅樓消失了。聽盧家大姊說，盧大哥已經到外埠去了。盧大姊有意說得隱晦，我們始終也不明白，不知盧大哥是去外埠參加解放軍去了，還是到外埠做《白毛女》的巡迴演出去了，還是因爲共產黨幹部看中他是個人才，派去受訓去了？大概都有可能吧。他們家不願明說，媽媽就叫我們不要追問，因此就不了了之。一直到一九五〇年秋天我們離開臨海，都沒再見到過他。

後來我們都曾想起盧大哥，不知他後來的遭遇與命運如何，只能在心裡默默爲他祝福。

我心裡其實是有點喜歡盧大哥的，我想。不過那還不能算是我的初戀，只是我得承認，自己當時的確有點吃醋，酸溜溜的。我並不覺得盧大哥長得英俊好看，小時候總認爲美男子都非是文質彬彬英俊挺拔的白面書生不可，而盧大哥個子不高，寬額頭，一對濃眉，一點也不符合我心目中的小生俊男形像。但是，我委實喜歡他給予我的呵護與關注，總覺得自己受到他的重視，而一旦他不再注意我了，我的心裡可眞不是滋味。

初戀

說起初戀，教我想起了在臨海的另一段童年往事。也不知道那算不算是初戀，或者，僅僅是小女孩子的幻想和單相思罷了。我那時大概是三年級下半年的學生，他是六年級畢業班的學生，姓項，比班上別的男生都高，看起來有十五、六歲的樣子。我還清楚地記得他臉上的表情，那種一副不慍不火，沒有表情的表情，從來不見他有喜怒哀樂的表示，用我後來學會的摩登語彙來形容，便是「司芬克斯」吧。他理的是小平頭。一臉光光溜溜的，總是泰然自若、處變不驚的神情。

好像注意他的小女生還不止我一個。也不知道是怎麼開始的，我和另外幾個小女生總藉故搗他蛋，我想我們大概為了引起他的注意吧。在狹窄的門檻邊，或走廊拐彎處，我們常故意耍賴，擋住通道，不讓他通行，而他，則一副蠻不在乎的神情，把兩眼朝上一翻，一個箭步竄了過去，或者轉身就走，根本不理會我們，不把我們當回事。我們幾個小鬼得不到他的反應，自討沒趣，碰了一鼻子灰，這種把戲就不再玩了。

有一天回家途中，我看見他走進一扇面街的木門，才知道他和我們住在同一條街上，相距並不很遠。從此之後每次放學經過那扇木門，我就探頭探腦地往門裡張望，希望能瞥見他的身影，但又怕他突然出現在面前，讓我手足失措，看穿我心底的祕密。多麼矛盾的心理！好在他再也沒從門裡出現過，但同時我的心裡也感到一股淡淡的悵惘。

過了不久，女同學間又有傳聞，說項××和鄉下一位姑娘訂婚了，家裡親戚做的媒，也不知是真是假。有天我和晶芳從學校放學回家，經過他家門口時，那扇門裡驀地閃出了一個大姑娘，大約十五、六歲模樣，梳著兩條大辮子。我注意到她穿的一雙黑布鞋上繡著一點點紅花。晶芳伏在我耳邊道：「就是她，項××的未婚妻！」

至今回想起來，我不知道這一幕情景究竟是真的，還是自己創造出來的幻象？難道真有這麼個鄉下大姑娘嗎？我真的見過她嗎？我不敢百分之百肯定，但我想應該是真的，不是夢，不是幻想。

那個姑娘不能說不標緻。她不像城裡的人，一身黑布短襖長褲，辮子上紮著根紅頭繩，一股鄉氣。一顰一動，靈活利索。多少年後，我看《臥虎藏龍》電影時，俞秀蓮一上場，也不知怎地，我突然就想起了那次匆匆一瞥中的她。

從那次以後我就完全放棄了，不再期望項××會注意自己了，好像是一種失戀的心情吧。現在回想起來，不禁覺得小女孩的一派天眞，眞是既可笑，又可愛。

那時候我們家正緊鑼密鼓地策劃著離開臨海遠赴台灣的旅程，不久，也就把這樁失意的事擱置一旁了。不過在離開之前，我曾不止一次幻想著會再撞見他一次，也許我該告訴他我會永遠記得他。當然，那不過是我幼稚的幻想而已，才九歲大的我，畢竟沒那份膽量。這段往事不知能不能算我的初戀？

在中學時我讀到但丁的故事。但丁於十三歲時在佛羅倫斯的橋上初遇碧翠斯，後者僅僅九歲。僅此一面之緣，但丁便對她鍾情了一生一世，在他的傳世鉅著《神曲》中將碧翠斯塑造成爲一位爲他引路的繆斯女神。但丁將他豐富的情感和對愛情的純潔幻思昇華成爲文學藝術，令人無限神往。讀但丁的故事讓我瞭解到年幼的孩童也可能和大人一樣，會對愛情產生豐富的幻想，一點都不稀奇。

後窗的解放軍

剛解放的臨海，街上難得一見穿戎裝的解放軍。學生們除了天天開會、唱革命歌曲、演話劇之外，好像並不覺得已經改朝換代了。過了幾個月之後，城裡穿解放軍戎裝的人才突然多了起來。我們開始風聞到有大批軍隊即將進駐古城。此時街坊上也傳說紛紜，有人說共產黨要去攻打台灣，有人糾正說，不是台灣，要渡海去攻打的是舟山群島。不管是打台灣或攻舟山，都得從台州、溫州沿海一帶渡海過去。

舟山之役是國共雙方壓尾之役，打得異常慘烈，時間也拖得最長，從一九四九年春天一直進行到一九五〇年五月方才結束。國民黨駐守在舟山，擁有強大的海空軍，所以佔有優勢。因爲舟山群島的特殊地理位置，國軍統帥蔣介石想以它作爲控制長江口之基地，以備將來反攻，同時一面利用該地作爲當時國軍撤離大陸的轉換站，因此對舟山特別看重。共產黨當時還沒有海軍空軍，靠的是所謂的人海戰術。傷亡之慘重，可以想見。這與韓戰中所用的戰略類似。也只有像中國這樣歷史背景的國家才可能出現像人海戰術這種產物吧，中國歷來的戰亂裡，似乎也屢見不鮮。

臨海既是個古城，住家的屋宅都是老房子，而且數量也很有限，來了這許多軍隊，就不得不借用民居了。有天紅樓宅院裡來了幾位解放軍軍官，正在樓下和盧大娘講話，又進屋巡視了一遍。我和晶芳傻兮兮地愣在一旁，不知出了什麼事，不過看他們的態度並不很兇，不像要抓人的樣子，也就不大害怕。接著他們又上樓到我們家去了。我聽見媽媽在上面直說對不起，請他們諒解之類的話。不久又見他們往後進的房東項老闆家去了。

事後媽媽告訴我們，那幾個解放軍是來視察住房的。他們本想分用我們的兩間房間。媽媽說了好多好話，說自己身體虛弱，又剛生了孩子，需要靜養，而且不久又將有外埠的親戚要來住，實在不方便挪出地方來容納軍隊。沒想到一番話居然說服了他們，他們沒多堅持就離開了。媽媽這才鬆了口氣，她怕的不是別的，而是想到爸爸可能即將被釋放，他一旦獲釋，一定會南下來找我們，到時若有解放軍駐紮在我們樓上，爸爸就連個藏身之處都沒有了，那個情況可太嚴重了。

幾天後，聽說外公的明朝老屋四合院裡也進駐了一批解放軍，媽媽就不讓我們到那邊去玩了，媽媽怕的是我們小孩子不小心講錯了話，走漏任何一點有關爸爸的風聲。

後院項老闆的祖屋第二天便搬來了一隊官兵，總有三、四十人左右，他們住進樓上的空間，那樓上本來就是空著的。項家人自己仍舊住在樓下。

這批解放軍天天一大早就吹起床號，我們還在半睡半醒的時刻，就聽見他們齊聲在喊口號了，總不外乎「共產黨萬歲」、「毛主席萬歲」，以及「打倒蔣介石」之類。口號完畢之後，就開始唱起一首首革命歌曲來了。這是每天清晨例行的公事。在他們所唱的革命歌曲之中，最常聽到的是〈解放軍的天〉，現在我只記得第一句的歌詞是：「解放軍的天，是明朗的天。」當時凡是他們天天唱的，我們也都學會唱了。有時故意搗蛋，偷偷把歌詞改了，譬如這頭一句裡的「明朗」兩字，被我們改成聲音相近的「沒亮」兩字，於是「解放軍的天是明朗的天」變成「解放軍的天是沒亮的天」，一方面有點搗蛋，挖苦他們，一方面暗指他們清晨的呼喊，讓人不得好睡，苦煞人哉。

還有一首很出名的歌叫〈三大紀律，八項注意〉，原來歌詞是：

革命軍人個個要牢記
三大紀律，八項注意
……

我們把它改成：

革命軍人個個要老婆
革命成功一人兩三個
……

他們整天唱了又唱的歌還有很多，像〈沒有共產黨就沒有新中國〉、〈團結就是力量〉等等，調子都很簡單，容易上口。我們常常把字句換掉，成天就用這種方式來娛樂自己。反正那時候懵懵懂懂，不知天高地厚，對改朝換代將會帶來的後果毫無警覺感，只一味嬉戲胡鬧。

我們的後窗正對著項老闆樓上的前窗，中間隔著屋脊的瓦頂，以及狹窄的天井。有時從我們的後窗窺見解放軍在樓裡上課，當他們側過臉來注意到我們時，我們立刻把窗簾拉上。我們常喜歡偷窺他們的動靜。當媽媽不在家的時候，我們不停地把簾子拉開來，又閉上，好像在和他們玩捉迷藏。有時我們一拉開簾子，瞥見他們正朝我們做著鬼臉，有的伸長了舌頭，故意把眼球往上翻，做出像吊死鬼的樣子，逗得我們忍不住笑起來。

現在回頭想想，這些兵一個個大概也不過十八九、二十出頭的年紀，其實都還是孩子，他們的家鄉不知在何處，家裡的爹娘爺爺奶奶都在等他們回家吧，也不知他們後來的命運如何，在人海戰術之下，最後能從舟山之役活著回家的能有幾人呢？後來聽說很多這些底階層的兵，不管是共產黨軍隊或國民黨軍隊裡的，不少是莫名其妙地被抓來強迫當兵的，很多是農家的孩子，碰巧某天在大街上走著，就硬被拉伕拖到軍伍裡去幫忙挑東西去了，從此失去自由，連與爹娘說句再見的機會都沒有，後來在台灣我就間接知道有好幾個兵，硬是這樣被拉伕拉進隊伍裡來的，直到小兵成了老兵，成了孤家寡人、孤苦伶仃的榮民。這些故事總教人感到無限辛酸。

舟山之役，前後歷時十個多月，雙方出動了三十萬大軍，戰役中傷亡的士兵不計其數，除了在炮火中喪生之外，更多的兵士可能是在冰涼的海水中浸死凍死的。戰爭的殘酷歷來如此。讀《三國演義》讀到赤壁之戰那一段，寫曹操的八十萬水兵如何中了周瑜和諸葛孔明的計謀，又因不識水性，落水而亡者不計其數，我們讀者因為同情吳蜀一邊，讀到這裡，往往心中大喜，拍手稱快，但是再思之下，又會覺得不大對勁了。這十幾萬十幾萬的兵，他們一個個還不是都跟我們自己一樣麼？還不都是活生生的人，都有父母兄弟，有妻有子，而一打起仗來，這些活生生的人都變成蟲蟻一般，只是個數目字而已。這是多麼的可悲可怕，又是多麼的不公平啊！然而自古至今，無論中外，戰爭還是在我們周遭繼續上演著。

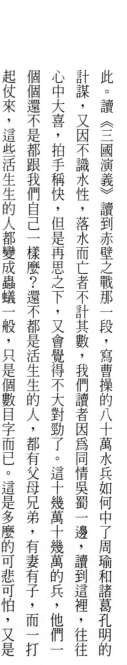

外公的妙計

項家樓上的解放軍不知究竟待了多久時間。總之，有一天那個樓上突然空了。同天下午我聽見媽媽和項老闆在院子裡講話。項老闆放低了聲音說：

「打舟山去啦！聽說國民黨的海軍空軍勢力很強；這邊單靠陸軍硬拚，坐船過去的士兵根本上不了岸。聽說成千上萬的解放軍士兵都掉在海水裡淹死了。」

媽媽說：「好可憐啊，眞作孽，一個個都是親娘養大的呀。」

雖然如此，我知道媽媽心裡肯定是希望國民黨打贏的。如果國民黨能守住舟山群島，聽說蔣介石的軍隊或許還有機會用舟山作控制長江口的基地。國民黨還沒死心，還希望把情勢扳轉過來，邊打邊做著反攻的計劃。

媽媽聽說解放軍這一仗打得這般慘烈，眼見年輕的兵一個個死得這麼冤枉，這麼可憐，她自然覺得很不忍心。我在一旁聽了，覺得大人世界裡的事情太難懂了。後院樓上那些個和我們玩捉迷藏的人，看起來都不像壞人嘛，而且昨天還好好地唱著歌的，難道再過一兩天他們就非去海裡做淹死鬼，個個都去餵魚了不成！

我也不理解爲什麼我爸爸努力爲國家辦事，是個頂天立地的好漢，卻非被關起來不可，而且每天還要罰他到野地裡挑糞施肥，這世界被搞得是非顛倒，黑白不分，都該怪誰啊？我越想越不明白，恐怕永遠也明白不了。

項老闆的樓上空了。外公家四合院裡的解放軍也撤離了。我們又可以去五所巷找芳芳和小蘿蔔頭他們玩了。

比起五所巷井頭街的歲月，我們都長大了些，玩的方式也跟從前不一樣了。從前我們會玩家家酒、餵蠶寶寶、鬥蟋蟀之類的玩意兒；現在我們可要到城牆上去放風箏了。那時小舅舅小舅媽已經搬到外埠去了。表姊芳芳已升級做了我們幾個人的領隊。她的花樣眞多。有天她不知從哪兒弄來了個紙糊的風箏（當地的話叫紙鷂）。這個風箏正好是老鷹形狀的，所以是名副其實的一隻紙鷂。用一根細而結實的麻繩繫著。我們爬上城牆，選中城上一段稍稍平坦的地方，芳芳便開始做示範表演了。

芳芳逆著風向開始奔跑，一邊讓那隻紙鷂在她身後順著風勢飛了起來。她邊跑，邊放長手中的繩索，一面頻頻回頭張望身後越升越高的紙鷂。等到手裡捲軸上的麻繩放完了，這時紙鷂也已高高在天空搖頭擺尾地飄揚著了。芳芳一手仍緊緊握住麻繩這一端的木軸，臉上掛著得意燦爛的笑容。我看著芳芳，覺得她好了不起。方才她在風裡奔跑的樣子眞野，也眞帥，羨煞我也。

放完了風箏，我們往外婆家走去。外婆的家就在牆角下，幾步路就可以走到她後院的菜圃。下了城牆先得經過一處破損的牆垛，牆垛的入口黑黝黝的，每次路過，我都有點害怕，總是加快腳步。這時卻聽到芳芳說：

「你們慢下來，我告訴你們一個祕密。」

我和哥哥、小蘿蔔頭都停下來看著她，不曉得她又要耍什麼新把戲。

「我告訴你們，你們可先得發誓，絕不能告訴別人。」

一聽是祕密，我們的好奇心都被挑動了，哥哥立刻說：

「好，我發誓。」「我也發誓。」……

「這可不是鬧著玩的，說了出去，爺爺會打死我的。」

我們聽了更加好奇了，心裡也有些緊張起來。外公如果會動手打她，一定是天大的事情。這會是什麼樣的祕密啊！

「你們看，就在這個牆洞裡頭，」芳芳指著黑黯的牆垛進口。「他就躲在這裡——那個兵。那天爺爺從外頭回家，因爲不想經過前庭，懶得跟那兒的駐軍打招呼，改道由後門回家，正好從這裡經過。他突然尿急了，就轉進洞裡來小解，沒想到就教他撞上啦。爺爺說那個兵一直哭，跪著求爺爺救他。他說他家在江西鄉下，家裡還有爹娘。他才十九歲，他不想死，他死了將來誰養他爹他娘。他說他前面一批隊裡的的兄弟們去打舟山的，沒見有人生還的，他怕一去永遠也回不來了。爺爺說，那個兵一邊哭一邊發抖。爺爺看他實在可憐，叫他在洞裡等著，別出來，因爲他一身軍裝，出來的話立刻就會被抓回去槍斃的。爺爺叫他在原地等他的消息。大概要天黑之後，才能派人來幫他……。」

我們幾個屏氣凝神聽芳芳說下去：

「那天天快黑時，我剛剛吃過晚飯，聽到爺爺在門外叫我，要我到他們家去一下，他說外婆有事要我做。」

「我三步兩步跑到他們家，爺爺把我帶到小閣樓上，交給我一個黑布袋，裡面放了一套鄉下人穿的粗布褂子和褲子，幾塊用油紙包著的發糕和番薯，另外交給我一些零錢，對我說要我四下張望著，看清楚，見四周沒人時才到牆垛裡去，把東西交給那個兵，進洞前要先用個口令作信號。你們猜爺爺叫我用什麼作口令？」沒等我們接腔，芳芳咯咯笑起來說道：

「一管大蒜一管蔥！」

我們幾個聽了都樂得爆笑開了，忍不住鼓起掌來。這句話是臨海的小孩子常用的一句話。平日一群人聚在一處，其中若有人放屁，臭氣四溢之時，小朋友就會齊聲道：

「一管大蒜一管蔥！（「管」在臨海方言裡與「根」同義）；何人放屁在當中。」一邊說一邊用指頭照人頭一個個數過去，說第二句最後一字時，數到誰就算誰倒楣——硬被認定他是放屁的人。

外公在緊急時刻也不忘戲謔，大概因爲他根本把人生整個當一場戲來看才會如此吧。兒提時期的我們，自然不懂得外公的處世哲學，只覺得外公眞妙眞絕，我們聽到芳芳說「一管大蒜一管蔥」時不禁笑得人仰馬翻，樂不可支。

現在回想起來，不禁要對外公的膽識欽佩三分。當時正處國共激戰時期，軍紀尤其嚴峻，逃兵若被抓到，肯定會遭到槍決的，絕不通容，連幫逃兵脫逃的老百姓也會遭到重判，甚至一起槍斃都有可能。

「爺爺問我害怕不，我說不怕。他說派我去是因爲小孩子比較不會引起注意。而且萬一事情被人發現了，軍方對小女孩子總不至於太過爲難吧。我告訴爺爺我會很小心，叫他放心。你們看，不是沒事嗎？」芳芳得意地眨了眨眼，把頭一扭，長辮子往後一甩。

我們都想知道的是那個兵後來怎麼了。

「爺爺叫他換上這身村服，等夜晚人少時，再到靈江邊碼頭上去搭船。先去大點的城，像溫州。到溫州之後，交通就容易得多，到那邊再另做打算。不知他後來走成了沒？」

「一定是走成了，不然我們一定會聽到一點風聲的。」我們三個人幾乎同時說了出來，正好反映出我們心裡共同的深切願望。

聽了芳芳講的故事，我對芳芳眞是肅然起敬。以前只把她當作是個和我一樣的小女孩看待；今天看她放風箏放得這麼神氣，現在又聽到她這麼勇敢，在我心目中，她一下子由小女孩升級爲女英雄，簡直是與花木蘭同等級的人物了。

楊柳依依

昔我往矣，楊柳依依
今我來兮，雨雪霏霏

「娉香吾愛：

你記得前年在南京燕子磯我們遇到的那個算命測字的瞎子嗎?他對我說，不久我將會遭逢一場劫難，但是又說，你不用害怕，這會過去的。他說，有一天當楊柳枝子打在你的肩頭上的時後，你就知道這場劫難快要結束了。當時我聽得莫名其妙，現在終於恍然大悟……

今天我在野外工地挑水，北方天寒，雖然時序已屆初春，溝渠裡水面還留著一層未化的冰。雪花又回來了，飄了一天一地。回程中經過一片樹林，突然，背上劈劈啪啪響了起來，抬頭一看，原來是一根根柳條兒迎風吹起，刷在我背上，我猛然憶起那個瞎子說的話，心中好不欣喜……回營後接到最新消息，得知我們可能不久後會從勞改營釋放，改為還鄉開墾。……」

媽媽讀完信，激動得哭了起來。我和哥哥也抱著急切期待之心，等候著與父親重聚的日子早日來臨。

果然，又過了一兩個月後，父親終於獲得釋放了。

聽說遼瀋戰役之後，共軍在東北俘虜的國民黨軍超過三萬多人，外加倒戈的國軍，那總數就更多了。大概共軍軍方一時尚未建立起一套完備的處理俘虜的制度方案，暫時決定先發放一部分人回鄉落戶，待日後再另做調遣處置。父親就是在那種情況下獲得釋放的。尤其因為父親是屬於技術性的高級軍官，將來可能還有用到他的地方，目前姑且從寬處理。

父親年輕時讀的大學是一所很特別的大學，是當年馮德麟將軍年僅二十六歲的公子馮庸所創立的，大學名字就叫馮庸大學。據說他投了三百多萬銀元下去辦這大學。他的教育理念是培養道德純正、體魄健康、有武勇精神、會技術、懂軍事的青年。父親便是第一期學生。當時正值日俄在東北一帶屢次挑釁騷擾。一九二九年俄寇侵犯綏芬河、滿洲里一帶，戰報頻頻。父親帶頭，發起了一項愛國運動，和其他馮庸大學的一批愛國青年一起，成立了一支殲俄義勇軍，武裝開赴前線。校長本人親任總指揮，父親被同學選為大隊長，於同年誓師北上。

雖然義勇軍並未正式參戰，然而總結此舉成果，對東北民心士氣確曾發揮莫大鼓舞與喚醒作用，尤其散播下九一八後東北義軍蓬勃的種子。

九一八事變之後，馮庸大學不幸遭日軍佔據。屆時，父親早已在黃埔軍校肄業。父親以優異的成績畢業於黃埔軍校八期。因爲他的英文程度特別好，旋即獲得留美深造機會，是當時首批赴美留學的青年軍人之一。因爲父親在大學時主修機械工程，在美國維吉尼亞州的軍校裡他繼續專修汽車運輸及後勤。三年後於一九三七年畢業回國，立即加入了抗日戰爭的行列。

抗戰時期國民黨共有六個汽車兵團，父親是輜汽兵團的團長，並兼任西南公路運輸指揮官等職。當時白雨生將軍是第六戰區兵站總監，西南補給區的司令，是父親的上司。據說他深悉父親爲人正直忠貞，又有魄力，並且很器重父親具有專業背景，因此對父親特別賞識。許多年後初到台灣之時，正因爲有當年這一段前緣的關係，白將軍不惜一切，插手相助，在一場幾乎致命的劫難中，救了父親一命。

因爲父親在汽車運輸工程方面的專業背景，一九四八年他被派去瀋陽接管的正是一個與汽車有關的軍工廠。一九四八年國軍在東北節節敗退緊急撤離東北之際，不少政界及軍界的貪官汙吏混水摸魚，發國難財的大有人在，在兵荒馬亂的當口，變賣國家財物以飽私囊的官員比比皆是。這些人往往利用私人關係與權勢，紛紛搭乘一票難求的班機脫離現場，飛赴台灣。當時有不少民間傳言，說箱子裡裝滿了金條，使得部分班機因爲超重而不得起飛，不論這類消息是不是經過渲染的謠言，也足以反映出一個事實——這群達官要人貪婪之態全都在老百姓眼前暴露無遺。

父親爲人一向最重操守，清廉嚴謹，爲人稱道。此刻他身邊一個個上司同僚幾乎都走空了。他後來告訴我們說，當時他不能走，因爲全廠的下屬沒有人走得了，他不能放下他們不顧。父親之未能及時脫逃，爲他日後的命運布下了不可測的陷阱。正因爲他留守東北的時間比一般人長久，目睹到某些官員貪汙的實情，自然難免招人猜忌，唯恐父親日後舉報他們。這就爲父親的前途潛伏下危險的因子。

長鬍子的外路客

一馬離了西涼界，
不由人一陣陣淚灑胸懷。
青是山，綠是水，花花世界。
薛平貴好一似孤雁歸來。
柳林下，拴戰馬，武家坡外。

著名京劇《武家坡》這段折子戲裡頭的唱詞，是小時候常聽爸爸在家裡哼哼唱唱的京劇唱段之一。爸爸唱的戲我聽得最熟的就是這齣全本叫《紅鬃烈馬》的戲，全劇分成好幾折，前面的一折是《平貴別窯》，講的是薛平貴上戰場之前與新婚妻子王寶釧辭別的一段。後面一折戲叫《武家坡》，是薛平貴在外作戰過了十八年後回家的那一段。好像爸爸每回開口哼的，不是《平貴別窯》，便是後面的《武家坡》這一段。

薛平貴被派去西涼打仗，一走便是十八年。待返鄉之時，當年的青年人已成了中年人。他單槍匹馬獨自回到故鄉武家坡前，此時不禁思潮澎湃，感慨萬千，思今撫昔，自然而然地「淚灑胸懷」了，京劇的唱詞就是這麼富有人情味，這段由西皮開頭，繼而轉爲原板的調門，悠長沉緩，予人一分深厚的滄桑之感。

也許是爸爸會唱的戲不多，哼來哼去的老是那幾段，也許是爸爸下意識裡與薛平貴的身世有幾分認同吧。在我成長的過程中，每回聽到這段戲，父親的身影即刻會浮現在腦海中。父親的形象往往與戲中的老生形象融合爲一：薛平貴就是父親；父親就是薛平貴。

爸爸的老生戲，和媽媽的時代流行歌曲，包羅了我幼年的整個音樂天地。母親的調子是輕盈的，女性化的，充滿著柳媚花艷柔情蜜意的浪漫氣息；父親的調子卻是沉重的，蒼涼的，充滿著嘆息與無奈。這一歌一戲，湊巧與他倆的性格基調很是吻合，這是我過了很多年後才體會出來的。

一九四九年夏天解放後不久，有天接近黃昏的時候，晚飯還沒做好。我和哥哥在大門口玩彈珠，彈珠可是哥哥的拿手遊戲之一，還有乒乓也是，在學校裡個人乒乓比賽他拿過冠軍。玩起彈珠來，他幾乎百發百中。這時，只剩下最後一局了，哥哥手裡捏著最後一粒彈珠，瞇著眼，瞄準牆角邊的另一顆，正全神灌注，要將指間的珠子彈出去，忽然，身後有個男人沙啞的聲音叫了聲「若林」，哥哥猛然回頭，先是一愣，臉色突然變了，他一聲不響，回頭就往樓上奔去，剩下我不知所措地呆立一旁。

這一臉長鬍子的男人，肩上搭了個布口袋，一身鄉下農人的裝束，灰布褂，頭戴斗笠。他的面色烏黑，好像給煙燻過似的。鬍子好長好長。我愣在那兒呆呆地看著這個陌生人，忽然不自覺地叫了聲「爸爸」，手中捏著的彈珠撒了一地。

「若嵐啊，爸爸簡直不認得妳了。妳長得這麼高啦！」幾年前在南京火車站，我向他行軍禮，他把我一把抱起來的鏡頭，此刻快速地在腦子裡閃過。眼前這個像從煤礦裡爬出來的大鬍子男人，和那個英姿勃勃的軍官可沒法比啊！但是，我還是認出他來了，哪怕他再變，我也永遠會認得他，因為他是我爸爸。

父親的旅程

我們心裡早有準備，知道父親釋放後會南下來看我們，但沒想到他真的來了，來得這麼快，算起來從釋放到現在，前後不過兩個月左右。我們估計他先會在山東老家待上一陣子。那時候到處兵荒馬亂的，南方戰事結束不久，新政府尚未站穩腳跟，爲了能全面掌控情勢，隨時隨地都會頒布戒嚴令，各地旅人必須出示通行證，軍警人員到處星羅密布，嚴密把關，見有形跡可疑人士，隨時收押拘留。交通經常中斷，車票更是難求。

爸爸也在信中預先告知媽媽要耐心等候，不要心急，他很難預測何時到得了臨海。至於他具體的行程，信上不便講得明白，大概也很難預先掌握規劃吧，便含含糊糊大而化之地一筆帶過。那時期郵件隨時都可能被檢查，多寫的話，只會增加曝光的機會。

父親被指定回鄉報到的地點是他的老家山東博興。博興在淄博以北三、四十哩的地方，是古代一個叫「蒲姑」的殷諸侯國的舊址。父親回到博興後，連一夜都沒逗留，當天天黑之後就又走了。父親說，如果當時不當機立斷，說走就走的話，他怕就永遠走不了了。事後父親對我們說過好幾遍：

「我媽媽是天下最偉大的媽媽，」父親啜了幾口茶，又道：

「她何嘗不想我多留幾天呢。我最初也還有點猶豫，心想，總該留一兩天陪陪她吧，不然這一走不知何年何月才能再見了，但是你奶奶卻堅決反對。她說：你一天都別留，過兩個鐘頭天稍稍暗下來你就走。村口那邊我已經關照過了，你只要照我教你的口令回應就得了。」那時候村口有十來歲的小毛頭站崗盯梢，大概都是少年先鋒隊的人。

「你奶奶事先早就準備好一切，她遞給我一個布包，裡頭放了幾個饃饃，一瓶冷開水，一點點蘿蔔乾花生米。包裡還放了兩雙草鞋，她吩咐我盡量步行，少搭車，減少檢查的風險，叫我盡量趁夜黑趕路，白天休息。我後來就是照著她的話，一路步行南下，沿著京滬鐵路走，偶爾搭個便車——多半是牛車、私人貨車一類的交通工具。從沒坐過火車汽車。到了鎮江楊叔叔家，他堅持用他運貨的大卡車送我一程。從蘇北一直送我到浙北嘉興。我堅持叫他回去，怕碰上檢查，風險太大，怕連累了他。推了半天，他才終於回去了。」

「這個部下也眞夠意思，省了我好大一段路，不然我可能會在路上病倒，或著半途被抓起來。到了他家的時候，我已經疲憊不堪，簡直走不動了。」

我想，難怪爸爸曬得這麼黑，像煤礦裡爬出來的礦工。他的一臉長鬍子怕是因爲沒時間去理吧，一半也可能爲了用來作掩護，幸好一路上沒露出破綻，終於到達了目的地臨海。

「爸，奶奶給你的饃饃吃完了之後怎麼辦？她有沒有給你錢再去買吃的東西？」小孩子總是第一個想起最現實最直接的問題。

「你奶奶早就被掃地出門啦，哪來的錢！她自己都吃不飽……」爸爸的聲音瘖啞起來，吞嚥下喉頭湧上來的一口氣之後才又繼續說下去：

「咱們家可以算是中上層的地主階級。鄉下土改，要把地主的土地分給農民，共產黨在很早以前就在他們佔領的陝北區域實行了——山東土改時，我們家被鬥得很慘。好在那時候我爹和我大哥都已經過世了，沒碰上這一劫，可是我二哥卻沒這麼幸運，他死得好慘。」說到這裡，我注意到爸爸臉上的肌肉抽動了一下，頭低了下去。

「唉，不說他了。你奶奶人緣還算不錯的，也還是落到個掃地出門——也就是說，家裡所有家產全被沒收充公，或給瓜分了，自己拿不到分文。奶奶從此跟著我姊姊勉強過日子。我姊姊原來是當修女的，共產黨來後，她還了俗，嫁了個工人。我的弟弟十來歲就到外地去了，聽說後來當了八路軍，不久前還託人捎了封信到家裡去。我有好多好多年沒見過他了。我還有個妹妹，還在山東種田，這次回鄉沒見到她。」

爸爸說到這裡，起身走到他放那個大布袋的地方，從袋裡摸出個牛皮紙信封，裡頭翻出了一張發黃了的黑白相片。上頭有個瘦小的老太太，坐在一張太師椅上。人像後頭是畫著假山假水的佈景。這張相片大概是在太平時期照的。老太太一身深色棉襖褲，褲衩下蕩著一雙小腳，小腳空空蕩蕩地懸在那兒，著不了地。她的表情怪嚴肅的，和爸爸一般不苟言笑的樣子。不用爸爸說，我們大家都知道她是誰。看來這張舊照片已經跟著爸爸很多年，跑過很多地方。

這時我又想起方才問過的問題：

「你說奶奶沒錢給你買吃的，你後來一路上吃什麼呢？你有錢買東西吃嗎？」我總是愛刨根問底，一定要問個水落石出方肯甘休。

「說起這個來，那又話長了。你們記得兩年前在南京有個常到家裡來的劉叔叔嗎？」

「記得，記得，那個年輕軍官，」哥哥立刻回應，「就是那個老是笑嘻嘻的上尉軍需吧？他還跟我比賽過乒乓，發球特別快。」

「對了，就是他。他在瀋陽時在我廠裡，共產黨進了瀋陽，我和他同時被俘了。不過他比我早先釋放了一個月，他先回老家山海關那邊去了。我釋放後先到他家，本來預備和他一同走的，到他家後還住了一晚。他家還有個老母親，一時走不開，他說他必須先安頓好老母親才能啓程。於是我們相約等到我們到台灣歸隊之後再見面。我也只能由他這麼做。我知道這個人很機靈，他說隨後會設法去台灣。他說得到，應該也能做得到的。」

爸爸說到這兒停了下來，好像在搜索他的記憶匣，怕漏掉什麼，又好像在擔心劉叔叔走不了。

這兩天我時時盯著爸爸的臉，邊聽他講故事，漸漸對他不像從前那麼陌生害怕了。在他臉頰邊上一條嚴肅的弧線下邊，竟然讓我發現了一絲隱藏的暖意。他的眼神雖然依舊嚴肅認眞，卻因爲長久累積的緊張在神經略略鬆弛之後，終於泛出了微暈的光彩。他原有的蕭颯之氣，似乎逐漸融化爲一絲難以察覺的憂傷。我們靜候著他講下去：

「劉叔叔這人硬是精明機靈。時局這樣亂糟糟，不知他怎地這樣神通廣大，居然還臨時弄到一筆錢。他把錢換成金子，又把金子弄成碎片，給我把金片片縫綴在內衣的下襬邊上，我後來一路上就靠這些金片片換錢買吃的，才熬過路上這兩個多月……」

「劉叔叔眞可說是對我忠心耿耿。沒想到我當初培植的年輕人，個個都這麼有良心，不容易啊！還有那個姓楊的部下，他也幫了大忙。他還答應將來到臨海來接你們，送你們到杭州去搭火車呢，夠意思吧！」

「唉，眞是所謂的患難見眞情。總希望將來大家還有團聚相見的一天囉！我也勸他跟你們一起走，但是他家有妻小，上有父母，下不了這個決心。目前他改了行，生意做得還不錯。」

至於劉叔叔，事實證明爸爸的推測沒錯，劉叔叔日後很快就來到了台灣，很快就恢復了原來的軍職。後來和一位台灣小姐結了婚。多年後他退了役之後，移民美國，在美國經營旅館，成績很不錯。他們夫婦還來西雅圖看望過我們。劉叔叔還和哥哥成了好朋友。

有關父親一路走過來的整個旅程，他說的很少，他跟我們在一起的時間有限，一共僅僅兩天，哪裡來得及述說呢。再說，我想爸爸也不願多說吧。那時徐蚌會戰才結束不久，南京、上海、杭州都相繼失守，到處都是逃難的人，都是傷兵，流離失所的人群……一路上所見到的那些哀鴻遍野、怵目驚心的場景，可能連他自己都承受不起，又如何來給孩子們講述呢。多年後在台灣，我們都已經在念中學了，爸爸會偶爾提起一九四九年夏季這段驚險的旅程。往往講不了幾句，就會以一聲嘆息作結語，或者說一聲「一言難盡」就帶過去了。大概他所見到的，他說不出口來。現實實在太過殘酷了。只聽他說了好幾次下面這句話：

「中國人不知受了什麼天譴！爲什麼會悲慘到這個地步！」

當我大學畢業，想進神學院念宗教哲學時，有些朋友及家人都覺得奇怪難解，爸爸卻長嘆一聲，說：

「念神學也好，看看能不能從中找到個答案。中國這個民族爲什麼要受這麼多苦，中國人是作了什麼孽！」

後來我眞的出國念了兩年神學。不消說，我當然沒找到答案，而且恐怕永遠也找不到吧。想到六〇年代著名歌手鮑伯迪倫的歌〈隨風飄散〉：

「這答案麼，早已隨風飄散。」

不，不然，細思之下，其實並不是沒有答案，答案早就存在了。而且，受苦受難的也並不止於中國人。二戰之時納粹對待猶太人之殘酷令人怵然不說，事後俄國兵虐殺了百萬德軍，也是有目共睹的事實，日本人在南京大屠殺中犯下的滔天大罪，僅僅是其中之一而已。古代東西方皆然，殺人屠城的事從沒斷過。天災固然可怕，而人禍造成的殘酷，更令人髮指。歸根結柢，這一切禍患的根源，宗教早已有了答案：基督教所說的「原罪」問題，佛教提出的「因果論」說法。但是人類何曾悔悟過？不知道人類的自作孽將要持續到何年何月？我常常想，不知上天對人類惡劣的所作所爲還能容忍到幾時？

武林中人

爸爸來到臨海那年，哥哥已經十一歲了，在學校裡他是五年級班長，少年先鋒隊裡的頭銜是中隊長。在開小組會議的時候，他常被大隊長指派去領導小組討論，事後向大隊長做匯報。有時大家在操場上操練，哥哥又會被指派站在全班隊伍面前去喊口令。

哥哥大概繼承了父親的體質基因，具有運動細胞，舉手投足，姿勢精確。父親年輕時也是運動選手，曾代表他的大學參加過全東北運動會的三級跳等田徑項目。在操場上看到哥哥威風凜凜的，肩佩亮目的紅領巾，袖子上有兩條紅槓槓，覺得他挺神氣的，自己也好像沾到點光彩。哥哥又是學校的乒乓冠軍、演講冠軍，是個老師和大隊長們很看好的人物。大概也是幹部們有心培育的少年接班人吧。

那時剛剛解放不久，我們家的國民黨軍官家屬的身份背景尚未成爲正式的罪名，而且距離日後的反右運動也還有時日，我們心裡明白，當時我們不過是短期的臨時演員罷了。儘管我們懵懵懂懂，年幼無知，但心裡明白這都是演戲，不久的將來，我們將會突然拔營離開，從這片紅潮中消失得無影無蹤。

爸爸在臨海的那兩三天，我們很少下樓去玩，多半時間圍在父親身邊，聽他講故事。我們這才知道原來父親很會講故事。從他小時候對他父親母親的記憶講起。

從前我對父親的家世一無所知，因爲他很少跟我們在一起住過。而且我們不停地搬家，到八歲的時候，已經搬了五個地方，四個省分。爸爸從來還沒有機會帶我們去過他的家鄉，連母親在內。我們這一輩子就從來沒見過父親那邊的家人。起初因爲抗日戰爭，我們逃難到西南大後方，戰後爸爸還沒來得及帶家眷去山東，便捲入了國共內戰的緊張對峙局面，接著國共內戰正式爆發，從此再也沒機會了。

後來，父親那一邊我們唯一見過的人就是爸爸的小弟弟。那時已經是鄧小平實行改革開放之後的一九八二年。經過半年時間的通訊籌劃，叔叔終於來美國和父親相聚了數月。那時叔叔和爸爸都已經是坐七望八之年的老翁了。

說來簡直像神話，原來我的爺爺一輩人竟然是武林中人，清朝末年在山東博興老家開有一家鏢局。爺爺練得一身功夫，自然不在話下。爺爺的兄弟也個個習武。父親小時候常在一旁觀看爺爺和兄弟們練武，有時在大堂裡，有時在曬穀場上。父親年幼，未曾加入，但是印象深刻。看了自然也不免耳濡目染地沾上了尚武好義的氣質，這與他日後進馮庸大學、又終於當了軍人，二者之間不無關聯吧。

爸爸說，爺爺闖蕩江湖多年，在關東待過很長一段日子，爺爺和俠義肝膽的一代豪傑大刀王五（王正誼）頗有交情，彼此肝膽相照，兩人皆以道義相許，又是以保鏢爲業的同行，還曾同夥幹過些除暴濟弱的俠義之事。可惜爸爸在世時我沒多問些問題，對爺爺和大刀王五的詳細交往更是一無所知，現在再也無處可以查詢了。

我知道爺爺的名字是陳美雲。年輕時他曾在清朝左寶貴手下當過一名營長。在甲午戰爭中他在平壤幫朝鮮人跟日本軍隊打仗，不幸打敗了，腿受了傷，不得不從戰場上退下來。棄甲歸田之時他已是年過四十的中年人，那時才娶了我奶奶匡氏爲妻。奶奶比爺爺年輕二十歲。他們一共生了七個子女，爺爺的鏢局是他從軍旅中退役之後才開設的。從一些故事的片段中聽來，不難想見爺爺是個俠客型的人物。對朋友尤其講義氣。這些氣質從父親的身上我們也可以很強烈地感覺得到。

如今我和哥哥弟弟都非常後悔，爸爸在世時我們沒多向他詢問爺爺奶奶一輩人的故事，那時好像興趣不怎麼濃厚，成天忙著自己的事業、家庭、適應美洲的新環境，爸爸偶爾說起家族親人的往事時，我們也沒十分留意。如今所記得的，僅僅就剩下零碎串連起來的片段，對爸爸的家世，我們知道的只是些模糊的輪廓而已。如今當我們渴望進一步瞭解自己家族的歷史時，悲哀的是，講故事的人卻不在世上了。

聽爸爸講他的家世，總覺得好像在聽戲，或是在聽一部武俠小說。《武家坡》裡的鬚生薛平貴，寒窯一別十八載；《四郎探母》裡的楊四郎（楊延輝）遭番邦敵軍俘虜，一去十五年，一日得知老母佘太君隨營指揮調度，四郎思母心切，取得令箭，乘夜出關，至宋營與母弟親人相會，四郎跪哭母前，淚流滿面……。這些故事裡的蛛絲馬跡、零星場景，總讓我聯想起父親的遭遇。有時，父親更似《文昭關》裡的伍子胥。戲中的伍子胥因父兄被害，逃出楚都，一路驚魂不定，焦思憂急之下，鬚髮一日之間盡白。一曲二簧原板的老生戲，聽得人不由得悲從中來……

雞鳴犬吠五更天
越思越想心傷慘
想當年在朝為官宦
朝房待漏五更寒
到如今
夜宿荒村院
冷冷清清向誰言

這也是父親有時會哼哼的戲段。恐怕也是他從東北一路逃亡到南方時的心路歷程吧。這些故事，配上唱腔，常在我的腦海裡迴蕩流連，與現實中爸爸的形象混淆一處，有點分不清京戲的界線在哪兒，現實的人生究竟又是如何的了。

回頭想來，也許本來二者的界線就不很分明吧。京戲都是根據活生生的人的故事改編而成的；而人間活生生有血有淚的故事，往往比戲劇的情節更要曲折迷離刻骨銘心呢！

靈江早渡

爸爸在臨海住了兩天後，第三天我早晨醒來，媽媽說：「爸爸走了，你哥哥送他去靈江碼頭搭船去了。」我知道媽媽沒親自去送行，是爲了不想引人注意，但又不放心，所以差哥哥陪著。媽媽的聲音沉穩中帶著落寞。

「爸爸不讓我叫醒你，他要你多睡會兒。」

我彷彿記得清早天還沒亮前，有人摸了一下我的頭，好像是個戴斗笠的人，我還在睡夢之中，睡得很沉，夢見前面一片汪洋大海。海裡的浪濤很高很洶湧……風很大……朦朧中有艘大輪船在海浪中前進……輪船的煙囪冒著很濃的黑煙……船上烏鴉鴉一片……好像是竄動的人頭……。還夢見我們一家人坐在一列火車上，馳過黑茫茫的原野……衝向不知名的遠方……

夢中的我，常常都在行旅途中。大概自小就習慣於遷徙了吧。我記憶中最初的印象，便是仰臥在汽車裡，仰望著窗外倒著掠過去的一株株樹幹。樹幹一株株快速倉促倒退；而我乘的車子卻不停地向前奔馳。

從幼年到少年，到青年，到中年，到現在，這個意象不時浮現眼前，終於讓我明白它要向我昭示的是什麼了——是時光的旅程，過去的，現在的，和未來的時光。時光簇擁著我不停地往前邁進，我卻仰望著總在向後倒退的樹（它們象徵著正在逝去的時光），看它們一寸寸向後移動，載負著無盡的眷戀和鄉愁。

采菊照顧我吃早點，桌上有粥，有包子。吃完了我背起書包正要出門，趕去學校參加升旗典禮，這時哥哥突然回來了。媽媽驚訝地問：

「怎麼這麼快就回來啦？你送爸爸上船了沒有？」

哥哥沉默地點點頭，好像滿腹心事似的，又有點失魂落魄，低聲道：

「爸爸一直催我快點回家，怕我上學遲到。我不肯走。後來天開始下雨了，江上一片大霧，看也看不清楚。爸爸和我走進一個小舖子裡去躲雨。在裡邊我們一人還吃了一碗麵。過後天才完全亮了，雨也小了，這才看見有幾隻烏篷船搖了過來。爸不讓我送他到船邊去，我只送到上面圍欄的地方，看著他走下斜坡，然後看他上了小船之後，我才回來的。」

做夢也沒想到，五十幾年後的今天，我們兄妹三人還會再次來到靈江江邊，望著渾濁的江水，回溯當年送爸爸上船的一幕。如今爸爸都已經過世好多年了。他自從那次離開，便再也沒回來過這塊土地——這塊教他又痛又愛的土地。

爸媽早商量好的，爲了不洩露任何一點風聲，絕對不能告訴任何人爸爸具體的偷渡計劃。媽媽對傭人只說爸爸要回山東老家報到，以後再來安置我們去與他團聚。

溫州距臨海很近，在交通四通八達的今天，車程一小時就可以到達。但是在一九四九年時代，還沒有公車可通，大多靠坐船。清晨坐上烏篷船，可望下午天黑前抵達。那是爸爸要去的下一站。在溫州有個父親的至交余伯伯，他是爸爸黃埔軍校的同學。父親與他事先通信約好，說好在七月底的最後三天裡和余伯伯在溫州某個公園的一個亭子裡見面。因爲爸怕連累到他家人，又怕被人盯梢，故意相約在公園裡見面。時間上沒法拿得準，只能以三天的時間爲限。余伯伯是溫州本地人，熟悉該地的門道，所以由他去爲父親暗地設法安排偷渡到台灣去。

哥哥送爸爸上船之後，一整天好像都有點心不在焉。平日一向生龍活虎的他，好像變了個人。

我想大概一個兒童成長爲青少年的過程中，都得度過某個關卡，嚐到一次苦澀的滋味，才從此開始萌生了憂患意識。當這孩子經過了這番歷練之後，他才邁入了人生的另一階段。

那天清早護送父親上碼頭的經驗，給予哥哥的衝擊，大概就是屬於這類性質的關卡，揮別父親那一幕恐怕成了一直烙印在他心上的印記，以致五十幾年之後坐在江邊，如今一頭白髮的他，還反覆地叨唸著：「那天，天烏烏的，毛毛雨還在下著，爸爸一步步往坡下走去，胳下挾著把黑傘，他回過頭來對我說：你回去吧，快回家去。然後越走越遠，直到跨上了小船，都沒再回頭。」

他看著的不僅僅是爸爸孤單的背影吧，我想哥哥一定是擔心著爸爸的安危，怕他再次被捕，怕途中的茫茫大海，怕從此再也見不到爸爸了。

回想起來，爸爸那次逃亡所冒的風險相當大。在那種情況下，他被發現再遭扣留的可能度是很高的。在浙江沿海一帶，遍地都是共產黨的特務人員及便衣警探。如果他再次遭到逮捕的話，那個後果可是難以想像的了。

總算是上蒼眷顧垂憐，讓父親一路有驚無險，終於能夠依照自己的計劃，一步步完成了逃亡台灣的心願。

至於這最後一段從溫州到台灣的歷程究竟如何，我至今仍是不甚了了。只記得父親事後說起他和一批同路的人，合乘一艘小型的機帆船（聽起來好像是帆船上裝有發動引擎的那種船），在海上漂了幾天幾夜，才終於抵達基隆碼頭。一路上顛簸得非常厲害。船上的人個個暈船，一路上吃盡了苦頭。

沒想到才登上基隆港碼頭，父親立即就被警備司令部的人帶走，押進了大牢，這以後發生的事又是另一個故事了，姑且留待下面再說吧。

我心中常有個問題：大海茫茫之中，這一切的起伏變化難道都取決於偶然的機遇嗎？或是個人的命運在做著主導？抑或是冥冥之中有位萬物之主在綜觀全局，掌握一切，指引著天地間一切的運作呢？

遠離古城

解放軍進城的頭半年，一般老百姓的生活表面上沒有太大的改變。在我們家，母親朋友們的聚會好像減少了許多，大概大人們心中有所顧忌，盡量收斂些，避免引人矚目吧。

大約過了半年左右，從一九五〇年年初開始，城裡的氣氛漸漸不一樣了。人們可以感覺得出新政府即將有新的措施和行動了。一種無形的高氣壓開始在空中瀰漫開來。讓人屏住呼吸，豎起耳朵靜候著，神經一日日綳緊……。起先，家裡會突然出現陌生的訪客，藉口來做家庭訪問，一邊做戶口登記，做口錄，蒐集一些背景資料。大概是爲日後的政治運動做鋪路工作吧。繼之，訪問的次數變得頻繁起來。再接下去，是所謂的「突擊檢查」。這時來人的態度就不如前些時訪問者那般斯文了。他們往往突然降臨，進門後到處搜查，看看家裡有沒有窩藏什麼嫌疑份子，同時拿著棍子在馬桶裡攪了又攪，看看有沒有什麼私藏的黃金，爐灶裡的灰燼也被他們翻了又翻。這些嚇人的舉措，大概不僅是特別衝著像我們這種家庭背景的人來的，我們也聽說很多人家裡都被光顧過。好在我們家一根金條也沒有，而且，幸虧那時候父親已經逃離臨海了。

聽說我們走後的第二年，亦即一九五一年，大規模的清算鬥爭、鎮壓反革命運動便似洪水猛獸般撲向臨海，並席捲了整個神州大地。後來聽說白水洋鄉下的小姨丈就是那時送了命的。

過了好長一段日子之後，家裡才接到爸爸的來信，信是從香港轉寄過來的。信件的裡裡外外署名一致用的是「思萍」這個女人名字。我和哥哥被母親叫到房裡，千吩咐萬吩咐，不可洩露半點風聲。思萍是父親的化名，父親從今起將以一個住在香港的堂姊的身份與母親通信。世上其實並不存在思萍這麼個人。信件是由父親先寄到香港一位姓錢的友人家裡，再由友人以思萍之名，用香港的地址寄發給母親。一封封來信，開頭總是「娉香妹妹」。母親的信一律稱父親為「思萍姊」，先寄到香港的地址，再由朋友轉給在台灣的父親。

父親母親在那一年多的時間裡，往返的書信不過有限的幾封，大概怕引起注意，內容也必須逐字斟酌，以求萬無一失。爸爸離開的時候是一九四九年七月底，而我們逃離臨海時已經是一九五〇年的十月，其間經過一年又兩個月的時光。父親必須自己先在台灣站穩腳跟，建立起基本的生活條件，而且還得為我們辦好入境證，才能接我們過去。

我們的出走，表面上風平浪靜，而暗中卻是波濤起伏，確實是屬於逃亡性質，用「逃」字並不誇張，其間經過一套縝密的考慮與策劃。回頭想來，不得不歸功於母親的沉著與苦心。當時能夠助母親策商諮詢的人實在寥寥無幾，因為害怕走漏風聲，不得不謹慎。當母親和幾位常常一起聊天的好朋友談起之時，我還記得其中有一兩位並不贊同我們出走。

那時候雖然臨海已經解放快一年了，但是新政府還沒來得及全面掌握地方行政及人事的枝枝節節。舟山群島的血戰始終還在持續著，直至一九五〇年的五月才終止。海南島在一九四九年時也仍處於動盪不安的局面，共軍當時尚未拿下這兩個地方。部分臨海老百姓的心態是：共產黨當權的局面不會持久，國軍還會反撲，再過一年半載，臨海又將是國軍的天下。國共內戰已經打了好多年，老百姓已經疲了，對一切似乎都司空見慣，打打停停，雙方各有勝負，不足爲奇。另一部分人（包括常來紅樓的中學校長萬伯伯在內）則認爲共產黨可能會爲中國帶來新的契機，新的發展，大家何必一定要追隨舊的體制。國民黨大員貪汙腐敗大有人在，金圓劵狂跌造成的危機恐慌不是明明擺在眼前麼，何必再去指望國民黨一幫人啊。與其冒險逃去香港台灣，還不如暫時在本地待著，靜候時局的自然演變。

然而母親牢牢記住父親臨走前千囑咐萬囑咐的話：「一定要盡一切努力出來！你們留下來絕對會遭殃的。」山東老家土改的慘痛遭遇，讓他刻骨銘心，深深烙印在心底。父親一再說，像我們這樣的地主階級以及國民黨軍官家庭背景的人，是屬於反動派份子，在共產黨政權之下，絕不會有好下場。他說他看得太多了。他怕母親意志動搖，一再提醒母親，不可對時局存有幻想。

母親向來聽信父親的話，於是堅決照著他的指示設法逃亡。

在我心目中，母親是個典型的閨中婦女，沒有太多自己的主見，更不屬於精明幹練一型。可是回頭看起來，僅僅在逃亡這件事情的表現上，母親確實有許多值得稱道的地方。我們過去對母親的評價恐怕未必公平。母親一旦決定了一件事，就不會再三心兩意，猶豫不決。她會勇往直前地去實踐既定的計劃。我想這是母親性格上的優點，得自於母親性格中的一種大器、果斷與單純的特質。

爸爸和媽媽預先在口頭上說好了下面幾個逃亡的重點：第一，託鎮江的楊叔叔開卡車（他做生意用的運貨車）來臨海接我們，送我們先到紹興黃叔叔家，再往杭州，然後從杭州搭火車去廣州。第二，從廣州經深圳，過羅湖橋到九龍/香港。後面這段路，爸爸會找香港那位姓錢的朋友接應——也就是爲爸爸轉信給媽媽的那個朋友。第三，從香港去台灣的一段，爸爸說到時再看，目前先走一步算一步。

大致的路線定了，但具體實施的細節則要靠母親見機行事了。

在一九四九年、一九五〇年共產黨統治下的中國，從一地到另一地必須有官方發的通行證（亦稱路條）才行。這頭一關就已經是個難題，因爲父親的戶籍是山東，我們若要離開臨海，理由上照說是要去北方與父親團聚，爲何不去山東，反而要求南下去廣東呢？這如何說得過去？不能教他們起疑啊。

幸好，父親潛逃之事尚未被發現，或者是被山東地方當局發現而尚未呈報上去，或許地方已向上級呈報，而上面尚未來得及做出處理的方案和行動。總之，至此爲止，還沒人來調查過父親的去向。畢竟當時新成立的中共政府正面臨著百廢待舉的紊亂局面，我們一家人才得避過這一險關。如果爲時再晚上三、四個月的時間，恐怕後果就不堪設想了。

如何才能取得往廣東去的通行證，成了母親面臨的第一個考驗。爲這事母親左思右想，和幾個親信磋商，都沒得到任何結果。眼看時光一天天過去，暑假已經結束，秋季班又開始啦，而我們的通行證卻毫無著落。

距紅樓不遠的街上，有個規模不小的道觀。那時沒去注意，不知道是不是就是如今鼎鼎大名的紫陽宮。我們小孩子放學後常在那個道觀的庭院裡玩耍。有一天那裡突然出現了一個奇特的人物——一個外地來的道士。他跟本地一般道士很不一樣。他說的是一口純正的國語，而且聲如洪鐘，相貌儀表尤其威嚴懾人。他的天庭飽滿，器宇軒昂，眼睛炯炯有神，一對濃密的劍眉。我不知道究竟「仙風道骨」的形象應該是如何一個模樣，這個眼前的道士，看來倒更像重彩版畫裡典型的英雄俠客之類的人物。他突出的形象吸引了我和哥哥的好奇心，我們對他格外注意。放學後我們老往觀裡跑。

觀裡的人對鄰里人宣稱，這位新來的道士道法精深，會給人治病驅邪什麼的。也不知是否可信。有一天我倒親眼目睹了一段他治病的過程：一個面帶病容的中年婦人來到廟前，說她有種難治的宿疾，想請道士幫忙。道士先伸出手來給婦人把了脈。又差人端了一碗清水，放在神像前，舉香拜了三拜。接著他又對準碗裡的水唸唸有詞，唸著唸著他突然呸的一聲，往杯裡噴了一口口水，當即叫婦人將水喝下。接著，道士又在婦人背上重重地拍了三下，然後叫她繞著庭院走三圈。走完後道士問那婦人病好了沒。我看那婦人模稜兩可的神色，好像不知如何回答才好。

我至今也不知道道士究竟有沒有治好人家的病，但他留給我的印象卻十分鮮明，十分深刻，這除了他凜然的相貌之外，還有一個重要的原因。

一連好幾個禮拜，我們天天都去那裡玩耍。在那個大院落裡，可以讓我們躲迷藏，還可以看道士做法治病。時間長了，和觀裡的人也有點熟起來。有一天我們和這位道士正坐在石階上說著話呢，媽媽居然突然出現了。媽媽走近我們，先跟道士點了點頭，接著責怪我們道：

「你們兩個今天怎麼了，采菊燒的菜都冷了，你們還不回家！」

道士揚了揚眉，突然問媽媽道：

「太太，我看你不久將有遠行啊？」

媽媽一驚，瞠然看著道士，過了半晌才支吾道：

「你怎麼知道？」

道士說：「連這點東西都看不出來，我還能當什麼道士！」

媽媽畢竟太老實了，毫無防人之心地嘆了口氣，接著說：

「還不知道走不走得了呢。」

道士問：「這話怎麼說？」

「我老公在山東鄉下，叫我們去。但是我不是種田出身的，我是臨海本地人，我怕去了幫不上忙，反而添麻煩。我有個堂姊在香港，要我們去那邊，她說能在姊夫行裡頭安插個差事。所以我想暫時先去她那邊，等太平些了，再回來與老公團聚。但是怕的是通行證辦不到手。你想，我怎麼能說我不去山東，要往廣東走啊！」

媽媽居然還會自圓其說地撒了個小謊。可見她還不是老實到無藥可救的地步。我在一旁如此自忖著。

道士聽了母親的話，低下頭去，斂目沉思了半晌，抬起頭來時，眼睛裡閃過一道劍一樣的光芒，對母親說：

「這很容易辦。你不妨先申請去山東。把通行證拿到手之後，自己再用毛筆把山東的『山』字改成『廣』字。應當不難。一點一點用毛筆蘸墨慢慢描上去。」那個年頭，所有的公文證件檔案都是用毛筆寫的。

道士又告訴母親道：「山東有個叫青州的地方；廣東也有一個同名的青州。塡表時，你就把山東青州作爲你的目的地。回家後自己再改爲廣東青州。」回家後母親果然在地圖上看到山東和廣東都有個叫青州的地方。

說是有仙人指路也好，菩薩保佑也好，總之，我們是幸運地遇到貴人了。後來母親就是完全依照道士說的妙法辦成了去廣州的通行證的。

就這樣，我們方才能夠在夾縫裡找到一條生路，適時逃出了大陸，逃過了一劫。試想如果我們一九五〇年未能適時逃離大陸前往台灣的話，以後我們的命運之坎坷悲慘是不難想見的。依照我們的家庭背景成分來判斷，我們肯定屬於黑五類。我們即便能忍氣吞聲地苟活下來，度過一關又一關的反右運動，但是最終到了十年文革的致命一關，我們恐怕連性命也難以保全吧。想到這裡，令人不禁不寒而慄。時間上算來，我們走得正是時候，千鈞一髮。想到這裡，不禁衷心感謝冥冥之中上蒼的眷顧與安置。我們常想，自身何德何能，竟能如此僥倖，處處獲得庇蔭，得以躲過了日後這場可怕的浩劫！

臨走前幾天，媽媽忙著裝行李。她把能帶走而且路上需要用的東西，塞進兩隻中小型的皮箱裡。一隻由她拎。她的另一隻手臂還得空出來抱弟弟。弟弟才一歲多，會走路了，但是隨時得留神看住他，不然，一不留神他就不見了。另一隻箱子交給哥哥拎著。交給我提著的是一個方形的小籐籠，裡頭盛了隨身需用的零星雜物，諸如盥洗具、藥品、手巾和餅乾之類。

有一天，媽媽把外婆找到紅樓來，私下將一個小包包交給她。兩人邊揩著眼淚，媽媽指著地下的兩個鋁製大箱子道：

「這些我都帶不走了，暫時放你那邊吧。反正如果快的話，過半年一年我們就回來了。如果時間久了回不來，到時候你需要用錢的話，就揀小包裡的首飾去變賣吧。千萬不要客氣，知道嗎？你一定要記住我這句話，我們母女一場，不分彼此啊……」

外婆只顧拿手絹拭著眼淚，說不出話來。

媽媽喜歡的一件件漂亮旗袍，絕大多數帶不走，只好全數塞進兩口鋁箱裡，連同爸爸在南京時買來送她的一件水獺皮大衣。媽媽後來還曾提起過她那件珍貴的皮大衣，不知道它在外婆的床底下待過多久，不知它最終的下落如何。

其他還有許多零零碎碎的東西和衣物，有些媽媽送給女友了，有些送給了采菊。采菊跟母親的時間前後有四、五年，最先在井頭街，後來跟我們一起去了南京，再重返臨海兩年多，主僕之間有了相當深厚的感情。她是個淳樸忠厚的臨海鄉下人，心地善良，和媽媽很合得來。她大概一輩子也沒接收過這麼多東西，自然很是喜歡，但想到即將面臨分別，又不禁淚眼漣漣。

臨走前的另一個細節則是如何攜帶足夠的銀兩在身上，以備不時之需。帶得不夠怕路上不夠用；帶多了可能出事，尤其是經深圳去香港的關防上聽說查得很嚴，超過一定限量的銀兩將會沒收充公。在這種情況下，媽媽不得不把部分積蓄換成金片之類的東西，然後再把壓扁的金戒指和金片夾在一層層布鞋鞋底裡面。媽媽最愛的鑽戒和爸爸送她的生日禮物紅寶石戒指，我們拿來塞到兩支牙膏裡面，由下往上推到頂端的地方。媽媽身上只帶了定量的人民幣和一枚婚戒。

果然，從深圳過關到九龍之時，檢查得非常嚴格。連我們盥洗包裡的一罐面霜都不放過。見檢查的人拿起一支筷子來，在裡頭攪了又攪，我的心頭直跳，心想糟了，媽媽的鑽戒大概難保了。說也奇怪，那兩隻用了半截的牙膏，他們居然放過了。

我們在早晨濛濛的密霧中告別了臨海，楊叔叔的大卡車停在城門外靈江邊等我們，時間是一九五〇年十月初的某一天。至今所留下的熹微記憶，僅僅是車窗外幢幢的人影，汽車發動時的煙灰，憂傷和惶惑的眼神，以及大卡車後面跌跌撞撞追趕而來的外婆模糊的身影。

亂世裡所有的離別都是如此倉促惶惑的吧。唯其如此，當時才覺不出痛來，只在日後鏤化成刻骨銘心的印記。

早晨出發，黃昏時，方才抵達紹興，在父親另一個年輕部下黃叔叔家裡借宿。這也是父親預先和他說好的。父親本來也勸他和我們一塊逃離浙江。但是那天他說他恐怕走不了了。他發現近來有人盯梢，教他動彈不得。而且怕連累到我們。我對這段記憶很模糊。只記得他的家境似乎不錯。是紹興地方上的世家。還有個新婚妻子。他說他另外再想辦法，希望日後與我們在台灣相會。叫我們不要爲他發愁。

後來，別的好幾個父親手下的人都相繼來到台灣；而他，始終沒有出來，爸爸每提到黃叔叔就長嘆一聲，怕他是凶多吉少。

在紹興憩了一晚，翌日來到杭州，在一間旅舍下榻。楊叔叔就在此和我們告別了。他說有機會的話，或許我們將來在台灣見面。他聽說目前還不容易拿到台灣的入境證。身居亂世，只好走一步是一步。

這位楊叔叔眞是我們的恩人。我們會永遠感謝他。一九八六或一九八七年的時候，在西雅圖定居的父親忽然接到一封楊叔叔從中國寄來的信。他還住在鎭江。說他的情況大致良好。對過去幾十年的事一筆帶過。讓人看不出也猜不透他的遭遇究竟如何，文革浩劫他是怎麼頂過來的。但是得知他目前情況尚好，口氣尚且樂觀。父親很是興奮，並邀他來美一聚，敘敘舊情。後來不知怎地沒有下文。再過些時日，當我向父親打聽的時候，說他突然中風死了。

在杭州告別時，他大約三十幾歲，那麼如果他是在一九八八年過世的話，他大約活到

七十二、三歲左右。中間經過了四十年的斷層，而楊叔叔還會記得他的上司，還會迢迢千里寫信致意，這大概只有在中國人的世界裡才會發生吧。

話說在杭州旅舍裡，我們又一次遇見了貴人。在飯廳吃飯時，徐先生正好坐在同桌。他是個胖胖的中年商人，經常往來於上海和香港兩地。當他得知我們要經廣州去香港時，特別勸告母親要坐頭等艙的火車。到廣州要住高檔的大旅館才是上策。他很熱心地將他所知的行情和盤托出。他說千萬別去住小旅館，因爲大酒店的住客往往是往返二埠之間的商賈，政府不大去管他們；而小旅館在亂世裡正是可疑人士藏匿之處。密探與刑警特別注意它們，常常去搜查。我們接受了他的勸告，買了頭等艙的火車票。到達廣州後，又跟著他，住進了一家較爲高檔的旅館。好像叫新亞酒店。

在一九五〇年代，想從內地去香港九龍，除非是有公事或商務在身，可以拿到簽證之外，像我們這樣的非法難民，唯有偷渡一策。那時候吃這口飯的掮客（或稱「黃牛」）遍地皆是。靠著花錢偷渡，分高低不同兩種價格，兩種方法：

高檔的方法是多花點錢，由掮客去疏通把關的香港警衛，並由黃牛帶人過羅湖橋，到達九龍。羅湖橋的一頭還在中國的土地上，另一頭則屬於英國的轄地。

低檔的偷渡法也得花錢，但錢數少得多，風險也相對之下升高很多。偷渡者由掮客乘黑夜帶領著他們徒步翻山越嶺，爬鐵絲網，進入英租界。

在深圳的整段過程，我的記憶已相當模糊。爸爸的朋友錢叔叔從香港到深圳與我們會合，爲我們安排好黃牛掮客之事。我只記得當時過羅湖橋，一個人頭得花港幣六十元。錢叔叔的人脈很廣，在我們眼中他簡直就是神通廣大；對他來說，這不過是區區小事一樁。錢叔叔英挺俊拔，西裝筆挺。後來才得知，錢叔叔也畢業於黃埔，早年還當過蔣介石的隨身侍衛。他和他哥哥都是父親多年的朋友。他的哥哥錢立是父親的黃埔同班同學。抗戰時期又都曾服務於聯勤部門。哥哥的夫人是一混血女子，曾是當年的網球國手。我後來想起來，他們都曾到過我們在南京的家。

從深圳過關到九龍那一次，我終於初次體會到金錢的力量。這時眞是慶幸我們鞋底下帶的那些個黃金碎片。我們當然談不上是什麼有錢人，不過那時代在淪陷之前軍人的官餉大概還是相當不錯的，母親多少積攢了一些下來。現在終於都用上了。爲了湊足掮客的酬金，在大酒店房間裡，我們用剪刀把腳上穿的布鞋鞋底鉸開，取出那些小心翼翼縫進去的金片。再連夜把鞋底還原。鞋子穿回腳時，頓時覺得自己好像是練就一身輕功的武林俠客之流。

一九五〇年十月初那一天，天空很晴朗，我記得錢叔叔在前引路，幫媽媽拎著一隻箱子。媽媽抱著啣啣。我跟在她身旁，手腕裡勾著小籐籠。哥哥拎著小皮箱，緊跟在母親身後。從深圳那邊我們踏上了站滿了英籍警衛的鐵橋。我們在鐵橋上一步步走著，屏氣凝神地走著。越走越感覺到腳底好像輕飄飄的。

一旦走過了那座羅湖橋，腳跟站上了九龍的土地，我們的身子好像一下子輕得要飛起來，像隻放了線的氣球。啊，我們終於自由了！

第四輯

寶島歲月

在淡水這小屋裡，我們一住就是近二十年。

剛到淡水，我進文化國小上四年級。

中學時代，我們自編、自導、自演的童話歌劇。

練習打靶是高中救國團軍訓項目之一。

我就讀六年的純德女中，已成歷史地標，如今已劃為純德小學。

從淡水我們家巷口的河岸看到的觀音山剪影。

喇嘛叔叔無疑是個絕頂精彩的傳奇人物。
這張照片長年掛在我們的牆壁正中央。

父親在陸軍運輸學校校長任內被派遣到美國進修考察。

航向未知的海岸

到了香港，錢叔叔帶我們在最熱鬧的市區走了一趟。我們在古城住了幾年，哪曾見過此等繁華，不禁目瞪口呆，像劉姥姥進了大觀園。連一向注重時尚的母親也不免相形見絀起來。

錢叔叔安置我們暫時在一家九龍的旅舍中住著，一面幫我們去張羅往台灣去的航班。幾天之後，錢叔叔把我們送到碼頭上的一艘大型貨輪上。我記得這艘船有個有趣的名字，叫「東方之鳳」。這是艘運貨的船，平常是不載旅客的。畢竟錢叔叔神通廣大，爲我們在船上爭取到一整間艙房，我們一家四口在裡頭住著，覺得相當奢侈。

大概爲了等貨吧，輪船一連好幾天都泊在碼頭上，遲遲不開，我們只好耐心等候。由船窗天天張望著岸上的高樓和夜晚璀璨的燈火，霓虹燈明滅閃爍，煞是好看。因爲心情輕鬆，覺得世上一切都美好無瑕。

在船上一待就待了五、六天。之後，東方之鳳終於起錨了。大船徐徐向海洋挺進。頭一天，海浪不怎麼大，我們在甲板上遠眺一望無垠的海天，心情無比的歡欣雀躍。嶄新的世界正在大海彼岸向我們招手。全家人即將團聚，開始生命中新的一頁。我們個個心裡都洋溢著美好的憧憬與幻想。

到了半夜，一旦進入了眞的大洋水域之後，風浪開始大了起來，越來船身搖晃得越是厲害起來。望外看去，遠遠的海面那頭，烏雲堆積得好高好厚，繼之，電光閃閃，雷聲轟轟，看來一場狂風暴雨即將來臨。

翌晨，聽船員們說，我們遇到颱風了，秋天的台灣海峽，常颳颱風，並不稀奇。這時我們這艘巨型的輪船在翻天大浪裡顛簸起伏，一上一下地猛烈搖蕩。在這曠邈無邊的大洋裡，這艘龐然巨物居然變得渺小起來，在這無邊的滄海裡，它顯得多麼微不足道啊。我們這些在船裡隨波流蕩的人就更不用說了。

除了啣啣之外，我們一家人都暈船暈得厲害。我們在半昏厥中爬下床來，勉強挨挨蹭蹭地走到餐廳去吃中飯。誰知不吃還好，東西一進了肚子，立刻全吐了出來，一點不留，吐到連一滴清水都好像容納不下的樣子。從來不知道暈船會這麼難受。以後在船上的時間裡，我們三人只好平躺在榻上，盡量少動，還是一直吐了又吐，吐的全是清水，吐得肝腸裂斷，人幾乎在一種脫水的狀態。

我不知道這樣子過了多少天，大約兩天左右吧，感受上彷彿是永恆呢。第三天聽廣播說快到岸了，我記得那時曾對母親說，若再繼續這樣下去，我寧可不要活了。說著說著，我往外看了一眼，立刻又想嘔了，窗外的海不是以前讀到或畫上看到的「碧波萬頃」，而是黑黝黝的藏青色！這趟航海的經驗一輩子難忘，我發誓今生再也不會坐船遠行。

過了中午之後，東方之鳳終於在高雄港靠了岸。駛近碼頭時，我們遠遠就看見一大排國旗在晴朗的空中飄揚著，這才想起今天是中華民國的國慶日——十月十日。終於到了，我們按捺不住興奮雀躍的心情，迫不及待地跑到甲板上，扶著船欄杆，四下搜索岸上爸爸的身影。突然看見了，他正和身邊一個人站在旗杆下講著話。他不像過去那樣穿著戎裝，而是穿著一襲淺灰色的中山裝，理著平頭。

「爸爸，爸爸，」我們大聲叫嚷，拚命揮舞高舉的雙臂。爸爸不慌不忙穩重鎮定地走近船身，一邊向我們揮手，一臉掩不住的笑。

事後父親不止一次對我們說，他心裡一直沒有把握媽媽是不是能夠把我們三個都帶到台灣。路上種種險阻的情況很難預測。直到在高雄碼頭看到我們三個的時候，他心裡一塊大石頭才放了下來。他不止一次帶著滿足和感激的口吻對人說：「我內人把三個孩子都帶出來了，眞難得。」對母親說時，總不忘舉起一隻大拇指來對著她。

郵票風波

我們三個在船欄邊和爸爸比手畫腳地喊著話時，媽媽卻在船艙裡孤軍奮鬥，應付安全人員的行李檢查。我們在甲板上左等右等，不見媽媽出來，我們才又返回艙內去看是怎麼回事。

母親此時站在一張大桌邊上，弓著身子，向坐著埋首於書案的兩位安檢人員解釋著什麼。他們三個人的視線都聚集在桌上幾張滿是皺褶的紙片上。哥哥一看到眼前這一幕，立刻愣住了。

「這些都是我那個大孩子玩遊戲時寫的。」媽媽苦口婆心地解釋道，「你看這些字的筆跡就知道是小孩子寫的。這上頭的名字都是鄰居小孩子的名字：晶芳、森芳……我女兒若嵐……請你們相信我說的都是實話，絕不是什麼機密，全是小兒遊戲啊！」媽媽一邊拭著額頭滲出來的汗水，操著她那一口鄉音，結結巴巴地解釋著，神情焦躁，樣子相當狼狽。

哥哥從小有集郵的嗜好。他用好幾年的時間收集到好些美麗又奇特的外國郵票，小心翼翼地存在一本郵票簿裡。我們離開臨海之前，爲了縮減行李，他不得不把那些張郵票從簿子裡拿出來，用幾張厚點的紙包起來，裝進箱底。這幾張用來包郵票的紙質地特別好，是當初我們娃娃兵團開「軍機會議」時用來做記錄的紙張，上面記錄著我們每個人的名字、軍階、任務等等。寫著字的一面紙朝內；白的一面朝外，看起來好像是有意隱藏的祕密，難怪要引起情治人員的注意了。這時眞教母親百口難辯。

最後，他們終於讓我們下船了，不過他們將這些證物——郵票和紙，都扣留下來了。他們說回去後會再加研究，必要時日後再找我們細談。他們詳細記下了父親工作單位的名字和地點，父親上司的名字，以及我們今後幾個月的居所地址等等。

我們下船時，船上的人幾乎走光了。爸爸深深噓了一口氣，笑瞇瞇地望著媽媽，從媽媽手裡接過了啷啷，舉起一隻大拇指對著媽媽。我注意到，爸爸並沒有擁抱媽媽，他當然不會在大庭廣眾面前這麼露骨。我一點都不覺得奇怪。

我知道爸爸最怕人家「肉麻」，他自己更不會做出任何「肉麻」的動作來。

香蕉的滋味

爸爸的朋友開了部吉普車來，把我們一家人送到旅館去。一路上我好奇地注視街旁兩邊的景觀。經過田野時，路旁長著一棵棵檳榔樹，又高又細，樹頂上通天的大片樹葉在不停地揮舞。還有一種長得稍矮的果樹，頂上墜著纍纍的金黃色的龐大果實，爸爸的朋友說，那叫木瓜。

進入住宅區地段後，又出現了不同的植物，很多人家的牆頭，伸出一種花樹，葉子是長長的菱形，樹枝子光潔泛白，一朵朵花的花瓣，內黃外白，像白水煮熟的雞蛋心，我後來一直叫它雞蛋花，人家說它是一種法國梧桐。還有些人家的矮籬旁栽著一棵棵吊鐘花，那是像燈籠似的紅花，一朵朵垂掛在細枝上，十分曼妙，這花花名也取得十分巧妙。

車子駛入市區，店面逐漸增多了，路旁還有一個個臨時搭的小棚子，賣著各式從沒見過的水果和冰水。黃澄澄的香蕉，從前只在畫報上見過。切開的菠蘿，滿溢著蜜汁，令人垂涎。另外還有青色的芭樂，粉白透亮的蓮霧等等，都是從前沒看過沒嚐過的東西，教我們看得眼花繚亂。

更教我們驚訝的是賣水果的攤販們，一個個穿著色彩鮮艷的「跳舞衣」，塗著口紅，還燙了頭髮。在我們眼裡，彷彿到了外國，怎會想到擺攤子的小販都這麼摩登先進呢！更奇怪的是她們穿得這麼漂亮，又塗了口紅，但腳上卻拖著一雙木屐，走起路來踢踢踏踏作響，看起來不太雅觀，也很不相稱，但是一路上看下去，一半的人都是這種裝束，也就見怪不怪，漸漸習慣於這股有趣的風情了。畢竟我們現在已處身於一個全然迥異的亞熱帶海島，景觀自然是不同以往的。這時腦子裡不自覺地浮現出熱帶海灘上女子跳草裙舞的畫面……

到了旅舍，女招待從玄關走出來，客氣地哈腰，爲我們拉開花紙糊的日式門柵。脫下鞋子，換上拖鞋，踩到一塊塊蓆面的榻榻米上。大家席地而坐，又是一番新鮮的滋味。

爸爸的老朋友余伯伯夫婦早在旅舍裡等著我們了。這余伯伯就是在溫州幫爸爸安排小船偷渡來台的那個人。他自己也隨後偷渡來了台灣。雖然是頭次見到余伯伯，卻立刻有種親切感。余伯伯身材魁梧，聲音宏亮，除了說話腔調之外，可一點不像溫州人。他蹲踞在這細巧的日式房間裡，顯得很不相稱，讓人感覺好像一隻大鵬鳥躦進了鴿子籠似的。余伯伯翹起了大拇指，對母親說：

「眞不容易，了不起，大嫂，獨自一人帶三個孩子漂洋過海，這一程可辛苦了吧？」

媽媽謙虛地答道：

「哪裡，還不都是他（指指爸爸）一路安排好朋友來接應幫忙，才走得這麼順利啊。還好，老天保佑，一路上沒碰到什麼大的麻煩。」

「就是坐船快把人暈死了。」我忍不住插了一句，惹得大家哈哈一陣哄笑。

余媽媽取出籃子裡一大掛黃燦燦的香蕉，分給大家一人一根。我雖然在畫上看過，知道有香蕉這東西存在，卻從來沒摸過或吃過。香蕉的味道眞香，一口咬下去，舌尖滑溜溜甜滋滋的，眞好吃，我一下子就愛上了這香蕉的滋味。

晚上夢裡都是高高的椰子樹、香蕉樹，流著蜜汁的菠蘿，還有花花綠綠的跳舞衣，在風裡盪著的吊鐘花。耳畔響著踢踢踏踏的木屐聲……拉紙門的聲音……。

克難時代

我們初抵台灣時，父親尚未恢復軍職，經人舉薦，暫時被安置在財政廳裡任職。到了台北，我們暫時住進了財政廳員工宿舍，那一帶靠近南京東路，當年還是一片水田和空地，難以想像今日空前的繁華。

在那邊居住的時間很短，因爲父親不久之後就恢復軍職了，不能再居住在財政廳的員工宿舍裡。至今那些日子給我留下的印象依舊深刻難忘，尤其是在那裡每天清晨聽到來自巷口的叫賣聲。最突出的叫賣聲來自一個賣包子饅頭的小販。每天幾乎在同一時間，七點前後那個聲音就來報到了——「椰饅頭喲，豆沙包……」其實他說的是「熱饅頭」，但聽起來像「椰饅頭」。叫賣的人顯然是山東人。那些年從大陸成群撤離大陸擁進台灣的大陸人裡面，山東人很多。爲了餬口養家，很多人做起低成本的小生意來。賣包子饅頭餃子的人可眞不少。台北市很多住家的巷子裡都能聽到這一類叫賣聲。熱包子常放在竹籃子裡，上頭蓋一塊發熱的布片子，包子透過白布還在冒著熱氣。饅頭是長方形的，肉包子是圓的，豆沙包卻是三角形的。我最饞的就是三角形的這一種。

賣包子這人看來不像個做生意的，很可能原來是當兵的吧。我心裡不禁有些好奇，不知他原來在山東是幹哪一行的，怎麼來的台灣，他的爹娘妻兒還在老家嗎，心中疑問一大堆。

像這類逃難出來的北方人，很多在西門町附近開起小舖子來。上世紀五〇年代裡，那一帶是成排成排破破爛爛的違章建築，前面賣北方小吃，什麼大餅、麵條、餃子、包子，油條之類的都有，後面還住家。有的小店破爛到布篷穿洞、雨花四濺的地步。這些違章建築很早就被迫拆遷了，那裡改成日後的中華商場。而在五〇年代初期，這些破爛的小攤子小吃店曾經一度是許多大陸人的生計所依呢。那些做小生意的店家，現在想起來都令人鼻酸，他們的小舖子就蓋在鐵路經過的地方，火車鐵軌有時近在咫尺，車聲隆隆，火車呼嘯而過，灰塵四起，不知這些人那些年是怎麼支撐過來的。

所以，這「椰饅頭、豆沙包」的聲調，代表的還不僅是籃子裡冒熱氣的東西，而更是當時初到台灣時屬於大陸人的某種集體記憶吧，就如有眷村生活經驗的人，每提及「眷村」一詞，所聯想起來的是整個那一個時代的回憶和氣氛一樣。我每每感到這聲「椰饅頭」裡，似乎帶著一股淒涼的鄉愁。

爸爸有個年輕時期的老同學，住在中南部，他本人早幾年就來到台灣，他用手邊的積蓄，趁日本人撤出時購置了一些房地產。他在台北郊區淡水鎮的一幢房子正好空在那裡，聽說我們一家人正在找地方住，便很慷慨地將房子借給我們住，連租金都沒提一句。我們在那裡住了若干年後，才從朋友手裡將房子廉價買了過來。我在那裡從小學四年級一直住到上大學才離開，前後有八年。父親母親更久，前後有二十多年。

父親那一輩人就是這麼慷慨講義氣，對金錢看得很淡，答應朋友的事，說了算數。朋友們對待父親如此這般；父親對待朋友亦然，從不屑於斤斤計較。我記得父親告訴過我們，年輕的時候，在外面念書，家裡每隔一段時間給他送來的大洋（袁大頭）他通常往抽屜裡一堆，用時去取。同室的朋友需要時也自行取用，不分彼此。父親就是這樣的人。在台灣時，如果他的處境與這位朋友互調一下的話，父親也會毫不猶豫地把房子借給朋友住的。我還曾聽說過父親年輕時的另一樁事：父親甫自美國留學返國時，衣櫃裡有好幾套嶄新筆挺的美式軍用外套大衣之類的行頭。他自己難得一穿，因爲性格上就不喜炫耀。父親當時有個老朋友，這人女友眾多，他經常喜歡穿著父親的衣服到處招搖。人家還以為留學歸國的人是他呢。

我們家在淡水這地方一住就是十幾二十年。這段時間對我的一生都至關重要，是一段很好的機緣。

淡水地處於台北的西北角，瀕臨台灣海峽。淡水河蜿蜒流經台北盆地，從淡水的河口出海，流向海峽。淡水的歷史經過三百年的演變，高潮迭起，受過多重文化的洗禮——西班牙人、荷蘭人、英國人、日本人都前後在這裡留下他們的足跡，而同時淡水依然保有濃重古老的本國文化民俗。近二三十年來，淡水已發展成了全台灣最紅火的觀光旅遊古鎮了。它得地勢之利，依山傍水，隔岸面對綺麗的觀音山，山因它的側面剪影有似仰臥的觀音佛而得名。山崗上有好些幢西式古典的建築，是過去外國傳教士的宿舍，紅磚綠柱的西式建築，點綴在延綿起伏的山坡之上，為淡水平添一份浪漫的異國情調。我讀的中學便在那個山頭上。

十七世紀時西班牙人在半山坡上建立了一座古堡，國人稱之為紅毛城。後來西班牙的勢力為荷蘭人所取代。到了清朝，紅毛城又成為英國領事館所在地，在堡壘式的紅毛城主樓的旁邊，還有一幢龐大的紅磚樓房。現在已闢為供遊人參觀的博物館，成了淡水著名的觀光地標。我們的老家就在紅毛城附近，走路五分鐘就到了。小時候我們常於黃昏時分爬上斜坡，到城堡牆頭上去眺望河景和霞光。

早在我們搬到淡水的時候，淡水便具有這一切天然的美景與地勢的優秀條件。只不過當時還沒人想到它有一天會開發爲一個如此璀璨的觀光之地。今日的繁華遠非幾十年前所能想像。

我們一搬到淡水，全家人便愛上了這個地方，也愛上了我們的日式小屋。小屋座落在中正路上，對面即是舊日的漁港。中正路是淡水的主街，是條與河平行的街道，有許多小巷通往河岸。隔岸遠眺觀音山玲瓏的稜線，欣賞河海之際璀璨的日落和晚霞，往往令人陶醉忘返，那是世間最美麗迷人的晚霞落照。住在中正路上的那許多年，我幾乎天天都到河岸去散步，去看黃昏千變萬化的天空，幾乎成了每日必行的儀式。

小屋是標準日式的一般住房。面積很小，正式的房間僅僅是前後兩間有榻榻米的客廳與臥房。兩間房間各有一個放被褥的大壁櫃，日本人屋裡幾乎不擺傢俱，進屋後大家席地而坐。記得父親每天下班回家之後，總是就地坐在神龕旁邊一根柱子前面，身邊放一壺茶。有時坐在那兒批公文，有時和我們講話，或者聽收音機播報的新聞，那時還是個沒有電視機的時代，父親的唯一娛樂便是聽聽新聞和京戲。後面的一間臥室，供我們一家人睡，我和哥哥頭兩年都睡在貯放被褥用的上下格大櫃子裡，哥哥睡上舖，我睡下舖。

過了兩三年後，爸爸看我們都長大了，覺得不好再讓我們睡衣櫃了，他找了個過去認識的山東木匠來，在側院加蓋了兩間房間，我和哥哥一人一間，所以我上初中時，終於有了自己的房間，我的窗子對著後院，哥哥的窗子對著前院，抬頭時還能望見觀音山山頂的側影。

玄關的後面有個過道，僅三個榻榻米那麼大。在那裡面搭了張床，後來爸爸過去的一個部下曲伯伯來投奔我們，他便睡在那裡。過道的後邊有個小小的飯廳和廚房，廚房邊上有個很小的澡房。日本人的廚房委實太小了。我們不得不在後院加蓋了一個簡陋的廚房，是朋友們大夥幫忙，用克難的方式搭建起來的。那個年頭，物資實在缺乏，政府大力鼓吹「克難運動」，我們奉行不違，大家的口頭語「克難」隨時順口就溜出來了，凡事都依照「一切從簡」的原則進行。事實上在那個物資缺乏、經濟拮据的時代，也非如此不可。

儘管這幢屋子既不寬敞也不堂皇，我卻一眼就喜歡上它了，因爲它的前院玲瓏可愛，有一排紅磚的圍牆，牆邊栽有一排綠樹，葉子長得很密，擋住了外面馬路上的灰塵，也遮擋了外面路人的窺視。小小的庭院裡有兩塊用三角形紅磚砌成的花圃，裡面栽著雛菊和三色堇，牆角還有兩株大紅的吊鐘花，在鄰居的牆頭又見到可愛的雞蛋花花樹了。

身邊圍繞著這麼多花，眞教我興奮不已。我閉上眼睛，吸一口一院子裡樹葉和花朵散發出來的氣味。多種的香氣，加上多種舌尖新嚐到的美味——包括路邊的烤紅薯，菜市裡飄出陣陣魚丸肉羹的滋味，混合著燻魷魚的鮮美，香蕉的香甜，這些氣味一下子全都朝我湧來，裹住了我，把我一下子從色調灰黯的臨海拔了起來，拋進了一個五色繽紛、百味雜陳的花花世界。

住進日式小屋，隨即發現裡面除了我們之外，另外還住著幾種小動物，甚是惱人。其一是蟑螂。這種小動物有兩、三公分長，頭小，身形橢圓，醬色，身上有油光，所以日語稱牠爲油蟲，身上有異味。熄燈之後牠們便從牆隙裡爬出來。頭上有兩根長長的觸鬚，刷來掃去，像京戲裡武將頭上的雉尾翎。牠掃動著頭上的鬚鞭，爬到飯桌上，大嚼碗碟裡剩下的菜肴。燈一亮牠便迅速逃竄。有時抓到一個，用蒼蠅拍狠狠打牠十幾下，看來已經死了，沒幾分鐘牠又動起來了。牠是種生命力極強韌的古生物，聽說牠在恐龍之前就存在於地球上了。牠的牙很利，有時也會把毛衣咬幾個洞。有天早晨起來，我發現我的手指尖也被牠咬了，脫掉一塊小小的皮，隱隱有點痛，好在牠沒有毒性，不然就很討厭了。

另一種動物便是壁虎，牠是屬於小蜥蜴的一種。皮呈灰褐色，上有黑點，粗糙無光，約有六、七公分長，樣子挺嚇人的。晚上爬在天花板上，逐食蚊蟲。好在牠們怕人，你一動，牠就跑開了。牠在危急時，便自動把尾巴斷掉，迅速逃遁，「斷尾求生」一詞好像就是從壁虎來的。

那時候人們擁有的唯一對付昆蟲的武器就是DDT，大家都不懂那種噴劑的毒性其實遠遠超過這類昆蟲可能帶來的傷害。用DDT四下噴射一番，只不過求得一絲心安而已，事實上並無大用，蟑螂壁虎依舊橫行無阻。長久之後，我們居然漸漸習慣於牠們的存在，也就見怪不怪了。近年回台灣，都沒再與這些「故知」相逢，想是已經絕跡或隱藏起來了。

這日本房子畢竟舊了，屋頂牆角逐漸開始剝損。春天長長的雨季來臨之時，外面風雨嘩喇嘩喇，屋內則小雨滴滴答答，只好拿出大盆小盆來接水，每隔幾小時倒掉一次，重新再接。但是土法煉鋼的方法只能對付一時，找人幫忙上屋頂去鋪上一層油毛氈（一種化學合成物），只能暫時遮擋一下風雨，秋天裡颱風季來臨時，不但不管用，反而形成障礙。那幾年儘管父親的階級已升為少將，而且身為陸軍供應司令部參謀長，但是國難期間，軍餉依舊是有限的，哪裡有錢去做大幅修葺的工程！所以只好繼續土法煉鋼，一連好幾年，我們都一直本於勵行政府推動的克難運動精神來應付困境，堅持到底的。

其實，我們已經夠幸運的了，能住在這獨戶獨院的院落裡，享有許多人家享受不到的清靜舒適。很多匆匆遷徙來台的軍人家眷都住在政府倉促搭建的眷村裡。那裡的居住環境就更簡陋擁擠了。雞犬之聲相聞，毫無半點隱私可言。總之，那是大遷徙下的國難時期，大家都抱著逃難的心理，學會了適應，學會了「克難」，將就著過日子。

上世紀五〇年代裡這種刻苦的精神，到了二十一世紀的今天，自然已經蕩然無存，大概也沒有必要了。那個時代畢竟已經一去不返。近年來很多台灣的作家寫下了他們對眷村生活的回憶及懷舊之情，令人動容。我雖無直接的眷村經驗，卻也能想像體會得出相似的情懷。

劫後重逢

淡水的屋子雖小，在那裡開頭幾年的生活卻過得十分熱鬧。一九四九年失散了的朋友前後來到台灣。劫後重生，再聚寶島，自是感慨萬千，更加珍惜這重逢的緣分。那幾年家裡常常有朋友來住，可短可長。叔叔伯伯們就像大家庭的一份子，日子過得既熱鬧又充實。

最早來到的是曲伯伯。其實他的年齡小爸爸好多歲，是爸爸過去的下屬，又是山東老鄉，本來應該稱他爲叔叔才是，但是大概他的長相比較老氣，有點像畫卷裡的孔老夫子，額寬唇厚，膚色黧黑，所以便自然而然地稱他爲曲伯伯了。曲伯伯在我們抵達之前與其他難胞們先來了台灣。那時官階低的人一時還不容易恢復軍職。他原來是山東的書香門第出身，寫一筆漂亮的小楷，在軍隊裡原來是做文書工作的。他到了台灣之後，嘗試著自己做點小生意維生，例如做花生糖啦，做餡餅之類的，但是他這人太老實了，不是做生意的料，不久就把一點借來的資金賠光了，正走投無路，有天在台北街頭碰上了他的老上司（爸爸）。爸爸就讓他在我們家先住下來，再設法找工作。

那間在玄關後面的三席大的過道之地，搭了張床，就成了日後曲伯伯的棲身之地了。曲伯伯一來，就自動效勞爲我們掌廚，媽媽落得放手，她本來就不喜歡下廚房，加上做慣了少奶奶，手藝委實有限，所以眞是求之不得。從此我們家的口味來了個一百八十度的轉變：饅頭大餅成了每日的主食，粉絲大白菜代替了筍絲雪裡紅，牛筋大蘿蔔代替了梅菜燒肉。不管他做什麼，我們都吃得津津有味。曲伯伯原來是讀書人家的大少爺，本來也並非烹飪高手，只不過邊做邊摸索罷了，但因爲有人捧場，也就越做越起勁。那時候沒有像現在的超市，吃雞吃鴨都得買活的回來，主婦得從殺雞拔毛幹起，這些事當然都改由曲伯伯一手包辦了。

曲伯伯在我們家大約住了一年多，最後終於在台中省政府找到一份文書會計方面的工作，搬去台中住了。多年之後我在台中東海大學讀書，爸爸出差經過台中，我和爸爸一道去中興新村宿舍看望曲伯伯。曲伯伯還是老樣子，十年前他看來像五十多歲的人，如今依然如故。此時他娶了個台灣鄉下姑娘為伴。那姑娘比他年輕得多，並且患有輕度智障。紅紅的臉蛋兒，蠻討人憐的模樣。曲伯伯好像挺疼惜她的，老是帶著笑跟她說話，把她當女兒似的。

曲伯伯隻身在外漂泊了一輩子，早和家鄉父老斷了線。明知今生回不了家了，如今自己老年將至，總算聊備一格地築起了一個屬於自己的巢，也是一種寄託吧。

在曲伯伯來了之後不久，爸爸大學時代的摯友歐陽叔叔從印度輾轉與爸爸聯絡上了。他和爸爸是終生摯友。從大學時代一起參加殲俄義勇軍時開始，爸爸是大隊長，歐陽叔叔則全權負責文宣，兩人配合得非常成功。稍後父親報考了黃埔軍校，歐陽叔叔則進了交通大學，沒等畢業即離家出走，遠赴青海。他從少年時代起便有志邊疆。他先隻身赴青海，在那裡先學習藏文。他是個天才，大學時代便顯露出過人的才華。他中英文俱佳，物理數學樣樣精通，詩詞文章更不在話下。二十六歲出版了他第一本詩集。憑著他的語言天才，在青海兩年間他就精通了艱深難學的藏文。

然後他隨著一組人翻山越嶺，步行入藏。那時還沒有公路，除了騎馬、騎犛牛、步行之外，恐怕沒有其他辦法。一路上他勘察地形，觀察風俗、人情和政情，將所聞所見整理記錄，日後成書二冊，一為《藏尼遊記》，一為《大旺調查記》。那時他便看出英國人對西藏懷有覬覦之心，英國人老早就開始在那邊蒐集資料，做了很多情報工作，好為將來鋪路。當時中國正處於內憂外患之中，日俄在東北虎視眈眈，隨時準備入侵，國民政府疲於應付東面的敵人，一時尚無暇顧及背後青藏高原和大西北疆域。歐陽叔叔在西藏的報國工作，幾乎可以說是他單槍匹馬獨自挑起來的。他的所作所爲，可以與漢朝張騫之入西域相比擬。張騫往西域，一去十年；歐陽叔叔頭一次去西藏，一待就是十二年。後來又去過兩次，加起來前後超過二十年，一直到一九五一年解放軍揮兵入藏，政局丕變之下他才逃往印度的。

歐陽叔叔天賦高，聰明過人。他年過二十歲才學藏文，到拉薩哲蚌寺後不到四年工夫，便學通了藏傳佛教裡的《集論》和《宗義》兩部佛學要典，並屢次代表哲蚌寺與大昭寺的僧侶辯論經義，往往凱旋而返。第二次入藏後，幾年之間又學畢《律經》、《釋量》等五部大論，躍升爲藏傳佛教的高僧，法號爲君庇亟美喇嘛。

歐陽叔叔自己取的名字是歐陽無畏，但我們多半時候稱他爲喇嘛叔叔。他學問之精深淵博，性格上的豪放不拘，以及才氣之洋溢縱橫，使他在眾人眼裡成爲一個罕見的傳奇人物。父親收到他從印度的來信後，便不遺餘力地各方奔走，終於在一九五二年裡爲他辦妥來台的入境手續等等。

喇嘛叔叔和我們同住的日子大概有大半年吧。那一段日子裡，家裡的氣氛特別高昂。夏天的晚上，他和爸爸喜歡沏一壺茶，坐在前院，各自手搖一把趕蚊子用的大蒲扇，高談闊論著，好似回到大學時代。有時聽到他破口大罵某某人混蛋，有時又開懷大笑，我們也會莫名其妙地感染到他們的興奮，無故地感到痛快，感到淋漓。

碰到功課上的問題，不論是數學或是英文，或是物理化學，只要去問歐陽叔叔，便迎刃而解。奇怪得很，他沒有不會的東西！甚至連媽媽在選擇衣料的問題上，也會同他商量，他都講得頭頭是道。

他有一頂不知是西藏還是印度出產的大蚊帳，每晚他就睡在客廳那頂方方的大帳子裡。有時他坐在大帳子裡誦經，誦聲朗朗，我們一個字也聽不懂。那部經書是由一片片紙疊成的，這些紙片橫放在盤腿的膝頭上，長約二呎，寬不到一呎，用一塊錦緞包裹著。

他有一襲正式的喇嘛袈裟，只有逢到大典之時才穿，是棕紅與金黃二色呢料做的，全副盛裝起來，約有幾十磅重。我們有一張他全身披掛時拍下來的照片，雙手捧著化緣用的一只陶缽。那張照片我們拿去放大，配上鏡框，掛在客廳神龕的正中央牆壁上，喇嘛叔叔好像就此成了我們家的活菩薩。他的照片是我們家牆上唯一懸掛的東西，因爲父親一向不喜歡壁上掛任何字畫照片之類的東西，不知是他的特殊審美觀使然，抑或與他儉樸的斯巴達作風有關。要不是因爲這張是他摯友的相片，他是不會讓我們掛在壁上的，由此可見他在父親心中的分量。

後來他在南部嘉義女中謀得一份教高中英語的差事，去嘉義當起中學教員來。對他來說，這當然是大材小用。不過他實在非常喜歡年輕人，教學特別認眞，學生們也都喜歡他，過了很多年後仍舊和他保持聯繫。過後，台北的師範大學研究所請他去教佛學，政大邊政系研究所聘他去教授西藏語文歷史等課程。他又收了好多位得意門生。他豪放詼諧的器度，淵博的學識，加上神祕的背景，讓學生們深深受到他的吸引和感召。除了教課之外，後來又應羅家倫先生（當時國史館館長）的邀請，到國史館擔任資深纂修之職，直到退休。

歐陽叔叔無疑是我們這個時代父親一輩人中的傳奇人物。可惜的是他受了時局的牽制，失去了他耕耘了半生的版圖，侷限於海角一隅，英雄無用武之地。他的才華得不到充分的發揮與應用，使他無法完成報效國家的宏大志願。我想起他寫的一首七言詩，收在他出的一本詩集裡，寫詩的時間大概在爸爸被共軍俘虜之後不久。

少年同負義氣虹，
勗勉平生相苦攻。
報國一生君被虜，
坐計邊疆我皈空。

讀這首詩讓我更加瞭解歐陽叔叔前後的心路歷程，也更加深一步瞭解他和父親之間的結義之情。

從前我一直不明白，究竟是一種什麼力量驅使著喇嘛叔叔，教青春年少的他翻山越嶺遠走西藏？在古佛青燈下，在喃喃經誦聲裡，度過最珍貴的黃金歲月。讀到詩裡這句「坐計邊疆我皈空」之後，我漸有所悟，原來他的初衷並不在於尋覓淨土，而是出於報國之心。然而，長年修行習經的結果，使他最終畢竟皈依了佛門。

那些年坐在榻榻米上休息的父親，有意無意地常常哼著京戲《四郎探母》開頭這段西皮慢板：

楊延輝，坐宮院，自思自歎。
想起了，當年事，好不慘然。
我好比籠中鳥，有翅難展。
我好比虎離山，受了孤單。
我好比南來雁，失群飛散。
我好比淺水龍，困在沙灘。
……

以前我不懂父親一輩的人爲什麼會特別熱衷於這段戲詞，好的戲詞比比皆是，爲什麼專挑這齣。回顧之下，我終於能體會到一點他們所感到的鬱悶和挫折感了。像歐陽叔叔和父親這一類長途跋涉、風風火火的人，一定深深感覺到困守一方、有志未伸的苦悶吧。

還有一個人物，與我們的童年也是密切相關的。他曾是父親手下的青年副官陳伯伯（陳晉謀先生），黃埔第十八期畢業的高材生。他是世家出身，父親是中國軍醫學校校長。他長得一表人才，英姿勃勃，人品方正，而且又聰明能幹。父親十分賞識他。我們小時候他便是家裡的常客，自幼他就自動督促我們的功課，好像是我們的家教似的。在台灣時，他不再當軍人了。當年因時勢所趨，與當時一般青年人一樣，懷著滿腔愛國救國之心而投筆從戎，報考了軍校。在台灣的他，我記憶中總是穿著深色的中山裝，理著小平頭。他常帶我們去看教育性的電影，和我們談音樂，還教我們學會看五線譜。我最記得他用一句英文來幫我記住五線譜的調名：Go Down And Eat Bread Fast，一個#記號表示是G調，兩個#是D調，以此類推，這方法到現在都還用得著呢。

聽陳伯伯講話就知道他對人很富有同情心。他講到他身邊的同事熟人時，口氣裡透出一份博大的同情與關懷，他常去獄中探望一位白色恐怖的受害者，他不避嫌，不怕自己有可能因此而被盯梢。他週末來我們家的時候，有時讓我瞧見他偷偷地塞些零用錢給曲伯伯。在我們眼中，陳伯伯是個幾乎接近完美的人。

他到台灣後很快就學會了台灣話，因此在台籍友人之間很得人緣，要爲他介紹女友的人不少，但都被他婉拒了，因爲他年輕時家裡就爲他成了親。在台灣的二十多年，他始終未曾再娶。在台灣從三十出頭，直到五十多歲生胰臟癌去世爲止，陳伯伯一直是孤零零的獨行俠。

過去我只一味顧著自己，從未去關心過他，體恤過他，從來沒想到要去瞭解他的想法與感受。出國之後更是與他斷了音訊，直到近年來才想去瞭解他，關懷他，卻早已來不及了。

他隻身在台，又死於大陸對外開放之前的七〇年代，早在一九四九年他便與大陸的家人斷了音訊，家人自始至終無從知曉他的死活下落。如今他在島上早已成了孤魂野鬼，他的家人也一概不知。

現在我突然想起一件塵封的往事：一九四五年八月十六日全國上下正歡慶著抗日戰爭勝利那天，我們在江西光澤，陳伯伯帶著我和哥哥在前院大樹下玩，看到大群螞蟻排長龍大搬家，身上扛著好多東西，搖搖晃晃地前行著。陳伯伯說，「你們看，螞蟻也知道勝利了，牠們也要大搬家，回自己老家去呢。」接著我們都大搬家到了南方，後來又搬到台灣，可是陳伯伯卻再也沒回去過他的老家。那時我太小，這件事自然不記得了，這事是後來哥哥偶然說起的。

陳伯伯的命運，和其他無數由大陸遷台的人相同，眞是所謂「千里孤墳，無處話淒涼！」他過世時我遠在美國。近年返台時，本想去他墳上祭奠，卻無從知曉他的墳究竟何在。

虎口餘生

父親大約於一九五一年之初即恢復軍人身份了，而且很快就晉升爲國防部第五廳辦公室主任，同時他的軍階也由上校升爲少將。過了不久，又因爲父親在運輸方面的背景而被調遷回聯勤總部，先去擔任陸軍運輸學校教育處長之職，後來又擔任校長之職。一九五三年他被遣派往美國進修，與他年輕時留美的時間前後正好相隔二十年。

這次在美進修的時間長達一年。他回台灣的時候我在讀初中，不知是因爲我們長大了，或是爸爸受了美國人的民主作風的衝擊之故，他的作風好像變了不少，讓我們覺得他輕鬆自在了許多，甚至可以說是變得和藹可親了。更顯著的改變是他對我們所持的民主作風。往往在餐桌上我們若有意見發表，爸爸不但凝神靜聽，還會面帶笑容，鼓勵我們再講下去，並且會說：若嵐現在很有自己的思考力判斷力啊，或者說，若林現在看事情的視角加寬了，很有他一番見地啊……。這使我們的自信心無形中提升了很多。在家如此，在外面我們也漸漸變得開朗敢說話了。這一切我相信都是因爲受到父親潛移默化的民主作風的影響。

大概因爲我們慢慢長大了，爸爸覺得可以跟我們談些早先無法講的事情了，他這時才告訴我們一九四九年發生在他身上的一樁往事。

這一天，父親坐在榻榻米他固定的位置上，喝著茶，我們圍坐在他四周。爸爸才以他那略帶山東口音的老生語調，娓娓地道出了他初到台灣的驚險遭遇。

「你們都知道，爸爸花了兩個多月的時間，歷盡千辛萬苦，從東北步行到臨海來找你們，你們都記得我在臨海僅僅待了兩天，便又乘烏篷小船去溫州找余伯伯，從溫州再轉乘小型機帆船，偷渡到台灣。我在機帆船上顛簸了好幾個日夜，冒著九死一生的風險，終於來到台灣的基隆港，因爲風浪太大了，船上人人暈船暈得厲害，爸爸也不例外。昏天黑地顛顛倒倒地上了岸……」

說到這裡，爸爸舉起茶杯來，喝了一口茶，又繼續說下去：

「在基隆我晉謁報到的第二天，即遭特務人員逮捕，關進了警備司令部的大牢，因爲早有人告密陷害我，說我是中共的間諜，被中共派遣來台灣爲中共做情報做策反工作的。你們知道爸爸一生忠黨愛國，在東北時，眼見身邊四周的人逃的逃，倒戈的倒戈，爸爸拚死守住崗位，才不幸被中共俘虜的。經過勞改之後，又千辛萬苦，冒生命之險逃到台灣來。爸爸是黃埔軍人，發誓效忠黨國，冒著九死一生之險，來投奔中央。我一片赤誠，卻反而遭人誣害……。」

我們屏氣凝神，聽爸爸說下去：

「我在黑牢裡左思右想的結果，終於想到了一個可能陷害我的人。那個人是後勤高官之一，地位比我高得多，官拜中將，在瀋陽淪陷前夕，他上下其手，將大批軍用品巧妙地轉了手，他從中好好撈了一筆。他並未因此滿足，接著他把矛頭轉向了我，他總以爲我幹的汽車零件配製廠廠長是個肥缺，以爲我也會和他一樣趁火打劫，發一筆國難財。他居然開口向我敲詐，要我繳筆鉅款給他。口頭上說的是爲了繳還政府，其實彼此心裡有數，他存心想貪汙，被我一口拒絕了。他從此懷恨在心。他大概擔心事後被我告發，害怕對他不利。我猜測可能就是這個人。他到了台灣以後，先發制人，怕我日後有可能也會來到台灣，所以先到警備司令部告密備案，告我通匪。他想用這個毒計來滅口自保。」

我們都急著插嘴說：

「你怎麼不爲自己辯護，去告發他呢？」

爸爸一邊搖頭一邊搖手說：

「哪有那麼簡單！告他要有證據，我手邊哪會有呢！口說無憑啊！即便我說了出來，人家也未必相信，那個人當時身居要職，與當時功高顯赫的保安權要恐怕關係菲淺。我當時剛剛上岸，誰也不認識。」

「後來呢？」我們急著追問。

「唉，爸爸差點就沒命了。本來一路上吃了那麼多苦，抵達基隆時，已經精疲力盡。關的那個監牢房間只有這麼點大（爸爸用手比劃了一下，大約與我們的十席榻榻米差不多大的空間），裡面塞了十幾個人。每個人都有個編號，進去的人都不叫名字，只叫號碼。牆角有個尿桶，新到的人坐的位置最靠近尿桶，越來得久，座位越靠裡邊。晚上睡覺，都得側著身子才躺得下去。一個二尺見方的小窗高高地懸在牆角。在那裡面待了一個多星期之後，我想自己這下大概沒救了。眼見身旁一個個嫌犯被叫出去，都有去無回，也不知是去接受審問，還是轉移到別處去了，還是槍斃了。我心裡想，下一個是不是輪到我了？」

爸爸又端起杯子來啜了口茶水，透了一口氣，說下去：

「一九四九年那時候台灣的時局不比現在，島內還在一片戒嚴的警備狀態之中，那一陣子一連破了好幾樁間諜案。國民黨軍隊一路從大陸敗退下來，一部分與軍隊裡的間諜策反工作有關，國軍因此損失慘重，我們的總統爲此非常震怒，中央爲此也成了驚弓之鳥，你看前幾年不是到處牆上都張貼著「保密防諜」的標語麼。上面對所有被俘虜過，重新歸隊的軍人，或行政人員，都懷有戒心。他們是驚弓之鳥，所以存有這高度的警覺心態，也是可以理解的。」

爸爸向來對世界上發生的一切事物，總是以「理解」的心態處之。他總是設身處地將自己放置在與自身利益對立者的立場上，去審視整體事件發展的邏輯性。於是每次面對外面加諸於他個人的傷害委屈，他也就能用自己的理智去加以化解，淡然處之。

這時我心裡思潮起伏，憤憤不平，等著聽爸爸後來是如何保住他的一條性命的。我拿了熱水瓶過來，在茶壺裡又加滿了開水。爸爸一天裡要喝好幾壺茶。

「說來也巧，有天我在天井裡放封，湊巧被一旁的一個駕駛兵看到了。這兵不是別人，正是我的好朋友錢立的司機田班長，他認出來是我，趕緊去向錢立報告——你們記得吧，他就是那個在香港接待你們的錢叔叔的哥哥。」

我們當然記得錢叔叔，但此刻我們只急著聽爸爸是怎麼被救出來的。

「錢立趕緊去找馮庸校長和白雨生將軍。他們是重量級人物，說話才會有力量。」

爸爸說的兩個人，一位是爸爸大學校長馮庸，當時在台灣身居要職。他和爸爸年輕時一起發起過殲俄義勇軍運動，並肩作戰。馮校長一向對父親甚爲器重；另一位白雨生將軍在抗戰時期是父親的上司。白將軍是因爲馮校長的舉薦而重用父親的，他是當時西南補給區司令，他指派父親擔任西南公路運輸指揮官，並同時兼任其他重要職位。那時期父親馳騁於滇緬公路之上，往來於川、滇、黔之間，工作忙，責任重，而精神卻十分愉快，都是因爲獲得白將軍的信任，父親對他長久以來銘感於心。這兩位重量級人物出面鼎力相助，由他們兩位出面做保人，才將父親從黑牢裡救了出來。

馮校長和白將軍都是古道熱腸，有俠義之心，他們不惜得罪高高在上的保安權貴，以燃眉之急，出面營救父親。由他們兩位出面做保人，於千鈞一髮之際，將父親救了出來，若稍晚幾天，父親就沒命了。白將軍甚至當面指罵陷害爸爸的××將軍，要他立刻設法放人。

「白將軍對那個人說：解鈴還需繫鈴人，你既然有本事將陳某送進大牢，也應當有本事將他放出來。你若不趕快將此人放出來，一旦發生人命事件，我將向陳副總統（當時是陳誠）揭發你所有犯過的貪腐行爲，到時不要怪我無情……。白將軍與此人原來就認識。××將軍聽了白將軍的警告，不得不讓步，這才把爸爸從牢裡放了出來。」

我聽了這段波譎險惡的故事，不禁心中波濤起伏，深深爲父親感到憤憤不平，恨不得去找那個人算賬，好好爲父親報仇。那時候我正著迷於武俠片，于素秋演的女俠人物尤其令我神往，我不禁私自開始想入非非。

我們原來以爲爸爸到了台灣之後，一切順順當當的了，沒想到他又遭了一劫，差點送掉性命。天下哪裡有人要登台連唱三齣大戲呢?從東北一路逃亡，才唱完了伍子胥的《文昭關》，接著又唱薛平貴的《武家坡》，最後怎麼還要串演一段坐監牢的大戲呢？未免太過分了吧。我知道天下倒楣的人成千上萬，絕不只爸爸一人，這是活在亂世裡的人的命運，可怎麼壞事偏偏都教爸爸碰上了。

蒼天畢竟有眼，垂憐於父親，讓他從刀口下撿回了一條性命，終於能夠活下來講他的故事給我們聽。不如父親僥倖的冤魂，在中國的土地上恐怕不知還有多少！

在軍號聲中長大

在華盛頓大學一堂心理學課堂上，教授叫大家回想生平第一首歌曲是什麼。我略一思索，心中便得到答案了——

噠——噠——噠——，噠——噠——噠——
聽那軍號噠噠，
快，快上馬，快上馬，快上馬，
我們這一隊，大中華的小娃娃，

別了爸爸，別了媽媽，
去保衛國家。

不錯，這就是我生命中的第一首歌。我還記得學唱這支歌的地方是在江西光澤，時間正值抗日戰爭末期，也正是中國軍民奮死抗日的巔峰時期，全中國的百姓都沉浸在一種昂奮激越的精神狀態之中，連一首小小的兒童歌曲都能反映出當時的氛圍。我們生於那個時代，耳朵聽到的，眼睛看見的，都莫不與戰鬥有關。

小學生時代，我們的作文或演講稿裡，也充滿這些極其戲劇化、口號化的戰鬥詞彙，諸如「拋頭顱」、「灑熱血」一類的詞彙好像人人都在用。我們這一代人被灌輸的修辭學以及我們所熟悉的愛國辭句，簡直誇張到了虛幻的程度。

大陸淪陷前後，紅軍的革命歌曲像潮水一般瀰漫了中國大地。在解放軍來到之前，他們的紅色音符首先便攫獲了青年人的心。受號召投入革命浪潮的青年人往往因爲一股浪漫思潮的慫恿；而音樂、戲劇與文學的力量，正是這浪漫思潮背後的催化劑。這是我小時候在臨海親眼目睹到的實況，給我留下了深刻難忘的印象。

教授說，一個人最初的記憶，不論是歌、是故事、是某樣玩具、或是所接觸的人（當然絕大多數是母親或奶娘），對一個人一生的影響，從潛意識的層面看來，是深不可測的。

好在時間畢竟幫助淡化了記憶，這類軍號、軍歌的記憶即使曾在我的潛意識裡留下痕跡，也顯然不能對我造成什麼影響了。好在後來母親教我的〈雲淡淡〉、〈葡萄仙子〉一類純粹以美學視角體驗世界的樂曲早已取而代之。事隔多年之後，我在中學時代所接受的審美教育終於蓋過了軍號的聲響！如今，軍號聲只不過是一個代表我出生的憂患時代的象徵符號罷了。

文藝是文藝；政治是政治。可惜年輕人常常把二者搞混了。在臨海所親眼目睹到的，更讓我明白這個道理。

在臨海時我還太小，沒能參加跳陝北腰鼓，演白毛女之類的歌劇，心裡蠻遺憾的。到台灣一兩年後，我終於有機會上台了。小學五年級時，班上來了個比我長幾歲的外省女孩（那時學校裡的外省孩子人數有限，每班不過四、五個）。她名叫淑娥，比我們大家都顯得成熟，她十分感性，是個話劇迷。我們兩人臭氣相投，放學後常在一塊跳呀唱的。還在音樂老師指導下，演出了一個叫《麵包》（又名《媽媽的愛》）的兒童歌劇。淑娥演媽媽一角，我飾她的女兒小紅蓼，另外還有一個小乞丐的角色，一共三個人。歌劇故事很簡單：一個單親媽媽帶著女兒過活。媽媽辛苦積下錢來買了個麵包烘烤給女兒吃。這時正逢一個小乞丐來到門口乞討，小紅蓼想把麵包讓給可憐的乞丐，但是做媽媽的捨不得，母女之間起了衝突。最後做媽媽的妥協了，終於讓小乞丐與女兒共同分享麵包。歌劇在溫馨歡愉的氣氛中收場。

歌劇演出非常成功，全校師生都到大禮堂來看我們的演出。當時一部分校舍借給軍隊士兵暫住，所以那些士兵也來捧場，而且他們好像還受到感動，雙目癡癡地盯著舞台，眼睛裡閃著淚光。淑娥的表演特別投入，她實在是個天生的演員，整個把感情融入到戲裡去了。我們因此以爲那些年輕的士兵眞是被我們高超的演技感動得流淚了。直到許多年之後，我才體會出來，原來那些士兵心中的隱痛被勾起了，他們一定是在想家，思念在家鄉的母親了。

《麵包》演出空前成功之後，淑娥和我意猶未盡，想抓緊時機再接再厲，搞個話劇團來演別的劇目。那時候還沒有電視，人人都收聽廣播劇來消遣自娛，大部分播的都是屬於反共抗俄一類的八股劇，我們可選的劇本有限。最後不曉得淑娥從哪兒挖出了一個老掉牙的劇本來讓我們排演，她自己做女主角岳妻，兼導演。我們念的文化國小是女校，沒有男生，於是男主角岳少坡一角只好由我的好友保捷來反串。保捷比我們幾個長得高一些，個性英爽，帶點男孩子氣。我反串岳少坡的二弟，另外還有個三弟，當然，還少不了有個反派角色——一個大軍閥。這個角色則由倒楣的劉環來反串，只因爲她好說話。這個話劇的劇名我已記不得了，記得的只有岳少坡這個名字，他是個京劇名伶。壞蛋大軍閥因爲貪婪岳妻的美色，橫刀奪愛，還將少坡害死獄中，最後二弟與三弟連手，殺了壞人，爲哥哥報了仇。

這個劇是在露天操場上演出的。我記得戲台是我們臨時用書桌拼湊而成的，在上頭走起台步來自然高低不平，有如暈船。我們幾個反串男裝的，畫了濃濃粗粗的眉毛，有的加兩撇八字鬍，再把鴨舌帽壓得低低的，把短頭髮盡量塞進帽子裡。淑娥不知從哪兒搞來一件花旗袍穿在身上，歪歪扭扭的，一點也不合身。她還眞是投入，說哭就哭，一滴滴還都是貨眞價實的眞眼淚，一點不含糊。

台上的演員們一個個全神貫注，自我感動得厲害；台下的觀眾稀稀落落。那時學校裡的駐軍已經撤離了，來捧場的都是些低年級學生。演完謝幕，掌聲遠不如我們預期的那麼熱烈。

這場戲演過之後，我們終究未曾東山再起。到了六年級下學期大家忙於升學考試，埋頭苦讀，或參加惡性補習，不敢多玩。話劇團也就不解自散了。

人生的道路蜿蜒迂曲，淑娥日後響應政府號召，初中畢業即投筆從戎，那時正值「一江山」戰役時期，國家急需護士和醫生。淑娥當了一陣子軍中護士之後，又回頭念國立藝專戲劇系。然後結婚成了家，一直沒當職業演員，而當了一名教師，並嫁給了一位戲劇系名教授，也算間接地了卻了她與生俱來的戲劇情意結吧。

五十年後，有天我們三人（淑娥、保捷和我）在西門町一家咖啡館聚首，聊起這段「藝壇」往事之時，三人禁不住捧腹，笑得前仰後翻，眼淚直流。

我上初中之後，還演過一齣典型的反共抗俄話劇。劇本是教國文的劉老師自己寫的，劇名叫《收拾舊山河》。舊山河指的無疑是失去的大陸故土。巧得很，劇中的主要人物也是一對兄嫂，劇中也有一個貪婪女色的反派角色。所不同的是前面那個岳少坡的時代背景是民國初年，岳少坡是京劇名伶；而現在這齣劇的時代背景則是國共內戰時期，國軍逐步戰敗共軍逼進的期間。前面劇中的反派人物是個橫行霸道的軍閥；《收拾舊山河》一劇裡的反派人物則是一個共產黨政委書記，而男主角則是國民黨的地下工作者。

這前後兩個話劇的情節十分相似，不同的是換了時代，換了劇中人物的身份而已。這回我們的演出，可是玩眞的了。排練好了之後，劉老師帶領著我們全班人馬，遠征到板橋去參加台北縣縣級話劇大賽，結果我們拿了個第三名，凱旋而歸。

一個時代有一個時代的歌，一個時代的戲。中共那邊上個世紀四、五○年代有的是《白毛女》、《農村曲》之類；到了六、七○年代又有江青主導的八個革命樣板戲，像《紅色娘子軍》、《智取威虎山》等等。我們初抵台灣的年代，自然一片反共抗俄的歌聲響遍全島。男女老少，全國軍民，沒有人不把「反攻反攻反攻大陸去」唱得滾瓜爛熟的。還有，〈保衛大台灣〉的歌詞也是人人耳熟能詳。每逢雙十國慶、台灣光復節、蔣總統華誕，每個學校必定組織我們全體學生上街遊行，高呼救國愛國口號，搖旗吶喊之外，這兩首歌是必唱的。

這些愛國歌曲畢竟缺少了足以傳世的藝術價值吧，唱了幾年之後，它的聲音好像逐漸微弱下去，後來好像根本絕了跡，沒人唱了。像《收拾舊山河》一類的話劇也隨即被時代淘汰，也許隨著反攻大陸的希望日漸渺茫，這類歌聲和戲劇也在歲月中銷聲匿跡了。

人說，人生如戲，細思之下，難免覺得這二者之間確實是可以互相比擬的。一九五○年前半年我們還在臨海街頭跟著人家高喊共產黨毛主席萬歲的口號；到了一九五○年尾，我們卻在海峽這一邊高呼完全相反的口號，改成高呼中華民國萬歲、蔣總統萬歲了。前後來了個一百八十度大轉彎。當時身在其中，倒覺得一切都很自然，如今回頭看這劇情轉變得如此突愕，才體悟到其中的詭譎與幽默性。現在回顧這一切對峙與演變，實在覺得蠻耐人尋味的。

海峽兩岸，各有一套。大陸有少年先鋒隊；台灣有青年救國團。在臨海我扮演的是少年先鋒隊隊員，卻暗藏著黑五類反動派的雙重身份。身穿白衫黑褲，頸佩紅領巾，鮮明奪目；在台灣我則是國民黨軍官眷屬子弟。升高中後，一如所有其他高中生，我成爲青年救國團的一名成員。身著米黃色卡其衣裙，頭戴兩頭尖船形小帽，帥氣十足。我們每週必上軍訓課，在操場上踢正步，有時練打靶。逢到國慶大典，我們排著整齊劃一的隊伍，神氣地踢著正步，從主席台前大步邁過，煞有介事。我們高呼著三民主義萬歲，中華民國萬歲……耳畔重又響起襁褓中就聽到的遙遠的軍號聲：

噠、噠、噠……

聽那軍號噠噠，

快，快上馬，快上馬，快上馬

……

也不知曾幾何時，這軍號的聲響似乎漸行漸遠了，號角疲了，人也乏了。

回頭看來，這一切其實不都含有演戲的成分嗎？我們個個都曾穿著劇裝粉墨登場。憑我們這樣就能救得了國嗎？我們這一代難道眞的傳承了父輩一代人於上個世紀中所展現的愛國精神嗎？這一代人還會像他們那一代人奮不顧身地將自己投入烈焰嗎？眼看多少人都白白地冤枉地犧牲了，而中國人又向國父革命的目標和願景邁進了多少？我們這一代人不免心生懷疑了。

說來說去，從小到大，我們一直在軍號軍歌中長大，在口號中長大，在文宣標語中長大，我們一再重複著書空咄咄的夢囈，我們始終沉迷在自我陶醉的修辭之中。

父親那一代是犧牲最大的一代，大半輩子生活在硝煙戰火之中，後半生不是被迫漂泊，遠離家園故土，就是在絕望中消亡，做了歷史丕變下的祭品。

而我們則是從夾縫中僥倖逢生的一代。我們雖在軍號聲中長大，卻偏偏成了最為犬儒的一代，因為我們這一代開始覺醒，不管是紅領巾也好，船形帽也好，都不過是種政治道具，一種象徵符號，它們對於我們所面對的眞實人生與現實而言，關係委實不大，可以說近乎零，都是虛擬的，都不過是過眼雲煙。

在長年軍訓教育和政治洗腦下長大的我們，反而對政治教條深抱懷疑，甚而產生厭惡之感與反叛心理。我總覺得，我們這一代人很少有人再對政治懷有遠大理想與抱負的了，而政客可是不少。我們這一代人甚至在「政治」與「骯髒」二字之間畫上了等號。想來都是物極必反的原理在作祟吧。我們這一代——從大陸出來而在台灣長大的一代——毫無疑問的是患有政治冷感的一代。

歸去來兮

一九五四年父親在美國接受了一年的培訓後，返回台灣。因陸軍供應司令部黃司令的舉薦而當了司令部的參謀長。我記得在職那幾年父親的工作十分吃重，壓力很大，尤其是正逢八二三炮戰那陣子，白天隨時隨地忙於應付炮戰引起的緊急情況，無暇批閱公文，每天都帶著一大包公文回家，坐在榻榻米上批閱。第二天天還沒亮，就又出門了，母親總拿「披星戴月」來形容父親的生活。好在那時他分配到一輛吉普車和一個司機，至少在上下班途中他可以閉目養神。

在陸軍供應司令部兩三年後，爲了配合國軍的需要，父親接受調遷到陸軍運輸學校去擔任校長之職。

父親在校長任上幹了三兩年之後，有一天他突然決定要從軍界退役了。我不記得確切的年月日，那時父親的年齡大約五十左右。除了三兩位親信之外，父親沒向人多做解釋，連母親也不十分明白眞正的原委。父親甚至沒同母親商洽，即做了這個決定。母親爲了這件事心裡很不高興。父親提前退役之事許多人都不理解。

事後我從哥哥和喇嘛叔叔口裡聽到事情前後的來龍去脈。

據說，在台這十年以來，每次父親逢到升遷晉級之類的機會時，便會有人暗中密告，再次提醒官方，父親曾經有過被俘的記錄，因此不應該受到百分之百的信賴任用云云。譬如說吧，明明供應司令部參謀長之職是一個中將的位置，但因爲父親的履歷上有被俘的記錄，他便未獲晉升爲中將。之後他在運輸學校校長任上時，又因有妒忌他的小人暗中挑撥是非，引起一場上級對他的誤會，讓父親無端白白遭到一次記過的處分，教他有冤無處訴。父親的自尊心因此受到打擊。

之後據說供應司令部的運輸署署長一職出缺了，父親明明是最適當之人選，卻又臨陣遭人放冷箭。有人再次上書密告，用的是相同的理由，認爲一九四八年父親曾遭中共俘虜半年然後釋放之事，讓他的可信任度留下疑竇。每次有人暗中密告，似乎都能得逞。這中間彷彿暗藏著一種未曾明言的邏輯——亦即：被敵人俘虜的軍人就不該苟活生存，而應該選擇自殺成仁，才算對國對黨盡忠；換句話說，父親沒自殺而苟活回來，繼續報效國家這樣的舉措，是不忠的表現，因此父親的忠貞就値得懷疑。

這一連串的冤情與不公，使父親覺得心寒。像父親這樣的人，錢財與地位可以棄之不顧，但是榮譽卻比一切都重要。前後屢次遭人暗算，讓父親防不勝防，一忍再忍，教父親感到既疲倦又灰心。他被俘之事，不但未獲得絲毫同情理解，反而成了如影隨形的符咒，每到關鍵時刻，總會成了他的絆腳石。

也有可能當時父親想得太多，擔心遭到奸險之輩的進一步陷害。萬一奸人得逞，到時候就不僅是升不升級的問題了。我想父親不得不考慮到自身安危的問題。也許一九四九年在黑牢裡的慘痛記憶，在他的心靈深處復活了，父親害怕了？我想這也是可能的。這時的他，畢竟已人到中年，顧慮的東西自然比十年前要多得多了。對這如影隨形的符咒，他受夠了，終於到了說「歸去來兮」的一天。

一旦他要提早退役的消息傳了出去，接著便有企業界的人慕名來挖角，因爲父親有軍中儒將之稱，他的清廉與才幹也是廣爲人知的，有意羅致他的不乏其人。在他們的慫恿鼓動之下，父親終於離開了他付盡大半生心血的軍界。

然而，企業界在人事方面也有它的黑暗面，許多不可告人的內幕恐怕比軍界更加詭譎黑暗，對於父親不擅交際不悉圓滑手段的耿介性格來說，在企業界遇到的阻礙與困難只怕比軍界更多。可想而知，在企業界裡，父親的性格和作風一定如逆水行舟，挫折重重。於是他在退役後任職於企業界的那些年也鬱鬱寡歡，過得並不稱心。

我感覺到退役後的父親，有如一匹驍勇挺傲的戰馬，離開了牠熟悉的沙場，被豢養在博奕的賽馬場中，失去了牠能揮灑發展的空間，渾身不自在。許多年後，父親過世後，我在他的屋裡收拾東西，發現了一排石雕的馬，一匹匹都是揚蹄翹首的烈馬。這些石馬又一次勾引起我的聯想：牠們彷彿正是父親人格和命運的寫照，心中不禁再次大慟。

星辰年華

一個人少年時期的教育與經歷對一個人的人生觀、價值觀，以及日後人生道路的取向等等，無庸置疑是極具關鍵性的。

在我成長的年月裡，升學問題似乎是青少年與家人們最關心的問題。上初中、高中、大學，人人都必須通過三個關卡。這期間，人人都極力爭取考進地方上的省立中學，但競爭異常激烈。而私立中學則不受一般家庭青睞，因爲私立中學的學業成績不如省中好，如果中學讀不上好學校，就怕將來高中畢業後考不上大學。那個年頭，大學不如現在這樣遍地皆是，甚至到了供過於求的地步，與我讀高中時的情形相比，眞有天壤之別，在我們的時代，每年大學聯考的結果，只有三分之一或四分之一的考生有機會邁進大學門檻。

總之，從初一到高三這六年寶貴的黃金時代，所有的青青學子都將光陰和精力花費在升學競爭上面。用功的學生一天到晚捧著課本，下了課還有不少人去上課外補習班的。從小學升初中，從初三升高一，從高中升大學，都必須參加公立私立學校的聯合考試，依成績得分來分派學校。

在這方面我的命運與大多數人不同，這還得感謝我的父母。他們始終未曾要求我考上省立中學。那些學校都在台北市，要搭一小時的火車才能抵達，他們不喜歡我爲升學之事拚搏，所以我小學畢業，沒考上省中，他們一點也不惋惜。初高中六年我全是在淡水本地的私立教會學校純德女中念的，因此避過了升學競爭的煎熬苦鬥。

到了高三畢業，也沒爲升大學之事煩心，因爲純德女中每年准予免試保送一名學生進東海大學，因此我又避過了大專聯考一關，順利地進了基督教會設立的東海大學。總結起來，我的六年中學生涯過得輕鬆愉悅，沒有壓力。那六年可說是我一生中最浪漫唯美的歲月，有如生活在一片夢土上。在純德女中接受的教育，給予我的是審美思維方面的孕育與陶冶，對我以後人格與氣質，乃至人生境界的形成上，都具有很大的影響。

純德女中是一所加拿大長老會辦的中學，成立於一八八二年，歷史悠久。我念高中時，女中與隔壁同一教會辦的男校淡江中學合併，才改名淡江，但我們女生習慣上每提及母校之時，仍以原名「純德」稱之。

校園建立在風景絕佳的淡水山崗上，由山崗上俯瞰山下的淡水河，遠眺對岸的觀音山，景色令人心曠神怡。校園規劃仿英美十九世紀建築典雅的紅磚樓房，分別爲眞樓、善寮、美苑三幢主要校舍。美苑在最北一端，它的格式尤其典雅優美，專門用來作音樂教室、琴房、與畫室。裡面終年傳出鋼琴叮咚之聲。如今這座美苑早已變成眞理大學的所在地，同時幾乎演變成淡水觀光遊覽的主要景點之一了。

當時我們上課的地方，主要集中在中間的善寮大樓之內，這座大樓有兩層。二樓上有一圈迴廊環繞，還有一扇扇拱門。陽台使用綠釉花瓶欄杆，與紅色磚牆互相輝映，這迴廊是我們下課時間憩息談笑的場所。我們也常在欄邊眺望海景與黃昏的夕照，捨不得離開。大部分學生都在學校住宿，朝夕相處，彼此締結下長久的友情。我家就在本地，因此不需要住校，但我經常流連忘返，下課後還與幾個好友在校園裡徜徉。

近年來善寮已正式改爲淡江中學附屬的「純德小學」所在地。如今「純德女中」之名似乎漸漸遁入歷史，不爲人知了。美麗的校園建築依舊，碧茵樹木依舊，每次回台做懷舊之旅，內心對少年中學時代的一切，每每充滿無限的緬懷。

從開始這個學校的辦學理念便與眾不同，它著重多元化教育，尤其是對審美的培育。學校課程除了一般必修的基本課程之外，還附加了課餘的其他培育選項，包括音樂、舞蹈、繪畫、體育和聖經研讀等，除了鋼琴教學之外，都是免費的，純德女中簡直像個專科藝術學校似的。我在純德那些年的生活，眞是如魚得水，優哉游哉。

高一時，班上來了個叫秋玫的女孩子，很有音樂天分，會自彈自唱，從小就隨名師學聲樂和鋼琴。我和她一起自己編製小型歌舞劇。劇中總少不了王子公主之類帶童話色彩的劇情，都是些很幼稚的東西，我們用現成的歌曲旋律，塡上自撰的歌詞。每天下了課便自行排練，然後登台演出，鬧得沸沸揚揚，好不熱鬧。那一年眞是過足了戲劇歌唱的癮。

那時候我們的校長陳泗治先生，其實是島內資深的作曲家和鋼琴家。他的名作《淡水幻想曲》尤其著名。我們的繪畫老師陳敬輝先生也是位知名的畫家。他們兩位眞有涵養，對我們瞎編胡湊不成型的「藝術作品」從來只給予鼓勵，沒稍加批評過。也不知道他們私下對我們的看法如何。現在回想起來，眞覺得害臊，恨不得地上有個洞好讓自己鑽進去。

從秋玫那裡得知，原來女高音還分好幾種：有所謂的戲劇女高音、抒情女高音、和花腔女高音。秋玫的音色屬於最後一種。這種花腔女高音的音域高，音色清脆亮麗，柔轉輕巧，適合演唱輕盈華麗的曲子，像〈春之聲〉一類的歌，便正是花腔女高音的拿手好戲。從秋玫那兒，我得知什麼是美聲歌者講究的腹腔呼吸換氣等等基本知識。可惜秋玫只在純德待了不到一年就走了。她出國學聲樂去了，先到日本，後來又遠走義大利。多年後又回到台灣。

中年時我在舊金山與她重逢，聽她自述身世，才知道秋玫命運多舛，歷經滄桑。那時她已第三次結婚。頭二次皆遇人不淑，以離婚收場。所生女嬰又不幸夭折。女嬰死後，她終於心灰意冷，毅然離開了台灣，到美國來自力更生，重闢新天地。我們相對，不勝唏噓。秋玫的人生眞是大起大落，非常戲劇化。在舊金山重聚時她已第三度結婚，並生了個女兒。過了七、八年十年後，她隨夫遷去國外，我們斷了音訊。不久前我又聽說她的第三任夫婿有了外遇等等。如今秋玫又已四度結婚，並已回到美國。命運之無常，人生之滄桑變幻，全都在她身上印證了。

除了音樂和藝術的陶冶之外，純德六年歲月裡最大的收穫，莫過於那段日子裡締結下的深厚友情。我和保捷的友情，始於小學五年級。初中又一同進純德念書，又有三年時光相處一起，直到高一她轉學台北，但一直保持聯繫。保捷的祖輩是清朝的翰林，當過皇帝的老師。她是個正宗的北平人，個性豪爽，聲音宏亮，思路敏捷。我們幾十年交往中，從未有過半點齟齬不快。這份友情持續了一輩子，至今雖然分隔地球兩端，每一兩年總會見一次面，是一生中最為長久不斷的友誼，不能不說是與生俱來的緣份。保捷近年來悉心禪修，人生境界更加寬闊通透。同輩人中，難得見到像她這樣通達睿智之人。

和淑娥在小學裡因演話劇而結緣，初中即分校，不在一處上學。事後她半途投筆從戎（回應政府在一江山事變時的號召），被分派到南部服務了。但我們始終保持書信來往，幾十年來斷斷續續的總算沒完全斷掉音訊。雖然難得見一次面，每回聚首，彼此之間不需多言，往往一個眼神，半句笑語，便讀通了彼此想說未說的意思。這，就叫「老朋友」吧。淑娥是個極富感性之人，善體人意，可以想見她會是個好演員，也會是個好母親。

不過，也有很不幸的時候。中學裡另外兩位朝夕相處的朋友如今都不在了。一位姓潘的，中年時便失聯了，沒人知道她的下落。另一位卻因突如其來的一場疾病而猝然死去，在世上只活了四十六年。她過去多年了，當時我未能去台灣祭悼。多年之後我回台灣，才有機會由她的小姑和她的幼子陪同，一道去金山上的金寶山祭悼她，小兒子長得像她，一表人才，是個溫柔的男子。須美過世後，我和她的小姑通過很多封信，終於這次見了面，她姑嫂二人也是感情深厚。

我相信我不是個過分迷信的人，但我相信直覺。在金寶山上祭悼須美，我總覺得在另一個世界的她是有感知的。我在台北的時間有限，上了金寶山兩天之後，機緣巧合地又再次回到金寶山附近的朱銘美術館。從美術館的露天展示場仰望金寶山頂，見雲霧氤氳，胸臆間又無端泛起一陣悸動，喉嚨裡有東西往上湧，眼睛不覺地潮了。多年過去了，卻仍似昨日。須美，你在那一頭俯視著嗎？是你在那山巒之上凝視著下寰滾滾紅塵中的老友嗎？你來向我再次道別嗎？其實，你我都明白，不管我走得多遠，我們永遠靠得很近很近，用不著道別。

「如今我重新回顧少年時代的種種，更加稀奇我們的相識與相知，絕非出於偶然。我們始終是毫無條件的相互給予；眞摯深厚的關懷，並未因時空的隔閡而褪色，自你辭世後，我曾多次想起輪迴之事。如果眞有輪迴，我相信我們一定還會再在一起，我們可能會成爲手足，抑或再成摯友？」

以上摘錄的是二十年前在紀念她的一篇文字裡寫下的話。記憶猶新，情感依舊。

初中時代，正是我在藝術、文學、宗教方面的啓蒙時期，尤其對「美」，正是我倆結緣的基礎。凡是美的事物，若不與須美分享，便覺得美得不足，美得落空，須美是個最懂得聆聽的人，是知音中的知音。

她在繪畫方面是有些天分的，她的炭筆維納斯最有神韻了，有趣的是，連她的臉型也有些像維納斯的石膏像。如果她繼續習畫的話，說不定日後會有所成也未可知。

我和她的友誼，從初一開始，一直保持到她過世。每次我由國外回台灣小住，我們總有談不完的話，談得最深入的，要算一九八四年我們五人小組同往溪頭、阿里山旅行的一個夜晚。但誰會想得到那次竟然成了永訣呢？人生的聚散竟是如此無常，如此難測！

後來在大學裡，我又有幸遇到好多位知心的朋友。我們之間可貴的友誼，始終長久地保持著。友情，我想應當是上帝賜予人間最爲寶貴的禮物吧。

中學時代我記得我在哥哥的指引之下，開始閱讀了大量的西洋文學作品，都是過去三、四〇年代大陸的名家們翻譯的，台灣的書店將它們大批翻印出來。高中時我們把母親每月給我們的零用錢拿去郵購了大批的翻譯小說回來。哥哥有愛書癖。還將每冊書都詳細編了號，有序地排列在書架上。我們讀得最多的是十九世記的俄國文學名著，包括托爾斯泰的《戰爭與和平》、《安娜卡列尼娜》，屠格涅夫的《父與子》，契訶夫的戲劇和短篇小說集，杜斯妥也夫斯基的《罪與罰》、《白癡》等等。另外一些法國和德國名著也是我們傾心的，我們尤其喜歡羅曼羅蘭的名著《約翰克利斯多夫》，紀德的《地糧》，歌德寫的《少年維特的煩惱》等等，大多都是屬於浪漫主義的文學作品。

讀多了這類創作，腦子裡也滿蓄著無限浪漫的幻思。淡水黃昏時分的星空，清澈輝煌，無垠的星海簡直似一則希臘神話，引起我的無盡遐思。每個黃昏我仰望著夏天夜空璀璨閃爍著的晶瑩星子，尤其對西天最早出現的金星情有獨鍾，我夜夜凝望著它，有時和它對話，有時喃喃自語。我們之間隱隱然牽繫著一絲不可言說的默契。多年後我在讀研究所時，才偶然間讀到赫塞寫的小說《迪密安》，其中敘及少年對一顆星子的迷戀，使我憶起自己小時的癡迷，竟是無獨有偶，世上的癡人畢竟不只我一個啊！

這一番文學上的啓蒙，確實得歸功於哥哥。他對文學的欣賞，其實比我早熟得多，對文學的感性或許比我更勝一籌。也許他比我更適合學文學，然而進大學後，他變來變去，最終選擇了阿拉伯文與中東史作爲主修科，準備將來從事外交事務，爲國效力。這項決定或許多少受到一點喇嘛叔叔的精神感召吧，我猜想。

那些年裡，我們讀的西方文藝作品和聆聽的西方古典音樂，遠遠超過中國文學和音樂，可以說在不知不覺間全盤接受了西方文明的淘冶與洗禮。對中國文化的教育，好像縮小到了國文和歷史課本的範圍之內，以及有限的報章雜誌，和少數時下流行的一些文藝作品。中國古書的文字，深奧難解；當代文學名著又往往被列爲禁書，那時候我們讀不到二十世紀三、四〇年代傑出的作品，魯迅、巴金、茅盾、老舍、沈從文等人的作品都屬於禁書之列。這些作家有些思想左傾，但其中好些人，只因身陷大陸，也一起遭禁了。直到日後我們出了國，才在美國的亞洲圖書館裡首次接觸。這二、三十年來，這類禁書之事，在台灣已不復存在，大家終於能夠隨心所欲地展讀這些長期以來被禁的書了。

在純德六年的春風化雨之下，每天晨間十五分鐘的小禮拜，唱聖詩，聽道，祈禱。宗教隨著美感的浸染，無形中沁滲並滋養了我的心靈。雖然我不能稱自己爲百分之百的信徒，對於基督教教義，我仍有許多疑問。然而，基督教所宣揚的博愛情操，卻深深感動了我。每日清晨在小禮拜堂裡一邊聽道，一邊仰視講台上方近天窗之處鏤刻的四字校訓「愛與服務」，日復一日，年復一年，終於深深地浸滲到我的內心深處。漸漸地，基督教嚴肅的教義，與禮拜堂美麗的窗玻璃，禮拜堂傳送出來的動聽的聖樂，以及黃昏柔美的霞光，夜間神祕璀璨的星空……不知不覺地都在我的意識裡融合爲一體了。仔細分析起來，我的宗教信仰，是透過美學的妝點與光芒而滋生的。信仰與藝術文學很美妙地揉合爲一，彷彿一幅美而莊嚴的油畫，呈現在我眼前，也漸漸在胸臆上留下了印記。

少年時代我由感性出發接受了基督教信仰，未曾用理性去思考，去將審美情懷與基督教精髓內容加以區分剖析，等到大學畢業後來到美國研讀神學之時，便遇到很大困難，一度造成思想精神上的危機。這番信仰上的掙扎，說來話長，不是我在這本書裡預備討論的題目，所以也不想在此多加細述了。

第五輯

海角天涯

青澀的我，一頭栽進了浩瀚艱深的神學院，完全迷失了方向。

人到中年，經長久摸索，我終於找到自己要走的路——
做一名心理治療師。

晚年的雙親。

與七叔（右）海外重逢，是意外之事，也是父親晚年生活中的高潮。

奧克斯海邊的木舟，勾起的恐怕是父親濃重的鄉愁吧。

籬邊迎春花盛開著：詩人愛略特說，四月是最殘酷的季節。

在西雅圖一方寧靜的園子裡，父親母親都安息了。

再度漂流

上個世紀的六〇年代裡，我大學畢業了。隨著時代潮流，未具體計劃過將來自己究竟要做什麼，便順應當時我們那代人的出國留學熱潮，試著向美國的研究院報名。大學時我主修的是英文，只知道自己對好幾樣文史科的東西都感興趣，但並不清楚自己最適合學什麼，或者自己的潛力何在。那個年代大學裡沒有升學就業輔導的設置。當時多少帶著幾分博奕的心理，分別申請了三所美國學校三個不同的科系：分別是英美文學、戲劇、和神學。這種分歧的申請法，正反映出自己內心的混亂與茫然。

結果加州柏克萊的太平洋宗教學院錄取了我，並給予獎學金。我便這樣遠離了台灣和家人，開始了我的漂流生涯。這一漂流竟一直持續到今日。我的大半生都是在美國土地上度過的。

事先，我並沒有意圖要長居國外做一名異鄉人，但是事情就這樣發展了，一步步地就這樣成型了。說穿了，仍是一種逃亡意向的延續吧。至少頭些年裡是懷有這類心態的。時間久了之後，漸漸地也就習慣於這種自我流放的生活了。

一九五〇年離開大陸漂洋過海到台灣，彷彿是一次預習。這回再度漂洋過海來到美洲，沒料到卻成了永遠的漂流，一去無回。

我大學畢業，匆匆出了國，事後證明我選擇神學這條路可說是誤入歧途。回頭想想，自己當年未免太不自量力了。當時自己的心智還十分幼稚，既無宗教理論及宗教歷史方面的知識作背景，而英文程度也不夠扎實。一頭栽進了浩瀚艱深的神學領域之中，終於教我完全迷失了方向，如一葉扁舟落入汪洋大海，不見燈塔，也摸不著彼岸。

我苦苦掙扎了兩年，最後終於放棄了神學，重新回到文學的天地，攻讀英美文學。雖然很辛苦，但因爲是自己的本科，讀起來依舊趣味盎然，完全沒有顧到將來這個英文碩士學位在美國謀生的實用性如何。當時也沒計劃長久在美國待下去。在愛荷華大學我一邊念英國文學，一邊在中文系當助教。拿到英美文學碩士學位後，有好多年我一直在各大學的中文系或東亞研究所工作。但是總好像欠缺了什麼，心裡始終不很踏實。人近中年之時，興趣和對人生的看法也有所轉變，開始對心理學和社會工作這一門職業發生興趣。因此，再返校修課，從華盛頓大學拿到社會工作的碩士學位。此後，多年來一直在心理治療這方面的機關服務。

異鄉迷航

回顧之下，我發現自己在美國的頭十多年所經歷的摸索過程，的確充滿了迷失與混亂。只怪自己當時的心智太不成熟了，又乏人指點迷津，加上異域思潮與根深的中國文化之間的矛盾衝撞，在心靈上造成了莫大的困惑。不僅學業上如此，在整個人生道路的取向方面，也迷失得厲害。回頭看來，那十多年的經歷，有如失去羅盤的船隻，在煙霧瀰漫的海洋上摸索航行。

有趣而耐人尋味的是，我發現我個人的混亂迷失，與美國那十年（一九六四至一九七四）裡社會的劇烈變嬗，正好是在同時平行進行的。外界的跌宕飄搖，正好反映了我個人內在的失落混淆，反之亦然。

那十年間美國社會所經歷的思想衝擊與變遷是前所未有的。我初抵美國，便遇上甘迺迪總統被刺，舉國譁然。接著美國陷入越戰泥沼，抗議之聲四起。全國青年人在各校園組織抗議示威運動，風起雲湧。

學生反戰運動又漸漸與搖滾樂狂潮、新興的東方哲學思潮、吸食大麻、性解放等等次文化潮流混合，逐漸匯合成一股多元化的巨流，導致六〇年代末期的嬉皮風潮之飆起。在同時由黑人牧師金恩博士領導的民權運動崛起，也受到廣大的青年群眾的支持。他不幸於一九六八年四月在田納西州遭人暗殺，予民權主義群眾及一般黑人打擊空前巨大。一時也令人擔憂黑人會不會因此而傾向以武力爭取民權。同年甘迺迪的胞弟——民權運動擁護者羅伯特甘迺迪也遇刺身亡，使美國陷入更大的動盪。

對於越南的戰爭，至此反對的聲浪越趨高漲。屆至一九六八年美軍在越南死亡人數已超過美國在韓戰中的死亡總數。此時中西部有一所大學的學生在反戰示威中遭到射殺，數名學生中彈身亡，引起喧然大波，反戰示威遊行愈趨激烈。焚燒國旗、抗拒徵兵令之事屢見不鮮。

政治風潮與文化狂飆浪潮同時併起，對傳統美國文化形成一股頗具顛覆性的洪流。在一個外鄉人的眼裡，美國當時的情況可眞精彩熱烈。那時青年人們的精神面貌十分興奮高昂。次文化潮流的主角之一——嬉皮們，把加州的舊金山、柏克萊一帶當成他們運動的麥加朝聖之地。全國各地受感召的青年人一時都聚集到這個地方來了。一九六八與一九六九年達到巔峰狀態。舊金山的海特街與艾希柏瑞街，以及柏克萊校門口的電報街，都爲嬉皮們所佔據。嬉皮們穿著光怪陸離，行跡放蕩不羈。個個都因吸大麻菸而瞳孔放大，神色恍惚，面露癡笑。他們彼此之間勾肩搭背互擁著，交換著嘴上叼著的大麻菸捲。你若瞅他一眼，他也會把菸捲遞給你，表示友善。有的人手裡拿著花，隨時準備送給過路的人。還有些人扛著行李捲，好像是剛到麥加的朝聖者，當下就有其他嬉皮邀他們進屋卸下睡袋行囊。大家都是兄弟，不分彼此。他們彷彿在開著一場持續不斷的大派對。問他們這大派對的主旨爲何，他們會告訴你：反越戰，反一切既成「體制」（他們用的是 Establishment 這個字），擁護和平、提倡友愛、大麻萬歲、搖滾樂萬歲、披頭四萬歲。

校外嬉皮風潮正如火如荼，校內又有一波一波的學潮正在興起。一九六四年加大學生發起「言論自由」運動，抗議校方阻止學生在校園從事政治募款等活動。運動越演越激烈，學生佔領了行政大樓，罷課示威，鬧得沸沸揚揚，氣氛異常昂奮，一時出了不少雄辯滔滔的英雄人物。

到了一九六七年加州大學校內的政治性學潮，漸漸與校外的嬉皮反戰風潮匯合一起，造成一股不可小覷的勢力。到了一九六九年，加州大學學生更爆發了「人民公園」事件。校方本來預備在南門外不遠的街角興建學生宿舍，但鬧事的學生拿它作文章，硬不准校方施工，提議將這塊地改作人民公園。雙方僵持不下。學生罷課，聚眾示威。校外好事人士以及唯恐天下不亂的嬉皮們也同來參與，把整條電報街以及加大南門廣場擠得水洩不通。讓加大行政人員非常傷腦筋。

那時加州的州長是雷根，他爲此事曾一度調動了兩千名國民兵出來鎮壓示威。當天我從上班的大樓裡正好目睹到這幅景觀：神情快活的大群年輕人，一邊遊行，一邊玩飛碟，彈吉他；國民兵隊伍則從對面的方向向他們逼近，神容肅殺，嚴陣以待，雙方形成強烈的對比。那時候我們那個大樓裡還不止我一個人在那兒上班：大名鼎鼎的張愛玲，後來成名的作家劉大任，以及後來成爲台灣政界要人的宋楚瑜，他們幾位都在那個大樓裡。我不記得他們當時是否也在場觀看。不過我記得，那時劉大任比我們大家都機靈，不知從哪兒弄到一台小型攝影機，成天在現場馳騁進出，拍下好多精彩的歷史鏡頭，事後我們一群人聚在一塊兒觀賞。

最後加州大學校長只得妥協，暫時放棄興建宿舍的計劃。後來的歲月裡，誰也不敢碰那塊地方。有好多年來那個角落成了令人不忍目睹、瘡痍滿目之地，經常窩藏著一些精神失常或落魄流浪的人。

這場人民公園風波，光榮揭幕，慘澹收場，好不令人遺憾。

六〇年代中期到末期，我住在加州柏克萊，正好趕上這場盛會。回憶起來，那時期的加州灣區委實多彩多姿，好像日日都在上演著一場大戲，令人目不暇給，的確是百年難得一見的場面，讓我親眼目睹到美國社會轉型過程中的點點滴滴。那十年間，柏克萊成為全國新聞界矚目的焦點。對於開放先進的青年來說，它是民主自由先進思潮的聖地，象徵著人類的希望與理想。二、三十年之後的年輕人，每提及「六〇年代」之時，仍滿懷憧憬，幾乎有點像我們說到「大唐盛世」之時所展露出來的傾慕情懷。

儘管如此，身為外國留學生的我們，仍隨時隨地感覺到自己是局外人。我們帶著激賞之心，觀看著眼前上演的一幕幕戲碼，有時覺得精彩有趣；有時覺得荒誕弔詭。有時為他們熱烈鼓掌；有時又覺得他們幼稚得莫名其妙。不管怎麼樣，自己永遠是旁觀者，局外人。我們永遠站在外圍看戲，說什麼也進不到戲裡去，身為外鄉人，我們扮演不了任何戲中的角色。這時深深地感受到自己不屬於這個社會，與這個社會之間的鴻溝還是很深很深，而且我們也無法融入或認同他們這種文化。

那些年裡，在洋人的應酬派對上，往往大麻菸就像喝酒一樣普遍。他們常常燃一根大麻菸，輪流傳遞，傳到自己手中時，若不抽它，似乎顯得自己不合群，不合潮流，或自命清高；若抽它，又覺得自己脆弱，太容易被腐化。抽與不抽，往往進退維谷。碰到這類情況，更深一步覺得我們畢竟是圈外之人，沒法眞的融入美國人的世界，沒法與他們認同。因為覺得卻之不恭，有時在派對上只好勉強抽上幾口，多半時候也不覺得什麼。但有一次文人聚會，好像美國的名詩人 Gary Snyder 也在場，還有幾位本地的美國詩人。大概爲了表示友善罷，或許是爲了應景，我多抽了幾口，回家的路上，我終於感覺出大麻的威力來了，眼前的柏油馬路在路燈下形成一波波海浪向我滾來，人像暈船似的，上床一直睡到次日中午才醒過來。我才曉得自己沒這個能耐。難以想像抽了這玩意兒，還能寫出像Gary Snyder一般清俊的詩作來。

那十來年裡，美國社會正如火如荼地進行著這場具有顛覆性的革新運動；而身爲羈旅者的我，雖無法融入美國社會主流，卻在自己的內心同時啓動了一場旋風式的蛻變：無論是學業上、情感上、或是思想上，全都經歷過一番傾覆與重新整和的激盪過程。回顧走過的來時路，連自己都覺得暈眩。

最終，塵埃落定，到了七〇年代中期，人已近中年，我終於找到自己要走的路：我一心想從心理治療方面入手，做一名社會工作者，去幫助需要幫助的個人。同時，我一邊開始嘗試寫作。

遠來的和尚

我發現做心理治療這份工作非常適合我。在迂迴摸索了許多年之後才找到自己的路，乍看之下，似乎浪費了很多時間，有點冤枉。但再思之下，又覺得未必是浪費，而是一種必然。我反而慶幸自己曾多走了好些迂迴的路。因爲文學和宗教都爲我在人文科學方面打下了一定的基礎。而且，正因爲有過一番摸索的過程和對人生的實際體驗，我的視野與同情心也拓寬了。有了實際人生體驗作後盾，做這類工作時更增加了一分信心。

在社會工作學校的兩年裡，我主修的是心理諮詢方面的課程，畢業後再加兩年實習，參加州政府執照考試，通過考試後，便有資格正式做一名心理治療師了。

開始做心理諮詢工作的初期，我心裡實在很感惶恐不安，沒多少自信心，很怕遇上棘手的顧客，教我手足失措。有時怕自己說錯話，誤導了顧客，搞不好會吃上官司。還有一項顧慮則與自己是異鄉人的身份有關，我有時擔心，不知道洋病人（訪客）對一個外來的心理治療師會有何種反應或顧忌，而來診所尋求諮詢或看病的，絕大多數是洋人。

服務的對象，形形色色，來自社會各個階層。二十多年來，我見過的人，簡直就像一個繁複紛沓的浮世繪：有失業的旅館經理，遭人欺凌的郵差，芳心寂寞的餐廳女服務生，孤苦伶仃的鰥夫寡婦，孩子死於非命的母親，丈夫有外遇的家庭主婦，失戀的男老師，孤僻自傲的電腦工程師，患失憶症的鄉下農婦，也有患精神分裂病情嚴峻的病人……。

經過這番磨練洗禮，我的心智每天都在成長。二十多年日積月累之下，我知道自己的內在逐步地在改變，漸漸地，由一個稚嫩的唯美主義者，養尊處優的自我，蛻變成一個成熟練達、洞悉人情、心懷悲憫的自我。在一面幫助他人解決心理疑難人生困境的同時，一面也等於給自己上著人生之課。每天，我都懷著虔敬之心，走向前來會晤我的芸芸眾生。其實，我每天的工作，更像佛家所謂的修行。

有時會碰上難纏的個案與人物，那時個人的耐力與功夫便要受到考驗了。好在診所裡總有其他員工和上司伸出援手。這是我們這一行工作上最重要的環節：大家必須互相支持，彼此幫助。大家都瞭解，在這種環境裡工作的人，如果沒有健康友好的互動關係，這種工作是很難持續下去的。

每次遇到難題或犯了錯誤之時，指導我的資深心理治療師就會對我說：「這是成就一名心理治療師的必經過程！每一個訪客都給你帶來了一次內容不同的學習機會，好讓你淬煉成一名優秀的心理治療師。」

她說的這番話的確給予我很大的慰藉，教我時時提醒自己：我的工作本身就是一種修煉的過程，每天都有新的課程要學習。

教我熱愛這份職業還有另一個因素：它允許我們做心理師的人擁有相當程度的創新自由。心理師可以運用發揮個人不同的學養、背景、氣質、靈感、和技巧，來應付人生千百種不同的心理疑難和謎題。它並不要求人人一定要拘泥於一定的軌跡與公式，因爲心理的疑難雜症，不似割除腫瘤或醫治肺炎一般清楚明白，有規可循。這種工作本身具有的挑戰性也很吸引我。

有時心理師所借助的是自己與訪客之間某種難喻的微妙關係：一種無言的信任，心理師聆聽的能力，認同的能力，心有靈犀的交流，莫名的鼓勵，神祕的期盼……。因爲心理治療不同於一般醫學，它不全屬科學，它僅僅一半是科學，而另一半則屬於藝術人文的範疇。

最初我擔心我的東方族裔背景問題，結果我發現這一點好像根本不成爲問題，我的顧慮似乎是多餘的。朋友開玩笑道：「說不定他們覺得遠來的和尚會唸經，更喜歡外國人也不一定啊！」這當然是一句玩笑的話。其實大多數的美國人這方面顯然十分開放，大多不似懷有偏見。最主要的是要看心理師聆聽訪客的能力如何，如果你聽懂了他們的心聲，不管你是何方神聖，都不是問題。其實不論是什麼族裔背景的人，基本的情感並沒什麼區別。凡是人，自古以來所牽掛的，所渴望的，所不捨的，所爲之動容的，在最根深的心理層次上並沒有兩樣。

我發現，我的「外鄉人」身份不但沒有大礙，甚至還多添了一層事先未曾意想得到的效用。因爲是外鄉人，便似乎自然而然地擁有旁觀者的立場。在做心理諮詢這份工作上，未嘗不是一種優勢。這種身份似乎令訪客少掉一重顧慮，知道我不屬於同一社交圈，似乎減輕了他們的心防；於我來說，因爲彼此之間既然具有相當的生活上的距離，情緒上也很自然地能夠保持一定的間隔。下班之後，我通常不會久久被白日裡煩心的案件困擾，能夠拿得起，放得下。身為本地美國人的同事們則少了這重屏障，往往較難擺脫日間承受的心理載負。訪客的情況有時不免觸及他們自身的遭遇隱情，讓他們難以釋懷。我比他們幸運，有了這重屏障，好像讓我的載負也相形減輕了些。

有一次我的訪客中，來了位三十七、八歲的白人男子，在此姑且稱他為比爾吧。他是個中、上級別連鎖型旅館的經理。他做了十年的工作突然丟了，全家老小五口都靠他供養，他無法承受這一打擊。他是一個思想單純、性格方正固執的傳統美國中產階級市民，認為失業是件丟人的事，失業讓他失去了作為一個大男人的自尊。他變得自暴自棄，成天悶在家裡，不肯出門去找工作另求發展，人越來越消沉，脾氣也變壞了，這樣過了好幾個月，終於在妻子的催促下，來到診所尋求諮詢服務。

我也不清楚究竟為什麼我說的話，這個人高馬大的洋人居然都聽進去了，我見他總是頻頻點頭作為回應。是因為從來沒和東方人說過話而覺得好奇嗎？還是他以為遠來的和尚會唸經呢，我無法臆測得出來。有一天我靈機一動，給他講了「塞翁失馬」的寓言故事。這是咱們老生常談的一則家喻戶曉的故事罷了，說過之後我自己也不記得了。

我們繼續每週一次的會談，過了兩個或三個月後，有一天，比爾一進門就滿面笑容衝著我說：「我帶回了一匹馬！」我眼睛一亮，知道他肯定是找到新工作了。

比爾又說：「我帶回的還不僅是一匹普通的馬，是匹漂亮的白鬃大馬！」

原來他在另一家連鎖旅館謀得了一份層級更高一級的主管職位。

那天我們握別時，他遞了一個信封給我，裡面有一張他家人合照的全家福，五人（連同老母、妻子及兩個小孩）圍餐桌而坐。一張卡片上幽默地寫著：

「我們全家，連同桌上的火雞在內，都感謝你！」

這是我借用我的「神祕東方」背景來做心理治療的經驗之一，其實仔細分析起來，我用的不過是一種間接的催眠治療手法而已。講故事等於在聽者的心頭或潛意識裡先播下種子，這種方法也可以稱之爲「意象」治療法，心理師利用故事裡某些鮮明的意象（imagery）或隱喻（metaphor）作爲治療的工具。在這裡，馬正好是個意象鮮明的隱喻。如果幸運的話，予以時日，種子漸漸滋長，生出苗芽，一旦時機成熟，就有可能結出果實來。講故事有點像播種，如果在聽者心田裡起了波動，發出芽來，便達到催眠的果效了。所以心理治療有一派人很喜歡用講故事的方法來治病。

煉

七〇年代中期，我和哥哥弟弟都已在美國立足了，而且都定居於美國西北角的西雅圖城。我們的就業情況都穩定之後，終於勸服了年邁的父母親，移民美國。

我們三人早已習慣了美國的生活人情，不知何年何月起，就早已把他鄉當故鄉了；而父母親他們倆的中國情結畢竟比我們深得多。最初他們很是猶豫，遲遲不肯同意遷徙美國。但眼看子女們已在國外扎根，不可能再返台創業了。他們雖然已在台灣生活了二十五、六年，但是心的底層依舊覺得他們還在避難。台灣雖好，而他們的根畢竟不在台灣。

最終，他們終於被我們說動了。二老花了大半年時間，結束了在台灣的家和生活，告別了那邊的朋友，告別了歐陽叔叔。他們將所有的家當衣物與隨身需用的物品，縮減成四隻不算大的箱子，就這樣登上了七〇七波音飛機。飛機似銀色箭鏃一般劃過長空，十二小時後飛機降落在西雅圖，開始了他們日後二十年的美國生涯。

在父母親的一生中，這等於再度流亡。從前不是坐火車、大卡車、牛車，就是步行、乘小船、乘輪船；如今時代改變了，流亡的方式也摩登快捷起來，唯獨骨子裡流亡的本質，於父母親說來，恐怕還是如出一轍的。所不同的是，這次是屬於自我選擇的流放，多少仍帶著幾許無奈。父母一代並非所謂「無根的一代」，他們的根其實很深很深，卻無端被挖起，並再三移植。

我們全家人終於在西雅圖團聚了。那一年父親七十歲，母親六十。我們企望讓父母親今後好好在美國安居，過一段無憂無慮的退休生活，安享天倫之樂。

但是，事與願違，命運之神偏偏不肯施恩。母親才到西城的頭一天就病倒了，她剛步下飛機，便暈倒在機場，不得不借用機場備用輪椅把她送上汽車。起先大家都以爲是疲勞與水土不服所致。她過去一年在台灣便常常頭痛，但一直沒查出原因，曾經用過最新的核磁掃描機器做檢查，也無際於事。豈料來到美國之後，病情遽變，急轉直下。前後經過幾位醫生的診治和檢測，才診斷出來，患的是腦水腫。這種病在成人身上十分罕見，必須儘快開刀，在顱內裝置導管，抽水減壓，將顱內的過剩液體，導引到身體其他部位。這連聽起來都令人害怕。

這個消息有如晴天霹靂，把我們全家人一下子籠罩在愁雲慘霧之中。父親的感受就更不用說了，然而自始至終，父親的表現，就像一個經過多年修練的人。他總是以沉靜的語氣安慰我們大家道：「不要緊的，有這麼好的醫生這麼好的醫院給媽治病，是不幸中之大幸。不然，如果再晚些時候出來，可能就死在台灣啦。」

每次聽父親用沉穩的口氣這樣說，都會讓我們緊繃的心稍稍得到些許紓緩。

接下去的五、六年時光，全家人的生活幾乎全都環繞在為母親治病與緊急救護這件事情上面，母親前後動過無數次大大小小的手術，因為裝置於頭顱裡的導管不時會發生故障堵塞現象。每當發生堵塞，母親就會陷入昏迷狀態，必須叫救護車來送去急診室，由腦科大夫做一番處理，如果處理無效，就得重新動手術，換新導管。可以想見，每動一次手術，母親的身體就要再受一次重創；對父親則是又一次精神上的煎熬，救護車一次又一次地停在家門口。回頭想想，那些年我們家人的生活真是苦澀難言，每天醒來，都感覺到頭頂上懸著一層厚密的烏雲，怎麼也撥不開來。父親的日子更像在承受苦行僧的熬煉一般。

頭幾年裡，母親曾幾度徘徊於死亡的邊緣。在她身旁守候時，家人好幾次發現她的神智意識彷彿離開了她的身體，到另外的世界去了。有一夜我在醫院陪她，聽到她喃喃自語道：

「我現在一個人在這裡，你們都離我好遠好遠……」

「媽，我就在這裡啊！你現在在哪兒？」我趕緊說。

「我在一個海邊，」她說。

「你和誰在一起？」我追問。

「我一個人。」

「媽，你現在幾歲了？」

「我二十九歲。」

爲了不讓媽的神魂離得太遠，我靈機一動，在她耳畔輕輕地哼著她年輕時熟悉的時代歌曲的調子，想藉歌聲把她的意識拉回來。果然，我的嘗試成功了。母親的意識似乎逐漸被喚回來了。

「好聽嗎？」我問她。

「好聽。」

「你知道我唱的是什麼嗎？」

「是〈天長地久〉。」母親正確地回答了。

這時，我知道母親游移著的一絲意識，依舊還在現實世界中停留著，心裡遂又燃起了一線希望。雖然我已經多年沒做禮拜了，上帝始終還在我心中。母親生病的過程，再次教我感覺到，上帝還是在聆聽我們的祈禱的。而且，我相信靈魂這東西是存在的。

在那無止境的苦澀歲月裡，總是一再聽到父親沉緩平和的聲音說道「不要緊的，沒關係啦」這類安慰的話。我知道他一邊在安慰我們，一邊也在按捺他自己忐忑焦慮的心。在醫院裡，他總是一刻不離地守在母親的身旁，不然就是在病人家屬守候室等待著，不肯回家休息。幸好他自己長年以來練習太極拳太極劍，身體很是碩健，才經得起一次次的煎熬。

母親回到家中，父親總是親手照拂，無微不至，比貼身護士還要週到。爸爸退休之後常常研究食譜，因此做得一手好菜，母親生病之後，爸爸更是天天掌廚，不僅如此，他動不動就做出一大桌菜來，請我們三家人過去享用。

父親在我心目中的形象一路都在改變：從小時候眼裡嚴肅的軍官形象，到一九四九年喬裝成農夫的形象，到台灣時期坐在榻榻米上批公文講故事的中年父親，到今日和藹可親的老翁。

過了六七年後，母親的病情總算漸趨穩定，一家人才稍稍鬆了口氣。不過母親的狀況依然隨時要人在旁悉心照顧。這時父親一手承擔了照料母親的重任，平日完全謝絕我們插手幫忙，他知道我們各自都有工作和家務，不願再給我們添麻煩，他總是處處爲我們著想，盡量減輕我們的負擔，除了與外界接洽事務由我們處理之外，父親在生活上十分獨立，他的英文十分流利，自己又會開車，身體也健朗無礙。比起其他有重病患者的家庭來，我們實在算是非常幸運，這都是因爲父親修身養性自律的功夫深厚，替我們擔當了一切，才讓我們有喘息的機會，終於度過了一個又一個難關。

不僅在我們子女的眼中父親的形象可親可敬，在西城的太極拳社裡，「陳將軍」之名也早已不脛而走，人人都知道有位台灣來的陳將軍，拳藝高超，爲人可親，並且很願意免費教授別人。凡登門來請教的，他從來都是興致勃勃耐心給予指點。那些年裡父親收了好幾個徒弟，中國人美國人都有。

海隅木舟

母親的病情穩定後，父母親在西雅圖總算也度過幾年差強人意的平安歲月。至少門前暫時少去了救護車的蹤影，警笛之聲不再常常作響了，客廳裡多了些侃侃而談的來客，很多新交的朋友都是太極拳社裡的同好，中國朋友來聊天，洋朋友則來習藝。

五柳太極拳社的創始人徐先生是來自台灣苗栗的客家青年。徐兄聰明過人，眼光遠大，不同流俗。早在二、三十年前他就看出中國的傳統氣功潛力無窮，值得發展，並向國外傳播。他對中國的傳統五行之學、堪輿學也做過深入的研究。他的理想是將中國傳統的這套東西，與西方的玄學融會貫通起來，達成東西文化交流的目的。他創立了五柳社，主持中國氣功雜誌的編撰工作，一邊又設立了青城山風水學校，常常應邀出國演講；一面勤於著述，他以小說體寫的英文書《*Medicine Box*》（藥盒子）還曾獲得二〇〇七年的獨立出版著作金牌獎。

徐兄在華盛頓大學拿過森林學博士學位，但偏偏不屑於成爲坐領高薪的上班族。他選擇了自由與創新的道路。他有許多新穎的想法和理想，常與父親傾談，多年來兩人成了難得的忘年之交。父親本人的思想也變得更加開放起來。

徐兄心裡有許多理想計劃，但因缺乏資金而難以實現。父親很爲他憂心。父親本人對金錢的處置一向大而化之，可以說毫無理財觀念，也從來沒想過發財，直到遇見徐兄。爲了想幫徐兄發展鴻圖，父親竟做起發財夢來，他開始每個月都積極地購買彩券。我們做子女的旁觀爸爸這一舉措，心裡覺得有點好笑，但也很能諒解他的心思，所以從不去戳穿它。

西雅圖西北角的內海海域裡有一串小型島嶼，其中有一個狀似腰果的小島，叫奧克斯島（**Orcas**），以它的靈氣稱著。它在珊網列島（**San Juan Island**）中鶴立雞群，尤其引人矚目。上世記八〇年代裡，西城的玄學及東方哲學的研習之風很是流行。奧克斯島更是好些求仙問道之士的寶地。島上堂廟林立，除了太極拳協會，瑜伽協會之外，還有通神學會（Theosophical Society）營地，島上還有好些其他各種類似的組織和多個供人僻靜靈修的場地，在此修行隱居的高人也不少。

有一次五柳社選擇在島上舉行週末太極靈修班。徐兄邀父親參加。我想爸媽難得有機會出城散散心，能夠前往也好，母親的情況出不了遠門，短程最理想，我就陪他們二老去了。

奧克斯小島我以前就去過兩次，所以是識途老馬，正好可以為二老做導遊兼司機。我們先從西城往北開車一個半小時，先到安娜克迪斯小鎮，由那兒再搭渡船。汽車和人都可以上船，航行一個多小時便到奧克斯島了。下船再開二十分鐘車便到達營地了。晚上大家都分睡在大小不一的小木屋裡，一共大約有三十多個人。清晨在一片鳥鳴聲中醒來，大夥人在大廳裡用餐，吃的全是素食，許多有機蔬菜是營地本身出產的。早餐後，徐兄帶著團員們在樹林環繞的草地上練習推手，溫煦的陽光灑了一地。一地的野兔子在地裡打著滾。

我駕車帶著爸媽離開營地去看島上一個著名的景點——東港。東港位居奧島的心臟地帶，正在腰果凹進去的那個點上，它面對一泓海水，從這兒可以望見海灣正中央一顆似彈珠般的迷你小島，風景甚為美妙。而且東港這裡住著一位具有特異功能的神通，名叫路易士，我認識他。上回我來東港，路易士曾經讓我看一件很特別的東西——他擁有一艘來自蘇州的舢舨木舟，據說是他千方百計從中國弄回來的，它就停擱在這邊的沙灘上，我問爸：有沒有興趣看看。父親有點不相信，用懷疑的口氣說：「蘇州來的木舟？恐怕是本地人仿造的吧？」說著說著，我們已經來到海灘旁邊有草地的一角，果然那艘木舟依舊停泊在原地。

父親走近木舟，前前後後察看了一遍，終於驚嘆道：「果然是江南漁船，一點不假。」

父親似是無限緬懷地在木舟的周邊兜了又兜，他滿佈皺紋的手，撫摸著木色斑駁的船身，

「這上頭可以住一大家人；甲板上可以曬漁網；那一頭是主婦做飯的地方；小孩子可以睡在下邊艙裡……」父親不停地喃喃自語著，捨不得走開。

我這才猛然驚覺到老人在想家了。此時映現在爸爸腦海裡的，可是蘇州河上赤膊吆喝著的漁夫？江上的炊煙？江邊搗衣的聲音……那逝去的遙遠的鄉土和歲月？

一艘半個世紀前漂盪於江南的舢舨漁船，如今在美洲大陸海角一隅的小島上停泊著；一個歷經風險戰亂，漂泊一世的中國老人，如今站立在這海隅一角，面對著來自萬里之外家鄉的破舊木舟；半世紀的風雲，半個地球的遷徙，心中的低迴嗟嘆是可想而知，而又說不盡的了。

那時爸媽已經移居美國六、七年了，老實說我從來未曾考慮過他們是否會想家的問題，我太大意了。總以爲有子女在身旁，他們應該不會有想家的問題存在。我眞是太低估他們在精神上的需要，不禁爲自己的盲目與麻木感到羞愧。

從這次旅遊回來之後，我開始留意到父母親不論是對家鄉的風情也好，家鄉的人物也好，都懷著深切的眷戀，我所指的並不僅是對他們出生地或某一個特殊的親人的懷念，而更是一種籠統性概念性的牽念，凡是一切可能引起對中國的記憶的事物，都會牽動他們的情緒與感念，隨著歲月越來越明顯。

一九八七年起兩岸結束了三十多年的冰封期，許多老兵榮民終於獲得批准，能夠返鄉探親了。從美國返鄉探親的華僑也有不少，到了一九九〇年之後去的人更多了。我問過父親幾次，想不想返鄉一探，他的好友徐兄更自動效力，願意陪父親一道前往，徐兄經常來往於兩岸三地，人脈很廣，也很熟悉大陸的情況，但是都被父親婉拒了，理由是母親重病在身，他不能遠行。

他的推辭固然大部分出於心腹之言，他一輩子對母親的專注愛護，無微不至，固屬事實，尤其到老年，更加如此。然而我總覺得還有他沒說出來的理由，教他萬般猶豫裹足不前更主要的原因，恐怕還是由於一種難言的近鄉情怯的心理在作祟著。

父親的父母親和兄長一輩都早已亡故，他的同輩兄弟僅剩七叔一人。另有幾個他的外甥子侄輩，分居在國內各地，也都是過了中年的一代人了，父親不是不想見到他們，我想他更怕因爲見面而引起不願再被勾起的回憶。有時選擇遺忘未必不是明智之舉。他不是不想更深一層瞭解故人過往的種種，但他同時也害怕知道，因爲其中涵藏著太多的痛苦。正如有時失憶未必由於遺忘，而更出於防衛之必要吧。

或許父親寧可保有年輕時存留在內心對故鄉的記憶。他的生命已再也承受不起更多的殘破了。父親從一九四九年離開故土，到一九九六年在美國過世。在這四十七年間他始終沒再回去過故土——這塊令他又愛又痛的土地家國。

兄弟

上世紀八〇年代起，大陸在鄧小平總理領導下實行改革開放政策，兩岸斷失音訊多年的中國人終於能與久別的親人重新取得聯繫，這個改變在父母的有生之年裡確是件了不起的大事，令他們意想不到，在他們的風燭殘年裡掀起一波大浪。

父母親每次接到來自遙遠故鄉的信件，感覺總是既喜且悲，並且參雜了種種難以言說的複雜情感。當得知親友們受苦受難的往事之時，憐惜、虧欠、內疚、不忍、種種情緒一時襲上心頭；喜的則是發現親友們歷經滄桑，畢竟依然還倖存在世，心頭不禁又升起一番失而復得的欣慰之忱。他們往往捧著來信，讀了又讀，一邊流淚，一邊推測字裡行間未盡之隱情，酸甜苦辣，百感交集，一時都不知從何說起。

一天我下了班，照例去爸媽家。媽獨自坐在屋角沙發上拭著眼淚，爸端坐在另一角，悶聲不響地啜著杯中的濃茶。媽把臨海舅舅來信遞了過來。媽哭著說她今生再也見不到外婆了。媽本來以爲外婆早就亡故多年了，如今從舅舅的信中得知外婆的命很長，一直活到八十幾歲，於七〇年代才過世的。媽哭泣著說：「就差這麼些年的時光，如果我不是病得這麼厲害，如果大陸早幾年改革開放，說不定我還能見她一面的啊！」

人生的憾事之一莫過於失之交臂啊！想起了一九五〇年我們在臨海城門口告別——外婆在汽車後頭追趕那一幕，以及之前母親拿著一包首飾託付外婆，兩幕情景猶歷歷在目，仿如昨日，心中不禁泫然。

一九八一年底，父親收到他弟弟由中國發來的信。經過了幾個月的申請程序，七叔完成了來美探親的簽證手續。

八二年春天裡某一天，我和哥哥陪同父親一起飛到舊金山，到那邊的國際機場去迎接七叔。候機室裡擠滿了人，很多是黃面孔的同胞，這是種新鮮罕見的景觀。美國機場從來沒同時出現過這麼多張黃面孔。自從中國改革開放以來，才有這麼多的同胞駕臨。

擴音器裡的聲音用中英文分別廣播道：由上海起飛的西北航空公司班機此刻開始降落。幾分鐘後轟隆一聲，一架龐大的飛機降落在跑道上了。過了好一陣子都不見有人出來，父親不時拿手帕出來，抹了抹臉，又摺起來放回口袋，不時看腕上的錶，一邊在窗邊來回踱著方步。

終於海關檢查站的大門打開了，走出來的中國同胞個個穿著一色藏青色的解放裝（在美國洋人稱它為「毛」裝），個個都戴著「毛」帽，肩上挎著的包包帶子上邊吊著個搪瓷牙缸和一條毛巾。那個年頭，凡是男客，幾乎都是這個裝束，現在當然再也沒有人穿這樣一身衣服了。即便僅僅四、五年之後也沒再見過這種裝束。事後我形容給幾位朋友聽的時候，他們說什麼也不相信，偏說我瞎編出來唬他們的。我可沒這種想像力啊！

之前，父親和七叔最後一次見面，據說父親還在滬庸大學念書，回家探親，那時七叔還是個念中學的毛頭小子。此後國內時局動盪不安，千變萬化。兄弟倆各奔前程，陰錯陽差，一再地失去了再見面的機緣。命運教他倆一個當了國民黨的將官，一個因緣際會地當了八路軍中的一員。當年一個十五、六歲，一個二十三、四，如今再相見，都身在萬里重洋之外的美洲大陸，兄弟皆已白髮蒼蒼，步履蹣跚。這，就是父輩一代中國人的故事！

洋朋友們聽了都禁不住搖頭驚嘆道：「不可思議，難以相信，這是什麼樣的人生啊！」他們最感到不可思議的是：父親是國民黨軍官，而弟弟是共產黨幹部。我提醒他們道：「這可不稀奇，你們美國當年南北戰爭時，有得是這種兄弟分別爲南北兩軍作戰的事情。」我曾讀到過，而且還不止一兩樁而已。在戰亂動盪不休的歲月裡，什麼樣的情況都可能發生，在排山倒海的巨流沖激下，個人是多麼的渺小無力，身不由己啊。

七叔在西雅圖的日子裡，不知他兩兄弟談的都是些什麼。其實我該仔細問問父親的，但是我竟然沒問。我一心忙於應付自身當時所面臨的人生困境，沒把精神放在這上面。他們究竟有沒有談過各自當年對政治國勢的看法，對不同黨派的意見，或各人對國家前景所懷的不同看法等等。或者，他們什麼政治性的話題都一概不提，甚至有意地避開了？或者，對所有既已發生的事實，他倆各自心裡瞭然，但一切既成煙雲往事，便無從說起了。過去的一切都不是他們所能掌控的。內戰所造成的殘破，更不是他們年輕時所希望看見的。

每次我在父母親家裡，總見到他們兩兄弟談得很開心，尤其是講到幼年在村裡的人與事之時，兩人臉上都泛出童稚的笑容。有回聽七叔說：

「有回咱跟村頭張家那幫人打架，打破了小虎子的頭，咱倆死命奔回家。我一腳踩上個尖石子，流了好多血。你揪了把稻草，和上溝裡的稀泥，撕下塊褲衩給我包紮起來，再跑，你還記得吧？」

「怎麼不記得，」爸爸接腔道：「哪會忘掉啊！後來你的腳發了炎，腫得跟田裡的蘿蔔般大！」爸爸咯咯笑得像個淘氣的小男孩。我從來沒見過爸爸這個樣子。我這才意識到原來爸爸也曾經是個頑皮的小男孩，他並不是永遠都是正經八百的「父親大人」啊。

叔叔在西城那半年的時光，可說是父母親在美國生活二十年裡的一個高峰。可惜好景不常，叔叔回國的日子還是來臨了。臨別的早晨，我們送他去機場，我看得出來，叔叔和爸爸兩人都哭過。我不怕看小孩哭，也看慣了婦人的哭泣，唯獨老公公的眼淚，最是令人心酸不忍。

七叔又穿回那一襲他自稱爲「上海西裝」的「毛」裝，戴上他的「毛」帽。肩上掛回那隻帆布袋子，袋子塞得滿滿的。袋子的背帶上還繫著那條印有「上海毛巾廠」字樣的毛巾，跟他來時的裝束一樣，只是帶子上少繫了個搪瓷牙缸，手上卻多了一架四喇叭立體錄音機。錄音機是當時國內最流行的時髦帕來品，從國外回去的人，人手一機。曾幾何時，不到二十年工夫，如今，美國各大百貨公司銷售的錄音機及許許多多其他電器都是中國製造，現在各式電腦，大小裝備零件等等全是中國進口來的，大公司裡一件件款式漂亮新穎的時裝也都是中國製造。這是多麼大的轉變啊，有點不可思議！真是所謂「十年河東，十年河西，風水輪流轉」。

七叔上機前，用瘖瘂的聲音對爸媽說：「哥哥嫂嫂，你們多多保重，我過兩年再來看望你們。」父親和七叔彼此迴避著對方的目光，七叔轉過身子，一步步邁向登機甬道，走遠了，只見那條白底紅字的毛巾在腰邊盪呀盪的。

這是我們家人最後一次看到七叔。

別離

叔叔回中國之後第二年，久別了的喇嘛叔叔從台灣來看爸爸媽媽，在西城住了兩三個月。他的來訪和年前七叔的來訪是父母親在世最後二十年裡笑聲最多最響的一段時光。在他們高昂的談話和笑聲中，光陰過去得特別快。晚間我們幾家人聚在一堂，越加人聲沸騰，興奮與戲謔的歡笑四下流溢膨脹著，狹小的客廳都像快要被我們旺盛熾熱的氣焰炸開了似的，我們好像又回到當年在台灣睡榻榻米的歲月。那時候，爸爸和喇嘛叔叔還是精神飽滿的中年人，與我們在西城時的年紀相仿。

啊，假如我們還能回到那個時候去，該有多好啊！媽媽就沒有腦水腫了，爸爸的頭髮也還是黑的，我們也尚未遭遇到哀樂中年的種種苦惱困惑……假如，假如……

人總是愛回顧往昔，總是對已逝的時光眷戀不已，而忘了將目光放在眼下。如今，過了這些年之後，再回顧西城那段時光之時，不禁無盡緬懷，方才悟到，生命裡每個瞬間都是如此可貴，如此值得珍惜。

一九九一年秋天，七十九歲的喇嘛叔叔突然在台灣過世了，從那時候起，父親母親的健康都亮起了紅燈，急轉直下，狀況接二連三地發生。首先是母親在浴室裡滑倒，把臀骨摔裂了，開刀之後，不良於行，只能坐輪椅。父親的心血管出現阻塞，也動了個小手術。家裡請了人來幫忙，情況還是相當艱難。媽媽的腦病始終未能徹底解決，有時仍會發作，父親這年已經八十四歲了，他自己開刀後也需要休養，醫護人員的評估認爲母親狀況已不適合再住在家，她需要二十四小時全天的專業護理照料。因此母親不得不搬去安養院居住。

那時候我已經在加州居住工作了，每過三、四個月才能飛回西城去看他們。照料父母親的重大責任都落到哥哥和弟弟兩人肩上。父親很不放心母親一人去住安養院，他自己健康尚可，沒有資格陪她住進去。父親擔心母親的英文有限，怕她與美國護士無法眞正溝通，又怕母親大腦有時失控，指揮不了自己肢體的行動，容易再摔跤，如果她摔成骨折，或者因摔跤而使顱內的抽水裝置移動的話，那個後果可就嚴重了。我們大家爲了這事眞傷透腦筋，心情又像被捲進一波黑浪裡去了，掙脫不開來。最後我們想到一個辦法：由我們幾家合起來出資，雇一個會說中文也懂點兒英文的保姆到安養院守在母親身旁，除了照顧她之外，也好給她做個伴，這樣母親就不至於太孤單寂寞了。這個計劃終於說動了父親，才勉爲其難地同意讓母親去住安養院。

母親之離家遷居養老院這件事在情感上引起父母親如此之大的創痛，倒是我預先未曾估量到的。其實我早該想到，父母親在一起生活已有五十多年了，這樣活生生地拆開來分兩地生活，心裡的痛苦與不捨應該是可以想得到的。那些日子裡我在一旁親眼目睹這段拆離的過程，心裡深深感受到他們內心的痛楚。白天我的眼淚只有往肚子裡吞；一旦到了夜半熄燈之後，我躺在床上，終於禁不住淚湧如注。想著生老病死的人生過程，原來如此淒苦揪心。想起父親白天自言自語吟哦著的兩句詩：「昔日戲言身後事，今朝都到眼前來」，更加悲不自勝。

喇嘛叔叔突如其來的噩耗，等於雪上加霜，對父親的打擊不謂不大，他好像一下子眞的老了，衰弱了，連提起筆來寫祭文時，手都不停發抖，無法控制，終於擲筆長嘆一聲。因爲母親，他更無法返台奔喪，只好由兒子代替前往。

父親母親一步步邁向人生終點的旅程，點點滴滴，看在眼裡，痛在心頭。

漂泊者

我們在西城的小型中文報上登廣告尋找保姆，沒想到一下子來了八、九個應徵的人，而且都有相當的教育背景，讓我們十分驚訝。那時是九一、九二年期間，出國風潮方興未艾，有大批中國大陸同胞湧進美洲大陸，有的探親，有的留學，也有長期移民者，還有短期考察人士的家屬等等。我幫著父親從回應的八、九位人選中挑出了幾位，請他們來家會晤，以便瞭解彼此雙方的需求。沒想到這一番會晤的過程竟演變成兩整天的流水盛會。從早到晚我們會晤了好多南腔北調形形色色的大陸人。一個個都口才流利，精力旺盛。每個人背後都有一段精彩的故事，引人入勝。每個人講到文革，都有說不完的話，吐不完的苦水，來勢洶湧，有似翻倒的醬缸，一流就流了一地，難以收拾。

有位五、六十歲的太太，來美探親的，在兒子家閒著無聊，便自己做包子蒸餃子，零售給前來訂購的中國人家，做起小生意來。另有位年紀約四十邊的女強人型人物，來自上海，她很直截了當說，她的目標是想來美國開闢中藥市場做貿易，看到報紙上的徵保姆廣告，只想來聊聊天，瞭解情況，搭根線兒，人脈廣了才好辦事，並無意當保姆，她說另一個動機則是想找個暫時可以免費棲身的房間，住旅館實在太貴。另外還有一對年齡約三十右的年輕夫婦，據他們自己說，是高級幹部子女，來美進修，想拿個工商碩士學位，女的想找份免繳稅金的工作，賺點外快來貼補身邊有限的資金。

所見過的人，我們對他們的印象都很好，但我們心裡總覺得這份工作似乎太委屈她們了，或許這是我本人的「小資產階級意識」在作祟。過去幾十年裡中共對知識份子的思想改造看來做得很成功，至少這幾位來客好像已徹底擺脫了小資產階級意識，對低微的保姆工作似乎並無嫌棄心理。

總之，八〇年代與九〇年代初期那些年裡，在出國潮氾濫之下，中國來的同胞們的形象，在著名的「北京人在紐約」電視劇裡，的確描述得活神活現，電視劇往往很能反映現實眞相。

在兩天裡，父親一下子見到這許多道地的中國同胞，談了許多中國的事，心裡波瀾起伏，精神過於昂奮，晚上竟然頭一次失眠了。由此可以推想出來，潛伏於父親內心的鄉愁有多深了。

人與人之間有機會長久相處，在我看來，多半來自於緣份，俗語說：「有緣千里來相會；無緣對面不相識。」此語誠然不假，我們正在猶豫不決，不知該將保姆之職託付給誰，第三天又有位女士來電話，她說自己目前在一家塑膠花工廠做零工，每天紮塑膠花。同時在一個醫院做臨時工，隨時都有被裁員的可能，所以想另謀出路，她說自己來美國三年多，但因爲不諳英語，找不到好的工作。我也說不上來爲什麼，也許因爲她說話很率眞很乾脆，正是我喜歡的性格，直覺上就有一種好感。我們約定下午三點鐘我去她住的地方接她。

下午我如約前往，走進她跟人分租來的一間房間，裡面很空，最醒目的是屋子中央的矮桌上放著一張古箏。我的心裡一動，啊，原來是個搞音樂的！

我一邊開車，一邊和蘇海談天，越談越投機。她說話率眞豪放，笑聲爽朗。她會彈琴，會唱歌，是個蒙古人，原來是當年內蒙歌舞團的團員。這一切都很打動我。聽了她個人的故事之後，更多一分同情。做了多年心理諮詢工作的我，一聽就知道這是一個漂泊者的靈魂，我認識這種人——一個藝術型的浪漫主義者，一個好幻想的人。在現實人生中，這種人的理想一再與現實碰撞，一再引起衝突，然而，天生有種冒險不羈的精神教他們嘗試不輟，跌倒了再爬起來，儘管他們會因爲不愼的判斷而做出錯誤的決定，他們始終不會放棄自己的理想……。

我聽著蘇海自道身世，知道她過去在中國有過兩次婚姻，都因遇人不淑而告終，內情十分複雜。她的子女現在都還在國內上學。她隻身飄零天涯。我由好奇，轉爲同情，進而轉爲激賞，乃至傾心。我向來就覺得伶人是世上最有意思的人，他們的人生尤其滄桑多變，豐富精彩。車子還沒到家，我早已決定保姆一職非她莫屬。直覺上我有把握父母都會贊同：第一，蘇海又會唱歌，又會彈琴，與母親一定一拍即合；她的率眞與爽直，一定會贏得父親的信任。

蘇海就這樣子進到我們一家人的生命裡來了。她一直陪伴母親，直到母親一九九七年過世爲止，前後有六年的時光。她天天陪母親講話，推輪椅到院中散步，到餐廳吃飯，照拂她的漱洗，充當母親與醫護人員之間的聯繫人。她和母親無話不談，成了一對奇異的知音。

我對蘇海滿心感激。有許多年我人在加州，無法盡到女兒之職，蘇海等於替代了我。長久之後，我與她之間也建立起一份友誼，有時聆聽她的傾訴，有時給她做做諮詢顧問，有時自告奮勇，爲她翻譯她與美國男友之間的情書。

有時我不免設身處地爲蘇海覺得委屈，覺得可惜。她這人心腸既好，外貌又端秀，人又勤奮勇敢，加上還有藝術才華，這樣的人在國內應當更有發展的機會才是，在中國應當比在美國過得幸福。特別是改革開放後，跑到這天涯海角的異地來，似乎有點浪費人才，而且又吃了這麼多苦，這都是爲了什麼？難道美國眞是天堂嗎？這個夢早該醒了吧。不過我看蘇海並不後悔，她有她的苦衷吧。就像許多其他的外鄉人，好像都是爲了子女的前途而不惜犧牲自身的幸福。我也無法說得準，究竟這種盤算與遠見是否有理，是否眞的值得。到頭來，誰又能估量得清呢！

蘇海的人生雖然坎坷滄桑，而她的心始終年輕，充滿了活力。大概大漠草原上長大的女兒，天生就永遠保有著屬於大漠子民特有的純眞與豪氣吧。

媽媽老是說：「蘇海呀，你快找個好男人寄託終生吧。我非看到那一天我才能放心地走。」好在這一天終於讓媽等到了。蘇海終於有了歸宿，這個洋人對她的確不錯。蘇海的兒子也來美國研究所讀書了。他們買了個大房子，蘇海把新家裡裡外外都收拾得漂漂亮亮的。我去看望她那天，蘇海的老母親也從海拉爾來了，她還請我們嚐她做的蒙古人著名的奶皮子（一種類似乳酪的東西）。

蘇海帶我上樓看她的房間，那張古箏仍然置於案上，是最醒目的東西。窗口有一瓶鮮花。牆上斜掛著一把太極劍。我注意到邊上的一張水彩畫。畫上有一群秋雁在天空疾飛而過，下邊畫的是被大風吹得倒向一邊的蘆葦。蘇海得意地指著那張畫對我說：

「你知道我為什麼喜歡這張畫嗎？」不等我回答，又接著說：

「因為，你看這風是朝那邊吹的，只要看這些蘆葦都往那邊倒，就知道了。但這群大雁卻偏偏逆著風，向另一邊飛……我就喜歡這個……。」她既沾沾自喜又俏皮地說道。

好個大漠姑娘！你飛高點兒無妨，我心裡想，不過，總該停止你的漂泊了。

悲懷手記

今早從加州飛回西城，在機上又重溫了近來做的功課——閱讀有關死亡及如何面對這一人生課題的書籍。看過的幾本書裡，史迪芬·萊文的《*Who Dies*》我覺得最深入，也許因為他融合了很多東方哲學和佛理在裡面。自從幾個月前得知父親的肺癌又復發之後，我便開始預備積極迎戰，做好心理準備，來面對父親的死亡，我知道這將是一大難關，但不得不去面對。我不能讓爸媽看出我的傷悲沮喪，前面還有許多事要做，我也不能讓我工作上每天必須面對的病人訪客看出我的沮喪。

好在加州離西城不算太遠，至少每月能回西城看爸媽一次，每見一次就又少一次了，一共也不知還能見到爸爸幾次。

萊文說：將注意力聚焦在死亡上，能令一個人變得全然清醒（focusing on death is a way of becoming fully alive.）面對雙親的消亡，我下定決心要睜開眼睛，面對每一時刻，每一過程，這回我不再逃避。我令自己的心態進入以第三者在旁審視觀察的狀態，我清醒地審視四周及在自己身上發生的一切，好像自己是個清醒的旁觀者。這也許是我下意識裡防禦痛苦的辦法吧，就像幼時受母親懲罰時，我故意分身來審視自己那樣。我也從萊文的書裡汲取了靈感，試圖拿出一種理性化、哲學化的思維方式，來看待眼前即將面臨的親人的死亡。萊文說，專心一致思考死亡的課題，會令我們格外清晰，開始徹底弄明白自己的價值觀如何，我們爲何而活，我們是否自動自發地選擇了自己目前這種活法（這種生活方式），我們眞正想從生命裡獲取什麼？我們眞正在乎的是些什麼？……

*

從唐人街借回幾套歷史電視劇。晚上陪爸爸看「三國演義」片段。這項活動幾乎成了我和爸爸之間一種神交的活動。看著看著，我們都被電視劇裡關公、諸葛亮所傳達的中國漢文化精神與情懷陶醉了，喚醒了，也被英雄人物背後的悲劇感所撼動，一時幾乎忘記自身眼下處身的背景是遙遠的異鄉，是二十世紀的西方世界。

我不禁又陷入幻思：不知多少代之前，爸爸的前生或許眞如西城一位通靈的鐘先生所言，是漢朝的一名將軍。不論是文官武將，爸爸一定是赤誠精忠型的忠臣名將吧，我想而且可能還曾遭奸險之輩的誣害，而這類事又在今世今生再次重演……

＊

今天在爸爸書桌上看見他用毛筆字寫的四個大字：

以厂將軍。

我看「以厂」兩字很奇怪，好奇心驅使我問爸爸這以厂將軍究竟是何許人，這「厂」字怎麼唸。爸爸說這字讀「安」，他說就是那個初抵台灣時陷害他的某某人，爸說不知怎地，近日來這個人的影子一直在腦子裡盤旋不散。我脫口而出：

「也許這個人最近死了。」

「唔，也有可能，到年紀了。」爸回應道。

過了一會兒，爸又說：

「也許因爲近來我在回顧這一生裡的許多事情，自然不會忘記這個人。我與他無怨無仇，他卻把我害得好慘……。」

「後來你在台灣一直都沒見過他嗎？」

爸說：「不然，我見過他一次。僅僅那麼一次而已。那時我已退役好多年了。有天在台北公共汽車上，我一上車就看見他了。一頭白髮，手裡拄著根拐杖。他也看見我了，我相信，但是他立刻低下頭去，裝沒看見我。」

我迫不急待地問：「那你有沒有上前逮住他，跟他把賬算一算？」

爸搖搖頭說：「沒有，我沒去認他，而且他緊接著就下車了，故意躲開的吧，我想。」

「啊呀，你怎麼讓他逃掉了呢？」我著急地說。

爸長長地嘆了口氣：「哎，我看他孤老頭一個，可憐兮兮的，還拄著拐杖，聽說他後來情況很糟，抽上了鴉片，又跟人打官司，輸了錢，小老婆也跟人跑了。」

「活該！這叫現世報！」我憤憤地說。

爸爸老了，仇人也老了。半輩子怨仇，就這樣一筆勾銷了嗎？這就是人世的故事嗎？這麼多陰毒、誣害與痛楚冤屈，是否都將隨老年，隨死亡，全盤覆滅，不復記憶？

*

爸爸越來越虛弱了。大夫說癌症病患，尤其是老人，很難預測得準還能活多久，短則三兩月，長則八九個月，都有可能。我們幾人商量了一下，覺得既然時間不多，最好讓爸媽能多點時間在一起。爸爸自己也同意搬去安養院住，至少那邊有二十四小時護理員工，教人放心些。我們沒告訴他大夫說的話，只說父親最好住進有二十四小時護理設施之處。我們沒敢告訴父親，他是以「臨終安寧療護病人」的身份住進去的。母親也不知道父親是癌症末期臨終病人。其實他倆也沒必要知道，而且，我們也無從啓口。和安養院商洽好了，他們網開一面，同意讓爸媽同居一室，通常男女病人是分開住的。

入院的日子終於來到了。臨走，爸又踟躕不前了。我從來沒見過自己的父親這樣猶疑，一會兒說走，一會兒又說不去了。過了半晌，他用虛弱的聲音問：「我可以不可以過幾天再去呢？」

我努力嚥下喉頭湧上來的一波東西，硬下心腸說：

「爸，過幾天搬去和今天搬去，其實不都一樣嗎？總是遲早要搬去嘛！媽媽已在那邊等你過去呢。還是趁我在西雅圖這兒的時候搬吧，省事些。」

爸爸臨出門，四周看了幾眼，說：「這個家就這樣子結束了。」好像是感嘆，又好像帶著疑問，聽了眞教人心酸極了。我把頭低下去，省得爸看到我的表情。

路上我一邊開車，一邊故意講些不相干的話題。爸一路輕輕哼著一段鬚生戲，我問是什麼戲，他說：「《秦瓊賣馬》。」我記得這段戲唱的是秦瓊到了走投無路的窘境，不得不將心愛的寶馬牽出去賣，才付得起旅店的房錢。

＊

窗戶朝南那間房間是父母親今世最後居留的空間，那窗戶外面有株相當高大的樅樹，葉子在初春的陽光裡閃著熠熠光影。

到了醫院住房，父親一言不發，坐在窗邊。靠窗一張床是父親的，靠門口的那張是母親的。

可憐的母親一直不知道父親患的是癌症，更不知已到了最後階段。母親的思維早已不大清楚，耳朵也聽不見了，因此說出來的話有時令人啼笑皆非，有時一個令人沉痛的場面，反而被她的一句話弄得滑稽可笑起來。此時不知實情的她，躺在床上逕自雙手合十，感謝上帝又讓她和父親團聚一起了。

護士熱情地照應著，見父親沉默不語，問他有沒有不舒服。我客氣地代他回答道：「這裡很好啊！」回過頭來問爸爸：「這兒挺好的，是不是？」

爸答道：「是很好，可是這不是我的家。」

一會兒護士長也進來了，和父親握手，說「歡迎」，又問爸爸感覺如何。

我回答道：「第一天，總是很難適應的。」

爸爸眼睛紅了，終於忍不住失聲咽泣起來。

護士長掉過頭來對我說，「我瞭解，尤其是男人。」她出門時眼睛裡也閃著眼光。我不敢讓爸看見我在流淚，匆匆走進浴室裡去。

＊

今天是爸媽結婚紀念日。去安養院看爸媽前，我先到爸媽家信箱裡取信。屋裡涼涼的，光線很暗，打開窗戶讓新鮮空氣進來。一眼看見後院牆頭黃燦燦的迎春花，開得很是茂盛，這棵小樹是我和父親當年一起栽的，現在已長得高過牆頭籬笆了。摘了兩枝下來帶去安養院，插在一隻藍白花的中式花瓶裡，放在屋角的枱子上。

「這花是從你們家後院裡摘的。」我說。

爸爸睜開眼睛看到迎春花時，竟然露出一個短暫的微笑，令我很感到意外。爸爸向來就不喜歡屋子裡有任何裝飾品，尤其是花朵之類，今天居然微笑了，很不尋常。不知道他想起了什麼，後來我在山東泰山上看到同樣的花，才恍然意會到那天父親微笑的根由。

＊

今天特別去店裡租了部和京劇有關的電視劇回來。「劇神」這片子講的是徽派京劇名伶程長庚的故事。他與袁姊之間的一世恩情感人肺腑，滿蓄著深長的中國味。

爸爸已經越來越虛弱了，每天靠喝兩罐特製營養奶精來維持，他吃不下別的東西，睡著的時間多過醒著的時間，醒來時眼睛瞪著天花板，好像在另一個世界。

對螢幕上的畫面和聲響他仍露出專注的神情，究竟他看進去多少，我不敢說，不過我感覺得出來，劇裡傳遞出來的一種純粹的中國味仍在吸引著他——那種人與人之間深切執著的感情與至愛，深深地撼動著我，是否也讓父親憶起了遺忘了的故土人情呢？儘管那些都是多麼遙遠長久以前的記憶，如今一似夢境般掠過眼前。

即便父親已經如此虛弱的時候，每天吃晚飯時他依舊堅持站起來，推著母親的輪椅，慢慢地走到餐廳去。我注意到父親萬般小心地支撐著自己，唯恐摔跤，可是腰桿卻始終挺得很直。坐在餐桌上，他自己一點東西都吃不下，但還是正襟危坐，陪母親把東西吃完，再慢慢地推母親回房間，才又躺下休息。

*

父親的情況，聽起來危在旦夕，隨時有可能離開我們。今天一早匆匆再次趕赴西城。父親問我剛回來過，怎麼又來了，我不敢明言。

到了黃昏，父親突然說：「我這回恐怕起不來了。」

我想我一直想和他談而又難於啓口的時機到了，稍縱即逝，鼓足勇氣，故作鎮定地問他：

「你有沒有什麼事要吩咐的？」

「沒有。」爸說。

「你怕不怕？」

「不怕，有什麼好怕的！」

「身上有什麼地方痛嗎？」

「不痛，就是難受，說不出來的……」

我眞希望爸多吐露一點他在想什麼，或做點交代，但是沒有，爸依然沉默。

他的意識似乎在一種游移的狀態之中，有時略微清醒，隨即又遁入混沌迷茫。

*

今天我到醫院時，郎雯在床邊給爸爸讀報紙，她和夫婿文恕兄每隔兩三天必來看望父親一次，數年來如一日，幾乎像女兒一般。父親八十大壽時，他們曾爲他舉辦了一個好熱鬧的派對。他們兩夫婦比我們長幾歲，那時已經退休了，多年來他倆陪爸爸聊天打拳，爲爸爸媽媽的生活平添了不少樂趣。像他們這樣的朋友，眞是非常難得，也令我們家人感激不盡。

一會兒爸的洋徒弟豪沃也來了。他回顧著過去十年間五柳社的人事變遷，也談起多年前去奧克斯小島的往事。豪沃說：

「我跟很多師傅學過武術太極，但教我最多的就是陳將軍。別人總會要求我回報他們，爲他們做點什麼，唯獨陳將軍從來沒有過任何要求，他是完完全全地給予（giving），從來沒想到要有什麼回報，我一輩子沒見過像他這樣的人，這樣慷慨，毫無半點私心。」父親雖閉著眼睛休息，但豪沃的話他全聽見了。

豪沃這樣瞭解父親，也教我爲之動容。豪沃這大個子，看起來挺粗獷，心倒眞細。他也眞是個有心人，一年前爲了讓父親重新恢復打太極拳的興致，據說他每週都會到郎雯、文恕家去陪爸爸練拳，但畢竟爲時已晚，那時爸的肺癌已經蔓延開了，體力不足，只不過當時還沒診斷出來而已。

爸很有意送豪沃一把他的太極劍，豪沃當然也很希望能獲得一把。但是爸又想起他的三把劍都不在他身邊了。其中一把他前幾年給了他的女弟子麗華，她如今在北京從商；另一把早給了我，帶去了加州；第三把則給了個「不該給的人」，爸沒說出那人的名字，我替他說了出來。那人跟爸爸學藝最久，還娶了個中國太太。學完之後就不見蹤影了。後來，據說他在西城開了家武館，但是從來不懂得拜望老師，實在不可思議。父親嘴裡不說，心裡恐怕難免會覺得不是滋味。這人實在令人不解，至今我還搞不清楚他是怎麼回事。

蘇海不久前也向我提及，她正開始學太極劍，很希望爸爸能讓出一把劍給她。我跟爸說：「想不到還有這麼多人想得到你的寶劍哩，簡直有點像武俠小說嘛！」

爸閉著眼，笑了笑說：「劍在誰手就是誰的了。」

眞有意思，連他這句話聽起來都好像是武俠小說裡的句子。

*

今晨我到達醫院時，豪沃已經在那兒了。媽說他近日幾乎天天都會來看爸爸。他坐在床邊，輕聲和爸說著話，有時握著爸的手，我私下自忖著：不知父親會不會覺得很不自在。不論父親究竟怎麼想，我沒見父親把手抽開，雙手依舊疊放在小腹上。我至今沒敢去碰過爸的手，或者撫觸過他的肩膀，幾十年的積習難改啊，倒是外人反而無此顧忌。有天我看見徐兄毫無拘束地捏著父親的手指，爲父親做按摩。他的女婿有天爲他搓頭、搓耳朵，事後爸很感激地說了一聲：「很舒服，謝謝你。」

父親這時雙眼緊閉著，忽然對豪沃用英文說：「剩下的朋友不多了。」

爲了安慰他，我輕鬆地回應道：

「那是因爲你自己命太長了。別人都活不過你了嘛！」父親那時已九十歲了。

我們三人都笑了。

話題又轉回到其他幾個五柳社的洋徒弟身上，這時我方才明白父親說話背後的意思，原來他眞正想說的是覺得豪沃很難得，大多數徒弟都已失去聯絡，唯有豪沃一人還記得他。

豪沃告別前，雙手握住父親的手，彎下腰來輕輕地說「我愛你」（這「愛」字在中國人耳裡聽起怪彆扭的，他們洋人說起來則自然得很），父親雙目仍閉著，微微點頭，表示他聽到了。

我一直都很鎮定，甚至談笑自若，直到聽到他說「愛」這個字，我的眼淚終於像決堤的洪水。

爲什麼一個如此簡單的單字，會具有這麼強大的力量？爲什麼一個如此溫馨的字眼，反而讓人掩面哭泣？爲什麼可貴的「愛」，會教我們感受到這麼多的痛？

＊

哥哥說，昨晚他夢見爸爸和歐陽叔叔兩人乘著一對仙鶴飛走了。我把這事告訴了爸爸，他微笑道：「那是妳哥哥心裡的願望吧。」

我又告訴爸爸昨晚我夢見了馬，馬的樣子很像他案上石雕的灰白色馬匹。爸睜開了眼睛，一臉好奇的神色問道：「你夢見了馬？」隨後立即又閉上眼睛，睡了。

悲傷有如無所不在的空氣四下瀰漫，無處逃逸。萊文的書上一再地說，失去親愛的人，心裡的傷痛是無法逃遁的，唯一的方法就是面對。於是我把悲傷當空氣一般吸了進去，不再逃避。

*

午後父母親午睡，我駕車到附近海灣碼頭去散散步，曬曬太陽。四月的陽光溫煦透明。碧藍的天空，對岸的山巔還留著去冬的殘雪，有似一片片白色雲朵。水上點點白帆在春風裡蕩漾，年輕的母親們推著嬰兒車，悠閒地走過小徑，一邊拿碎麵包餵著駐足的一隻隻海鷗，有人坐在水邊彈吉他……

這世界還是這麼絢爛美麗，教人眷戀。可是，我最親愛的爸爸卻要離開這個世間了。「四月是最殘酷的月份」，詩人艾略特眞是先知啊。當這世界的一切都如此完美無瑕，處處都綻放著溫馨與生機的時候，我的父親偏偏要走了。我的淚流了一臉，沒人看見。對著眼前的山、海、和人群，我的心中眞想大聲高呼：

你們知道嗎，有一個世上難得的好人，一個算得上偉大的人，一個中國的將軍，他就要離開了，這個世界即將失去他了，你們知道嗎，知道嗎？

回應我的，只有初春的微風和溫煦的陽光。

＊

兩個非洲衣索比亞來的護佐在爲父母親換床單。其中一個一臉狐疑，指著唱機問：「這是什麼音樂？」

「這是中國的歌劇，也叫京戲。你聽起來覺得很奇怪是嗎？」我回答她們。

「怎麼聽起來像在哭泣，好悲傷唷，都唱些什麼？」

「很多是英雄豪傑的故事，」我說。機上正播放著諸葛亮唱的《空城計》片段。

兩個護佐一邊撫平床沿被單的皺褶，一邊搖著頭，重複地說，「這聲音太悲傷了，像有人在哭……」

一邊說，一邊推著工具箱走出了病房。

＊

四月二十日的清晨，爸爸還是走了。我晚到了一步。估計起來，我的飛機剛剛降落在西城機場之時，爸爸嚥下最後一口氣，這成了我此生心中最大的悔恨。八天前我不該回加州去的；回去後也不該等到今天才回來。我永遠不能原諒我自己，他走的那一刻，我沒在他身旁。

明知爸爸隨時可能會離開我們，卻又莫名其妙地總以爲爸爸會永遠在那裡。我對死亡畢竟太陌生了。總以爲死神永遠只是在旁邊的道上走著，我聽到他的腳步聲，卻沒想到會與他面對面狹路相逢，直到四月二十日那個早晨。

我奔到爸的床邊。摸摸他已經涼了的臉頰。我摸到看到的，是他，又不是他。那一刻，我實實在在地感覺得出來：爸爸已經不在那個軀殼裡，不在這個世界上了。

我和他竟然失之交臂，那一剎那成了此後我心中永遠的烙印。我不能相信我和父親便這樣天人永隔了。

*

葬禮過後，我們三家在弟弟家聚餐。不知爲什麼，我們好像覺得父親彷彿就在我們四周。大家的情緒在長期的緊張之後突然鬆弛下來，這時竟然有一絲莫名的興奮與不實之感。我們大家舉起酒杯來，朝著上方：

「爸爸乾杯！」大家說。

我彷佛感覺到爸爸在上頭笑著俯視我們。希望爸爸眞的在笑，因爲他已經解脫了這世界予他的一切煩惱與羈絆。

翌日清早，我提早到安養院去看母親。她的神情出奇的清朗寧靜，令我驚訝，母親微笑望著我：

「怎麼來得這麼早？」

「來看你啊，不放心你嘛！」

她說：「我昨晚夢見你爸爸了。夢見他做了一大桌菜請我們九個人吃，他一直站著，我叫他坐下來一起吃，他老不坐，一直忙著做菜……。」

事後我想這夢很妙，爲什麼母親特別說九個人，正好是我們三家加上母親的人數，雖然昨晚母親並未能與我們同進晚餐，不過全家人口扣去父親，正好是九個。

莫非父親昨晚透過靈界特有的方式，果眞仍舊在護佑著我們？

＊

別站在我的墓邊哭泣，
我不在那裡。
我是吹過的一千個風，
我是雪上晶瑩的鑽石，
我是成熟的麥尖上閃爍的陽光，
我是秋天輕柔的雨點，

我是夜晚閃亮的星星。
別站在我的墓前哭泣，
我不在那裡。
我未曾離開。

——無名氏

拾起一把泥土

爸爸過世一年之後我才首次踏上闊別了將近半世紀的故土。

在武漢登船，沿長江逆流北上。浩淼的江水彷彿綿延無盡。出現在兩旁的是一幅接一幅水墨畫中的山水——山峰、田疇、農舍、水牛、稻禾、塔影、扁舟……。這就是故土啊，畫裡、詩裡、歌裡、夢裡的故國故土。

推開窗戶，伸手觸及飄過江上的霧氣，對著周遭的綠野大地，心中呼喚道：爸爸，我回來了，回到你我的家鄉來了，你在哪裡啊？是在這片大氣之中嗎？

夜裡我夢見父親藏青色棉襖的身影，穿梭徜徉於古巷深弄之間。夢醒，我想著，父親的魂魄必然已歸返故土了。

從長江返美，母親也突然去世，又教我猝不及防，未能見最後一面，留下此生又一次難以彌補的遺憾。

父親過世之後，我才平生第一次來到父親的老家山東。以前「山東」僅僅是證件上籍貫的名稱而已。這裡一片青山綠水，蔥鬱蒼翠的稻田，整齊劃一的阡陌，寬闊平坦的高速公路，摩登的市容，成群結隊趾高氣昂的山東老鄉，到處一片繁榮昌隆的氣象。我眨了眨自己的眼睛，簡直不敢相信這就是自己聽了、夢了幾十年的想像中既老舊又疲困的窮鄉僻野。當年滿目瘡痍、哀鴻遍野的淮海之役、孟良崮之役戰場呢？怎地都不見蹤影了？眼前所見是一望無際的阡陌良田，最新式的農田噴水器四下噴射著水花。

眞是滄海桑田，畢竟一個新的世紀已經來到眼前，將歷史的陳跡湮沒無蹤，歷史在飛快地向後奔馳消失著，一如幼時在汽車裡仰望路邊一一倒退著的樹幹。

上泰山去看日出，我爬到玉皇頂旁的日觀峰山巔上，躬身拾起一把腳下的泥土——一把父親家鄉的土，高舉起來，對著冉冉上升的朝陽：

「爸爸，無論你是不能回來，或是不肯回來，總之，今天我代替你回來了。無論你在何處，希望你那裡永遠沒有戰爭，沒有分離，沒有誣陷。若有來世，我們必將相見；若無來世，願你在天國永享安寧。」

回到西雅圖，我將帶回的泥土，撒在父母親墓碑四周的土地上。

後記

寫這本書最初動機來自於一次返鄉之旅。所去之地是我母親的家鄉浙江臨海——一個有兩千年歷史的古城。那地方存繫著我童年最深切的記憶與懷念。那趟返鄉之旅在我心裡引起了很大的激盪，我一口氣寫下了五萬字的札記。但是札記在抽屜裡一擱就是好幾年。在朋友的慫恿和自己的罪咎感鞭策之下，終於斷斷續續花了一年的時間，寫下了現在這本書稿。

原來只當自己在寫一篇稍長的遊記兼童年回憶而已，寫到一半時，發現越寫越像一部回憶錄，這時心裡不禁起了猶豫，覺得自己既非名人，又無偉大生平事蹟值得向世人宣示，是否應該繼續寫下去呢？但是朋友們卻說：個人的歷史也往往反映折射了整個時代的歷史啊！

這裡記下的是父輩一代和我個人一生的部分經歷，反映的是這半個世紀以來這兩代人變遷流離的實況，尤其是書中有關父親的故事，更是他們那一代人五十年風雲變幻的縮影。憑著這一點認知，為了不讓時間將往事遺忘淘空，我又拾起了筆來，繼續把故事說下去。

直到快寫完之時，我才恍然意識到自己所寫的正是一本不折不扣的漂流文學。起初我並未蓄意要寫漂流文學，但既然終生為「外鄉人」，寫出來的東西自然而然的就充滿著漂流的色調，因之我決定給書取名為《永遠的外鄉人》。

本書以父親的亡逝為終結，象徵著他那個時代的結束。埋骨他鄉是他那一代人命運的寫照。儘管如此，我始終相信，他們的魂魄仍將永遠徜徉於他們生長的土地上。我們這一代卻是在夾縫中生長的僥倖的一代，也是大歷史過渡期中的一代。新的一代正在崛起，遂自將往事漸漸湮沒。歷史似乎正飛快地向後奔馳，淡出……。

不知這是巧合或是一種必然？從來沒想過寫回憶錄的我，鬼使神差地偏偏寫了一冊回憶錄。而就在同時，也驚覺到近來許多文人都不約而同地在寫回憶錄自傳一類的書，而且中外皆然。也不知為什麼這段時間裡寫得如此踴躍，是不是因為經歷過劇烈動盪的這一代人，已由童年轉入老年期，突然驚覺，現在若再不將這段歷史記下來，更待何時？抑或因為人類歷史正由第一個二千年週期進入第二個二千年週期之際，這是一種自然呈現的特殊現象呢？似乎值得思索玩味。

感謝印刻出版社給我機會，讓本書有機會與讀者見面。十分感激編輯江一鯉女士和陳思妤女士的細心協助。謝謝李渝的推薦。她對我有信心，尤其教我感動。聶華苓老師的一句話最有力道：「沒別的，寫作的事，沒法子好講，就是要坐下來拿起筆來寫。」這麼簡單的一句話，確實是當頭棒喝，教我不敢再踟躕猶豫。

老友傅學建、張玉君伉儷是書稿最初的讀者與評論人。學建多年來給我的鼓勵令我不敢過於怠惰。我寫完第一輯初稿即請他們二位過目，我想從他倆口中得知文章究竟有無可讀性。學建看過後說「當然有」，我這才有勇氣寫下去。玉君說「第一輯很多時候好像電影裡的鏡頭」，她一言中的，我的心裡正是這麼想的。

寫完初稿後，請柏克萊多年老友崔思雲過目。她的反應相當正面，我向來相信她的分析與鑑賞力。她的肯定激勵了我的信心，讓我有勇氣把書稿寄去出版社。

我的哥哥（書裡的若林），和我一步步一同走過臨海城中的青石板路，和我一起同在軍號聲中長大。寫作過程中我和他時時在長途電話中一同梳理我們已經斑駁模糊了的記憶，有時仰天大笑，有時不勝唏噓，無意間在談笑中將我們的童年重溫了一遍。弟弟比我們小很多，幾乎沒有共同在大陸的童年記憶，但他也興致勃勃地參加了返鄉之旅，書中有些照片是他拍的。

我的老伴陳敏是本書重要的推手。他投入的程度尤其令我感動。在精神上給予我的支持更不在話下。

白先勇答應在百忙之中挪出時間來為本書作序，我知道這差事很為難他，因為他實在太忙了，可是他還是很「優雅」地允諾了，真令我又感動又感激。

二〇一〇年八月二十二日於加州灣區

文學叢書 277

永遠的外鄉人

作　　者　陳少聰
總 編 輯　初安民
責任編輯　陳思妤　施淑清
美術編輯　黃昶憲
校　　對　耿立予　陳思妤　陳少聰

發 行 人　張書銘
出　　版　INK印刻文學生活雜誌出版有限公司
台北縣中和市中正路800號13樓之3
電話：02-22281626
傳真：02-22281598
e-mail : ink.book@msa.hinet.net
網　　址　舒讀網http://www.sudu.cc

法律顧問　漢廷法律事務所
劉大正律師
總 代 理　成陽出版股份有限公司
電話：03-2717085（代表號）
傳真：03-3556521
郵政劃撥　19000691 成陽出版股份有限公司
印　　刷　海王印刷事業股份有限公司

出版日期　2010年11月　初版
ISBN　978-986-6377-98-3

定價　300元

國家圖書館出版品預行編目資料

永遠的外鄉人／陳少聰著 .--
初版 . --台北縣中和市：
INK印刻文學，2010.11
面；　公分. --（文學叢書；277）
ISBN 978-986-6377-98-3 （平裝）

855　99020063